AF124950

MARGIT KRUSE
Hochzeitsglocken

JE OLLER, DESTO DOLLER Auf einer Kaffeefahrt nach Bad Sassendorf unter lauter Rentnern trifft Margareta Sommerfeld auf ihren ehemaligen Schulkameraden Harald Kleinschnittger. Dieser nennt sich nun Simon von Brehden und verdingt sich als Heiratsschwindler. Ein ungewöhnliches, aber durchaus einleuchtendes Betätigungsfeld für einen Schönling wie ihn. Margareta ist zunächst entsetzt, aber auch sichtlich angetan von Harald. Sie kommen ins Gespräch, und im Verlauf einer Nacht beichtet er ihr seine ganze Misere: Sein Architekturbüro steht vor dem Ruin, er braucht dringend eine Finanzspritze. Seine ersten Gehversuche als Heiratsschwindler sind aus der Not geboren. Dass er sich damit nicht nur Freunde macht, versteht sich von selbst. Als Margareta ihn kurze Zeit später ermordet in seinem Heizungskeller findet, stellt sie auf eigene Faust Erkundigungen an, wer von den zahlreichen Umworbenen am ehesten für die Tat infrage kommt.

 *Margit Kruse wurde 1957 in Gelsenkirchen geboren. Bekannt wurde sie vor allem durch ihre Revier-Krimis »Eisaugen«, »Zechenbrand«, »Hochzeitsglocken« und »Rosensalz«. Sie ist ein echtes Kind des Ruhrgebiets. Seit 2004 ist die Gelsenkirchenerin als freiberufliche Autorin tätig. Neben zahlreichen Beiträgen in Anthologien hat sie bislang zehn Bücher veröffentlicht, darunter ein Roman, der für den Literaturpreis Ruhr 2009 nominiert war. Labrador Enja ist stets dabei wenn Margit Kruse sich auf Recherche-Tour begibt. Besonders der Hauptfriedhof ihres Heimatortes hat es der Autorin angetan. Die Autorin ist Mitglied im Syndikat sowie im Verband deutscher Schriftsteller.*

Bisherige Veröffentlichungen im Gmeiner-Verlag:
Schneeflöckchen, Blutröckchen (2017)
Opferstock (2017)
Rosensalz (2016)
Wer mordet schon im Hochsauerland (2015)
Hochzeitsglocken (2014)
Zechenbrand (2013)
Eisaugen (2011)

MARGIT KRUSE

Hochzeitsglocken

Kriminalroman

GMEINER SPANNUNG

Die automatisierte Analyse des Werkes, um daraus
Informationen insbesondere über Muster, Trends und
Korrelationen gemäß § 44b UrhG (»Text und Data Mining«)
zu gewinnen, ist untersagt.

Bei Fragen zur Produktsicherheit gemäß der Verordnung
über die allgemeine Produktsicherheit (GPSR) wenden Sie
sich bitte an den Verlag.

Immer informiert

Spannung pur – mit unserem Newsletter informieren wir Sie
regelmäßig über Wissenswertes aus unserer Bücherwelt.

Gefällt mir!

Facebook: @Gmeiner.Verlag
Instagram: @gmeinerverlag
Twitter: @GmeinerVerlag

Besuchen Sie uns im Internet:
www.gmeiner-verlag.de

© 2014 – Gmeiner-Verlag GmbH
Im Ehnried 5, 88605 Meßkirch
Telefon 0 75 75 / 20 95 - 0
info@gmeiner-verlag.de
Alle Rechte vorbehalten

Herstellung: Julia Franze
Umschlaggestaltung: U.O.R.G. Lutz Eberle, Stuttgart
unter Verwendung eines Fotos von: © Tilo Grellmann – Fotolia.com
Druck: Libri Plureos GmbH, Friedensallee 273, 22763 Hamburg
Printed in Germany
ISBN 978-3-8392-1601-9

Personen und Handlung sind frei erfunden. Ähnlichkeiten mit lebenden oder toten Personen sind rein zufällig und nicht beabsichtigt.

PROLOG

Sie stieg die Treppe hinab und tastete an der Wand nach dem Lichtschalter. Danach öffnete sie eine Eisentür und betrat einen kleinen Raum, der durch eine grelle Neonröhre erleuchtet wurde. Ein Schwall warmer Luft schlug ihr entgegen.

Warme Luft und der Geruch von verdorbenem Fleisch.

Der Mann war erst kurze Zeit tot. Sie schloss die Tür hinter sich. Die Heizungsanlage gab pfeifende Geräusche preis. Der große Kessel knackte verdächtig. Musste mal generalüberholt werden, diese alte Heizungsanlage, dachte sie und bückte sich.

Da lag er, dieser schöne Mann, wie aufgebahrt. Das Blut auf dem Boden unter seinem Kopf war bereits angetrocknet. An seinem Hals konnte man einen feinen Strich erkennen, dort wo die Drahtschlinge angesetzt worden war.

Sie streichelte ihm über sein schwarzes Haar. Trotz seines qualvollen Todes sah sein Gesicht völlig entspannt aus, redete sie sich ein. Wenn es ein männliches Schneewittchen geben sollte, dann lag es in diesem Moment hier vor ihr, war sie überzeugt. Haare so schwarz wie Ebenholz. Haut so weiß wie Schnee stimmte nicht ganz, denn obwohl er tot war, schimmerte sie noch immer wie Milchkaffee. Blutrote Lippen kamen in etwa hin. Sie beugte sich über ihn und küsste ihn auf den kalten Mund.

Wie schön er war, dachte sie. Sie nahm die mitgebrachte Rose und legte sie auf seine Brust. Schade um den durchtrainierten Körper. Sie streichelte seine rechte Hand. Wie gepflegt sie war. Sie setzte sich neben ihn auf den Boden

und begann lautlos zu weinen. Dann schlug sie das mitgebrachte Gesangbuch auf. Lied 361. Leise und melodisch
begann sie zu singen.

>Befiehl du deine Wege
und was dein Herze kränkt
der allertreusten Pflege
des, der den Himmel lenkt!
Der Wolken, Luft und Winden,
gibt Wege, Lauf und Bahn,
der wird auch Wege finden,
da dein Fuß gehen kann.<

Anschließend schloss sie das Buch und sah ihn lange an.

Sie ging ganz nah an ihn heran, fast berührte ihr Mund
noch einmal den seinen. Welch' lange Wimpern er hatte.

Sie versuchte, seine Hände zu falten, doch die Leichen-
starre hatte bereits eingesetzt und machte ihr Vorhaben
unmöglich. Sie zog ihm sein Jackett zurecht, rückte die
Krawatte gerade, gab ihm noch zum Abschied einen Kuss
auf die Stirn und stand vom Boden auf.

Sie verließ den Raum und schloss leise die Eisentür des
Heizungsraums hinter sich.

TEIL I

– FAKTEN –

1

Margareta zog ein Gesicht wie sieben Tage Regenwetter. Dabei schien die Sonne an diesem herrlichen Spätsommertag Ende August. Gegen halb sechs war sie aufgestanden, duschen, Haare waschen, das volle Programm. Um sieben Uhr klingelte Waltraud bereits gnadenlos an ihrer Wohnungstür, mehrmals hintereinander, hartnäckig wie immer.

Sie blickte zur Seite. Nun schlief Waltraud. Ihre Mutter schlief, während der mit ausgelassenen Menschen prall gefüllte Reisebus der Firma Kraft-Reisen Bad Sassendorf entgegensteuerte. Nichts bekam sie mit. Nichts von den hohlen Dialogen der Mitreisenden. Nichts von den quiekenden alten Frauen, die über die Witze des Ruhrpott-Busfahrers lachten, bis ihre Slipeinlagen durchnässt waren. Ihr Atem ging gleichmäßig, sie schlief tatsächlich tief und fest. Margareta dachte darüber nach, wie es wäre, wenn sie nicht mehr atmen würde und einfach nicht mehr da wäre. Bei diesem Gedanken überkam sie ein gewisses Unwohlsein. Obwohl sie oft nervte, beschloss Margareta gnädig, dass sie ruhig noch ein paar Jahre weiterleben konnte.

Sie fragte sich, wieso sie eigentlich hier in diesem Bus mit Menschen im Altersdurchschnitt von mindestens 70 Jahren saß, um einen überfüllten Kurort anzusteuern. Und das alles für einen einzigen Tag.

Nichts Böses ahnend, hatte sie sich vor einer Woche nachmittags auf ihrer Couch gelümmelt, als Waltraud hereingeschneit kam: »Hör mal, Gretchen, was hältst du von einem schönen Tagesausflug? Nach Bad Sassendorf, nächsten Donnerstag? Ich lade dich ein.«

»Ich weiß nicht«, hatte Margareta nicht gerade begeistert geantwortet. »Wer von deinen Freundinnen aus dem Ostpreußenverein kann denn dieses Mal nicht?«

Waltraud ignorierte die Frage und packte stattdessen viele gute Gründe aus ihrer ollen Überzeugungstasche: die Chance für Margareta, den Mann fürs Leben zu finden, mal richtig abzuschalten, wo sie doch so viel Stress in ihrem Job hatte, die gute Luft der Salinen im Kurpark und schlussendlich das leckere Essen, welches im Fahrpreis enthalten wäre.

Ein flüchtiger Blick durch den Bus sagte ihr, dass Mr. Right hier zwischen den alten Knackern ganz sicher nicht zu finden war. Abschalten und schön essen konnte sie auch zu Hause, also war der einzige Grund die salzhaltige Luft der Salinen des Kurparks.

Erst kurz vor Dortmund – Waltraud schlief immer noch tief und fest – entnahm Margareta dem Gegacker ausgelassener Frauen jenseits der Wechseljahre, welches geballt aus einer bestimmten Eckes des Busses zu ihr herüberschallte, dass sich ein jüngerer Mann an Bord befinden musste. Jedes Mal, wenn wieder eine laute Gackersalve zu ihr nach vorn schwappte, gingen dieser die Worte eines eindeutig jüngeren Mannes voraus. Eine angenehme Baritonstimme, stellte sie fest. Dieser Kerl musste die alten Weiber vollsülzen, dass der Schleim sich überall im Bus ausbreitete. Sie schloss die Augen und stellte sich vor, wie er wohl aussehen mochte. Wer über so eine tolle Stimme verfügte, hatte mit Sicherheit mindestens eine körperliche Missbildung. Eine Hasenscharte vielleicht oder ein Glasauge. Sicherlich war er dick, hatte fettige Haare oder einen Riesenleib.

Als ihre Mutter auch noch zu schnarchen begann, stieß Margareta sie heftig in die Seite, woraufhin Waltraud nach

Luft schnappend erwachte. »Was ist los, Gretchen? Sind wir endlich da?«

»Nein, aber dein Geschnarche nervt, alles dreht sich schon nach dir um.«

Es folgte die Belehrung, dass sie noch nie im Leben geschnarcht hätte und Margareta sich getäuscht haben müsse. Die beiden Mitreisenden auf den Sitzen vor ihnen, beide der Waschläppchengeneration angehörend, wie unschwer an ihrem Duft zu erkennen, fischten sich warme Würstchen aus einer Thermoskanne und aßen dazu schmatzend Kartoffelsalat aus einem Schraubglas. Noch immer vernahm Margareta die vornehm klingenden Monologe des Herrn einige Reihen hinter ihr, die von zahlreichen »Ohs« und »Ahs« der ältlichen Damen abgesegnet wurden.

Endlich ließ sie die Neugier nicht mehr los und zwang sie, nach hinten zu schauen, um sich von seinen Missbildungen zu überzeugen. Sie richtete sich aus ihrem Sitz auf, um über den silbergrauen Dauerwellenkopf hinter ihr hinweg zu schauen. So geriet das Objekt der Begierde in voller Pracht ins Blickfeld.

Kein äußerlicher Makel zu erkennen. Ein Traumtyp.

Seine schwarzen Haare hatten einen perfekten Schnitt und seine Zähne waren weiß und ebenmäßig wie eine Perlenkette. Die gebräunte Haut war makellos und die schwarzen Schatten um seinen Mund zeugten von starkem Bartwuchs. Er hatte gepflegte Hände, mit denen er wild gestikulierte, trug am linken Handgelenk eine goldene Rolex und am rechten ein schweres Armband. In seinem noblen Anzug stach er aus der Masse der hellen Regenjacken – Art Horst Schimanski – hervor. Das dezent bunte Hemd und die farblich abgestimmte Krawatte passten perfekt dazu. Völlig overdressed für einen Ausflug, dennoch hübsch anzusehen. Der Duft seines After Shaves brach sich Bahn durch Schweiß-, Fichtennadel- und Franzbranntweingerüche. Ihre Blicke trafen sich und Margareta starrte gebannt in seine eichhörnchenbraunen Augen. Sofort wurde ihr heiß und sie setzte sich wieder auf ihren Platz. Ihr Puls raste.

»Was ist das für ein Mann, Gretchen? Was will der hier im Bus?« Waltraud sah ihre Tochter fragend an.

»Ja, was soll der schon hier wollen? Das gleiche wie wir. Sich einen schönen Tag machen.«

»Aber der ist viel zu jung!«

»Ach, wieso bin ich dann nicht zu jung für diesen Ausflug? Der ist immerhin in meinem Alter.«

»So ein toller Mann fährt doch nicht mit alten Leuten in einen Kurort.«

»Das habe ich jetzt mittlerweile begriffen. Ich sehe also scheiße aus und kann ruhig mit alten Leuten durch die Gegend fahren.«

»So habe ich es nicht gemeint. Der sieht aber wirklich aus wie ein Dressman. Irgendwie kommt der mir bekannt vor.«

»Mir auch Mutter, mir auch. Das ist nämlich Harald Kleinschnittger.«

»Du meinst den dicken Harald aus deiner Klasse, der so eine Niete beim Sport war?«

»Genau der. Ich müsste mich schon schwer täuschen, wenn er es nicht wäre.«

»Gretchen, das kann ich kaum glauben. Wenn er es tatsächlich ist, hat er sich aber zu seinem Vorteil verändert.«

»Ja, kann man so sagen. Er sieht echt attraktiv aus.«

Margaretas Erinnerungen entführten sie in das Jahr

1986. Abschlussjahrgang der Lessing-Realschule. Sie sah Harald Kleinschnittger vor sich. Ein großer Kerl, aber nichtssagend. Im Handarbeitsunterricht hatte er hinter ihr gesessen und herrliche Straminbilder gestickt. Während seine Klassenkameraden schon mit Mädchen auf dem Schulhof geknutscht hatten, stand er in seiner kurzen Lederhose mit einem karierten Hemd in den Ecken herum und kam sich vor, als sei er was Besseres. Beim Sport war er *die* Lachnummer. Nichts bekam er auf die Kette. Er war lahm und behäbig. Seine Mitschüler heimsten hingegen bei den Sportfesten eine Urkunde nach der anderen ein. Sie lachten über ihn und meinten, dass die einzige Urkunde, die er je bekäme, die Sterbeurkunde sein würde. Bei der Schulentlassungsfeier erschien er zum ersten Mal in einer Jeans und hatte ab dem Tag prompt zwei Freunde. Udo Mehlhase und Andreas Magenburg, zwei verkappte Spätzünder sowie leidenschaftliche Pfadfinder.

»Sag mal, was ist eigentlich aus den Kleinschnittgers geworden?«, wandte sich Margareta an ihre Mutter.

»Ach je, die Kleinschnittgers. Die dachten auch, die wären wer weiß was. Die sind aus der Heinrichstraße weggezogen. Aber das ist schon mindestens 20 Jahre her. Sie haben sich damals ein Reihenhaus in der Gysenbergstraße gekauft. Der Vater ist vor ungefähr einem Jahr an Krebs verstorben. Ob seine Mutter noch dort wohnt, weiß ich gar nicht. Harald hatte noch eine Schwester …«

Es folgte die gesamte Entstehungsgeschichte der Kleinschnittgerdynastie, welche langweiliger nicht sein konnte.

»Meinst du, der wohnt noch dort? Vielleicht mit Mutti zusammen in einem Haus? Aber so wie der aussieht, hat er sicherlich ein Modepüppchen an seiner Seite.«

Als der Bus endlich auf dem großen Parkplatz schräg gegenüber dem Thermalbad in Bad Sassendorf hielt und die ungefähr fünfzig Frauen und drei Männer, fast alle im fortgeschrittenen Alter, hastig ihre Klamotten zusammenrafften und sich ächzend aus dem Bus pressten, ordnete Mister Kleinschnittger zuerst einmal sein Jackett und strich sich über sein Haar, als könnte eines davon aus der Reihe getanzt sein. Er verließ als Letzter den Bus und schaute sich erstaunt um, als sähe er zum ersten Mal einen Kurort. Kleinschnittger entdeckte die Salinen im Kurpark und steuerte auf sie zu. Gerade als er an Margareta vorbei wollte, nicht ohne sie charmant anzulächeln, ergriff sie die Gelegenheit und sprach ihn an.

»Ich glaube, wir kennen uns. Bist du nicht Harald Kleinschnittger? Lessing-Realschule? Erinnerst du dich an mich?« Welch billige Anmache, schoss es ihr durch den Kopf. Hatte sie es so nötig?

Seine Fans, die alten Damen, waren stehen geblieben, mitten auf der Straße, die zum Kurpark führte, und sperrten Ohren und Augen auf. Warnend sahen sie Margareta an. Wollte etwa jemand ihrem Schatz etwas Böses?

»Sie müssen sich täuschen, junge Frau«, ließ er vornehm aus seinen wohlgeformten Lippen fallen, »mein Name ist Brehden. Simon von Brehden.«

Margareta fiel fast ihr Kaugummi aus dem Mund. Er konnte ihr viel erzählen, dieser Möchtegernadelige, doch sie war sich sicher, dass er kein anderer war als Harald Kleinschnittger aus der Heinrichstraße in Buer.

Sein Blick wirkte plötzlich nervös. Er räusperte sich verlegen. »Sie entschuldigen mich bitte.« Und schon flüchtete er sich in einen Haufen dauergewellter Popelinjackenmuttis, um den herrlichen Kurpark zu betreten.

»Ist er es also doch nicht«, meinte Waltraud.

»Und ob er es ist. Der Kerl ist so blaublütig wie wir beide. Nicht mehr und nicht weniger. Hast du gesehen, wie nervös der wurde?«

Kaum zehn Minuten später fand Margareta sich mit ihrer Mutter Waltraud und dem Thermosflaschenwürstchen essenden Ehepaar an einem Tisch auf der Terrasse des Brunnenhaus Cafés wieder. Wie der Zufall es wollte, saß direkt an ihrem Nebentisch, nur getrennt durch einen jämmerlichen Springbrunnen – Prostata-Springbrunnen, wie man im Pott spöttisch sagte –, Simon von Brehden alias Harald Kleinschnittger. Er wurde von fünf Damen, auf braunen Korbgeflechtstühlen sitzend, eingekreist, die seinen adeligen Worten lauschten.

Doch offensichtlich fühlte er sich durch Margaretas Anwesenheit gestört, was ihm feine Schweißperlen auf seine gebräunte Stirn trieb. So fließend wie im Bus kamen die Sätze nicht mehr über seine Lippen gesprudelt. Er zupfte nervös an seinem Krawattenknoten, spielte verlegen an seinem goldenen Armbändchen. Der arme Harald. Margareta hätte sich vor Lachen schütteln können. Welch groteske Situation. Was brachte einen so gut aussehenden Mann dazu, seinen Namen zu ändern? Mimte hier Graf Gernegroß und entstammte in Wirklichkeit einer ganz normalen Familie. Sie erinnerte sich schwach daran, dass er einige Jahre nach dem Abschluss an der Realschule (er musste also irgendwie Abitur gemacht haben) ein Studium angefangen haben sollte und weggezogen war. Das wurde ihr jedenfalls erzählt. Es war für sie unbegreiflich, dass ein Mann in seinem Alter und mit seinem Aussehen mit alten Leuten einen Ausflug unternahm. War er etwa unter die Heiratsschwindler gegangen und suchte sich hier sein neues Opfer? Gab es außerhalb von Fernsehfilmen und TV-Serien überhaupt noch Heiratsschwindler?

Während Margareta ein großes Stück Pflaumenkuchen mit Sahne und ein Latte macchiato serviert wurde, lauschte sie weiterhin der Unterhaltung am Nebentisch. Das Blatt hatte sich inzwischen gewendet. Die fünf Damen tauten langsam auf und ließen den schönen Simon-Harald kaum mehr zu Wort kommen. Sie berichteten ihm von ihren durchgemachten Krankheiten, oft redeten drei Frauen gleichzeitig, schoben Jackenärmel hoch, machten ihre dicken Waden frei, um irgendwelche Narben oder Krampfadern zu zeigen. Sie übertrafen sich gegenseitig, ein Wunder, dass sie überhaupt noch lebten. Die rechts neben ihm saß, ging sogar so weit, ihre Bluse aus dem Rock zu ziehen, um ihre Gallenblasenoperationsnarbe zu präsentieren. Dann folgten Klagen über unfähige Ärzte, nervige Ehepartner, die sie zu Hause hatten oder gehabt hatten. Waren Narben und Krampfadern ausreichend bejubelt worden, warteten die Weiber mit feuchten Lefzen auf das nächste Thema. Und das alles nur, um den jungen schönen Adeligen an ihrem Tisch zu beeindrucken. Der angebliche Graf heuchelte Interesse, sprach tröstende Worte und nippte vornehm an seiner Kaffeetasse. Als er kurz darauf seinen Platz verließ, um die Toilette aufzusuchen, fiel er über die Gehstützen der Alten zu seiner Linken, was gar nicht mehr edel aussah.

Nach einer knappen Stunde löste sich die Gesellschaft auf und verschwand in kleinen Grüppchen in verschiedene Richtungen. In zwei Stunden wollten sie sich erneut treffen, zum Mittagessen im Schnitterhof. Waltraud und ihre neuen Bekannten, diese lustigen Ruhrpottrentner, entschieden sich, den Ortskern zu besichtigen, während Margareta vorgab, sich das Solebad ansehen zu wollen. Sie sah aus den Augenwinkeln, dass der schöne Harald mit einer der alten Frauen in Richtung Salinen davonschlich. Im wahrsten Sinne des Wortes, denn mehr als schleichen war angesichts der leichten Gehbehinderung der goldbehangenen Dame, die anscheinend das Rennen gemacht hatte, nicht drin. War das sein neues Opfer?, fragte Margareta sich. Dem Schmuck nach zu urteilen, musste sie Kohle ohne Ende haben. Während sie ebenfalls zu den Salinen schlenderte, immer dieses Pärchen im Blick, ließ sie die letzten Wochen und Monate noch einmal Revue passieren.

›Immerhin bin ich nicht arbeitslos‹, freute sie sich. Seit gut einem Jahr arbeitete sie nun schon in der Damenoberbekleidungsabteilung eines renommierten Buerschen Kaufhauses, obwohl sie bei Stellenantritt von der Materie eigentlich keine Ahnung gehabt hatte. Learning by doing, hatte ihr neuer Chef damals gemeint, der sie nur eingestellt hatte, weil er mit ihrem Bruder Gisbert Tennis spielte. Das Gehalt war okay. Trotzdem war sie noch immer eine alleinstehende Frau über vierzig, die bisher nie Glück mit ihren Männern hatte. Nachdem sich die Beziehung mit dem ansehnlichen Bertl als Desaster entpuppt hatte, trat der tolle Karol in ihr Leben, der seine Finger leider nicht von seiner neuen Kollegin lassen konnte. Traumprinz Nummer drei war ein unscheinbarer Schichtarbeiter, der wegen Unterschlagung angeklagt worden war. Wer kam als nächstes? ›Bin ich überhaupt schon bereit für einen neuen Mann?‹, fragte sie sich und schaute dem schönen Harald hinterher, der gerade seiner neuen Eroberung die Treppen zu den Salinen hinaufhalf.

2

Während Margareta vor der Voliere mit einer Horde munter tschilpender Wellensittiche am Rande des Kurparks stand, kreisten ihre Gedanken immer noch um ihren alten Schulkameraden Harald Kleinschnittger, der allerdings vorgab, Simon von Brehden zu sein. Für einen kurzen Augenblick beneidete sie die Gefiederten, die nichts anders zu tun hatten, als zu fressen und Kot abzulassen. Die übrige Zeit jagten sie ihren Kumpanen hinterher, um ihnen anschließend mit dem Schnabel eins auf die Rübe zu geben oder diese mit hochgewürgten alten Körnern zu füttern. Zuckerbrot und Peitsche sozusagen.

Wenn die salzhaltige Luft schon so gesund sein sollte, wollte sie die Zeit nutzen, ebenfalls um die Salinen zu schreiten. Sie sah von Weitem auf das zehn Meter hohe und 60 Meter lange Bauwerk und war beeindruckt. Eine stabile Holzbalkenkonstruktion bildete das Element des Gradierwerks, in welchem Schwarzdornbüschel verarbeitet waren. Mithilfe von Pumpen wurde die Sole auf den Dornenwänden verteilt. Beim Verdunsten des Wassers gelangten gereinigte Salzteilchen in die Luft. Diese Freiluft-Inhalation sollte die gleiche Wirkung wie Seeluft besitzen. Wozu dann noch an die Nordsee reisen? ›Leute, spart euch das Geld! Fahrt nach Sassendorf, kommt viel billiger!‹ Ihr Wissen über die Salinen hatte sie von Waltraud. Sie konnte sogar mitten durch das Gradierwerk lustwandeln, stellte Margareta fest. Auf einer Bank davor hatte der schöne Harald seine goldbehangene Dame geparkt, die mit geschlossenen Augen die Sonne auf sich scheinen ließ und gleichzeitig die Sole in sich aufsog, als müsse sie davon in ihrem nicht mehr taufrischen Körper einen Vorrat anlegen. Wo war ihr schöner junger Freund geblieben?

Der dunkle Gang, der zwischen den beiden Salinenwänden durchführte, wirkte auf Margareta beängstigend. Die mit Moos überwachsene Wellblechabdeckung spendete von oben nur wenig Licht. Die feuchte Luft und der modrige Geruch taten ein Übriges, sie in eine mystische Stimmung zu versetzen. Sie litt nicht unter Klaustrophobie, doch irgendwie war ihr unwohl, als sie die 60 Meter durch den engen Gang schritt. Die richtige Kulisse für einen Mord, dachte sie kurz. ›Salinenmord‹ oder ›Kurparkkiller‹ wären tolle Titel für einen entsprechenden Krimi.

Plötzlich spürte sie einen leichten Atemhauch in ihrem Nacken und drehte sich erschrocken um. Durch das Wasser, welches an den Salinenwänden herunter plätscherte, hatte sie niemanden kommen hören. Sie schaute in zwei braune Augen. Harald Kleinschnittger. Sein Blick war spöttisch. Er grinste übertrieben freundlich, fast schon hämisch.

»Mensch, hast du mich aber erschreckt.« Margareta spürte ihr klopfendes Herz bis zum Halse. Prompt hatte sie ihn wieder geduzt, was dem künstlichen Grafen gar nicht gefiel.

»Ich wüsste nicht, dass wir schon im Sandkasten miteinander gespielt haben und wir uns seither duzen.«

Trotz seiner überheblichen Art und der gespielten Selbstsicherheit merkte Margareta, dass er angespannt war. Wieso war er ihr gefolgt?

»Wir haben zwar nicht in der Sandkiste gespielt, doch immerhin einige Jahre im gleichen Klassenzimmer gesessen. Darauf würde ich mein Leben verwetten.«

»Und verlieren«, meinte er immer noch übertrieben grinsend.

»Das glaube ich kaum.«

Seine Augenlider flackerten. Er räusperte sich nervös. Sie spürte, dass sie ihm im Weg war. Ihm – wobei auch immer – in die Quere kommen könnte. Er roch unverschämt gut. Ob nun Harald Kleinschnittger oder Simon von Brehden, der Kerl strahlte eine unheimliche Erotik aus. Auch er schien die Spannung, die sich zwischen ihnen aufbaute, zu spüren. Er wirkte irritiert. Stand er etwa doch nicht nur auf alte Damen? Wusste er die Vorzüge einer attraktiven Frau mittleren Alters durchaus zu schätzen?

»Okay, du hast gewonnen«, sagte er wie erleichtert und gab einen tiefen Seufzer von sich.

›Hey, das ging aber schnell‹, dachte Margareta. Dass er so rasch einknickte und seine wahre Identität preisgab, hätte sie nie zu hoffen gewagt.

»Du warst schon immer eine Nervensäge und harte Nuss, Sommerfeld. Spionierst du mir hinterher?«

Jetzt musste Margareta lachen. »Wieso sollte ich? Ich habe dich zufällig im Bus wiedererkannt. Aber sag mal, was soll das Theater? Wieso der adelige Name und dieser Ausflug mit den alten Leuten?«

Wieder seufzte er tief. »Eine lange Geschichte. Du würdest sie sowieso nicht verstehen. Ich bitte dich nur, vermassele mir nicht die Tour, okay? Du kennst mich nicht. Hast du verstanden?«

Er kam ganz nah an sie heran und sie konnte seinen Atem spüren. Sie schaute in seine Augen und schmolz dahin. Was für ein Mann.

Er hob mit seiner rechten Hand sachte ihr Kinn an und

lächelte. »Unter anderen Umständen, wer weiß. Vielleicht hätte aus uns was werden können. Du bist eine tolle Frau.« Seine sentimentale Stimmung war allerdings ganz schnell verflogen. Eine Zornesfalte zog zwischen seine Augenbrauen.

»Du kennst mich nicht, Sommerfeld. Hast du verstanden?« Und schon war der schöne Graf, alias Harald Kleinschnittger, von der Bildfläche verschwunden.

Zurück blieb eine völlig verstörte Margareta, die sich, nachdem sie das dunkle Innere der Salinen verlassen hatte, erst einmal auf eine Bank setzen musste.

Auch später beim Mittagessen war sie mit ihren Gedanken ganz woanders, während ihre Mutter euphorisch auf sie einredete. Wieder saßen sie mit diesem eigenartigen alten Ehepaar – Ingeborg und Heinrich Ziska aus Westerholt – zusammen an einem Tisch auf der herrlichen Terrasse des westfälischen Schnitterhofs, einer Hotelanlage. Alte, imposante Gebäude im Fachwerkstil umrahmten sattgrüne Wiesen und hübsch gedeckte Tische. Der alte Baumbestand spendete reichlich Schatten, sodass nur wenige Sonnenschirme die Gäste vor zu viel Sonne schützen mussten. Die Truppe munterer alter Leute schnatterte und lachte ununterbrochen.

Margareta hingegen sah den schönen Harald vor ihrer Nase sitzen. Er saß mit seiner neuen Eroberung Brigitte Hoffmann – den Namen hatte sie von Herrn Ziska erfahren – zwei Tische weiter, genau in ihrem Blickfeld, unter einem Sonnenschirm mit *Veltins*-Reklame. Der kleine Zweiertisch war für die beiden wie geschaffen. Er hatte seine Hand auf ihr Bein gelegt und es sah ganz danach aus, als würde es diesem schönen Mann Spaß machen, mit einer mindestens 20 Jahre älteren Dame Zärtlichkeiten auszutauschen.

Auf die Frage, wie ›schwer‹ die Dame denn sei, meinte Heinrich nur: »Ziemlich schwer. Ihr verstorbener Mann ist der Cousin eines reichen Industriellen gewesen. Er saß im Aufsichtsrat dieses großen Konzerns und hat außer einem stattlichen Vermögen eine Villa am Rande von Essen hinterlassen.«

Nun war Margareta klar, wieso Harald so ein großes Interesse an Brigitte Hoffmann hatte. Er hatte es auf ihr Geld abgesehen und dafür war er anscheinend bereit, einiges zu tun.

Brigitte in ihrem gelben Gabardine-Kostüm mit passendem Hut war entzückt über den tollen Mann an ihrer Seite. Neidvoll wurde sie von den anderen alten Damen bewundert.

Sie habe bereits mehrfach, genau wie er und seine Frau, an solchen Ausflügen der Firma Kraft-Reisen teilgenommen, meinte Heinrich, doch so ein Sahneschnittchen hatte sie noch nie eingeheimst. Des Öfteren hatte sie bei einem Ausflug schon mal einen Kerl in ihrem Alter aufgerissen, der sich aber nie lange an ihrer Seite hielt, wie er zu berichten wusste.

Na ja, wenn die Knete der guten Brigitte erst weg war, würde Haralds Interesse schnell wieder nachlassen, davon war Margareta überzeugt.

Er schnitt ihr die Schweinelendchen in winzige Stücke, damit sie sie mit ihrem vermutlich neuem Gebiss überhaupt essen konnte, goss ihr vom Wein nach, strahlte sie mit seinen Blendadent-Zähnen an und streichelte immer wieder ihre von Altersflecken übersäten Hände.

Wie dreckig musste es ihm finanziell gehen, um sich herabzulassen, so eine alte Frau aufzureißen? Margareta konnte an nichts anderes mehr denken. Sie registrierte kaum, was sie aß, hörte kaum zu, wenn Waltraud auf sie einredete. Ihre Augen klebten förmlich am schönen Harald mit seinen vorzüglichen Tischmanieren.

»Sag mal Gretchen, nun reicht es aber. Was glotzt du denn ständig zu dem Kerl da hin? Gönn' der alten Frau doch ihr Vergnügen. Vielleicht ist er ja wirklich ein Graf und hat ein Faible für ältere Frauen.«

»Träum weiter! Das ist Harald Kleinschnittger. Er hat es zugegeben.«

»Wann hat er dir das gesagt?« Waltraud war neugierig geworden.

»Vorhin, als ich ihn in den Salinen traf. Ich musste ihm versprechen, ihn nicht zu verraten.«

»Du meinst, er ist ein Heiratsschwindler, der nur das Geld der Frau will?«

»Genau das muss ich herausfinden. Und du wirst mir dabei helfen.«

»Ich?«, schrie Waltraud förmlich, sodass sich sämtliche Leute an den Nachbartischen nach ihr umdrehten.

»Ja, du.«

»Lustig ist das Zigeunerleben, faria, faria, ho«, sangen die alten Leute, mittlerweile völlig überdreht, während der Bus endlich wieder in Richtung Ruhrgebiet fuhr. Sogar der schöne Harald stimmte kräftig mit ein und scherte sich einen Dreck darum, was die anderen, einschließlich seiner Schulfreundin Margareta, über ihn dachten.

»Brauchen dem Kaiser kein Zins zu geben, faria, faria, ho.«

Wie albern war das hier alles, fragte Margareta sich, als nun auch noch Waltraud in das Lied einstimmte.

»Lustig ist es im grünen Wald, wo des Zigeuners Aufenthalt.«

Wäre sie doch lieber zu Hause geblieben und hätte Harald niemals getroffen, dann hätte sie den Kopf jetzt frei.

»Faria, faria, faria, faria, faria, faria, ho.«

Warum ging er ihr nicht mehr aus dem Hirn? Hatte sie nicht langsam die Nase voll von schönen Männern? Was wollte sie außerdem mit einem Heiratsschwindler? Oder umgekehrt: Was konnte ein Heiratsschwindler von ihr wollen? Sie hatte nichts, war arm wie eine Kirchenmaus, also für einen Typ wie Simon von Brehden vollkommen uninteressant.

»Sollt' uns einmal der Hunger plagen, faria, faria, ho. Tun wir uns ein Hirschlein jagen, faria, faria, ho«, sangen die alten Leute, bis sie keine Stimme mehr hatten.

Margareta verdrehte die Augen und schaute beschämt zu Boden, in der Hoffnung, dass sie möglichst schnell ihre Heimatstadt erreichen würden. ›Nie wieder nehme ich an so einem Ausflug teil, nie wieder‹, schwor sie sich.

»Hirschlein nimmt dich wohl in Acht, wenn des Jägers Büchse kracht ...«

Bei Harald krachte nicht die Büchse, bei Harald klingelte schon die Kasse in seinem wohlgeformten Kopf, wenn er Brigitte ansah.

Sie musste mehr über ihn erfahren. Gleich morgen würde sie sich umhören und ihre Mutter würde mit von der Partie sein. Zufrieden nach diesem einmal gefassten Vorsatz stieg Margareta auf Bahnsteig 8 am Busbahnhof Buer aus dem Bus. Sie warf einen letzten Blick auf den schönen Harald, der zu der reifen Brigitte in ein Taxi stieg und davonfuhr.

3

Es müsste ein Ratgeber existieren. ›Observieren leicht gemacht‹ oder so ähnlich, dachte Waltraud, während sie vor dem angeblichen Haus in der Gysenberstraße auf und ab ging. Von ihrer Nachbarin, die früher neben den Kleinschnittgers wohnte, hatte sie die Hausnummer erfahren. Diese Nachbarin wusste auch noch zu berichten, dass Harald Kleinschnittger dort ganz allein wohnen sollte, nachdem seine Mutter im letzten Jahr ebenfalls verstorben war. So hatte Margareta Waltraud gebeten, sich in der Gegend ein wenig umzusehen. »Bloß nicht zu auffällig, Mutti«, hatte sie ihr mit auf den Weg gegeben. »Und quatsch mir ja keine Nachbarn an.«

Die Gysenbergstraße war eine der sogenannten besseren Adressen im Gelsenkirchener Ortsteil Buer, unweit der Grünanlage um Schloss Berge. Das Haus Nr. 63 war ein Reihenendhaus. Ein rotes Backsteingebäude aus den 50er Jahren, mit Garten zur viel befahrenen Emil-Zimmermann-Allee. Üppige Rhododendren im gepflegten Vorgarten. Eine teure Mercedes-E-Klasse stand in der Garagenauffahrt. Anscheinend war er zu Hause.

›Geh zurück‹, sagte Waltraud sich. ›Was willst du eigentlich hier?‹ Was Margareta sich da bloß wieder in den Kopf gesetzt hatte.

In den Gärten auf der rechten Straßenseite zischten die Rasensprenger vor sich hin. Ein schöner sonniger Spätsommertag.

Waltraud ging nun schon zum zweiten Mal an Harald Kleinschnittgers Haus vorbei und lugte angestrengt auf das Klingelschild. Tatsächlich, da stand *Kleinschnittger*. Damit war jedoch noch lange nicht gesagt, dass hier der gleiche Mann wohnte, der mit ihr im Bus nach Bad Sassendorf gefahren war.

An den unteren Fenstern – wohl die von Küche und Bad – waren modische Plissee-Jalousien in bunten Farben angebracht. Die Fenster der ersten Etage zierten glatte weiße Stores. Alles wirkte überaus gepflegt, als hätte hier eine Hausfrau ihre Hände im Spiel.

Unschlüssig blieb Waltraud kurz vor dem Haus stehen, ging die Straße weiter bis zum Ende und bog in die Emil-Zimmermann-Allee ein. Vielleicht konnte sie von dort in den Garten blicken. Da alle Häuser in etwa gleich aussahen, dauerte es eine Weile, bis sie an dem entsprechenden angelangt war. Sie spähte durch eine dichte Kirschlorbeerhecke. Auf der Terrasse stand eine Teakholzgarnitur. Ein großer Tisch und drei Stühle mit herrlich gemusterten Auflagen. Auf dem Tisch lag ein aufgeschlagenes Buch neben einem Glas Mineralwasser.

Aus der offenen Terrassentür kam soeben eine schlanke blonde Frau auf High Heels herausgetänzelt. Sie trug einen knappen gelben Bikini, was sie sich bei ihrer tadellosen Figur durchaus leisten konnte.

Margareta musste sich getäuscht haben, dachte Waltraud. *Ihr* Harald Kleinschnittger war mit Sicherheit nicht der Harald Kleinschnittger, der hier mit dieser schönen Frau wohnte. Gerade wollte sie ihren Kopf aus der Hecke ziehen, als der Schönling ebenfalls die Terrasse betrat. Sein braungebrannter Traumkörper steckte in einer knappen Badehose. Das Strahlen seiner Zähne konnte Waltraud bis zum Gartenende sehen. Seine Haare lagen wieder so perfekt wie vor ein paar Tagen bei dem Ausflug. Zweifelsohne, er war es. Der gleiche Typ, der auf der Terrasse des Schnitterhofes einer alten Frau Händchen haltend Hoffnung gemacht hatte, knutschte in seinem Garten ein blondes Prachtweib. Ihre Leiber pressten sich aneinander und Waltraud konnte trotz des Geräuschpegels der gut befahrenen Straße ihr lustvolles Gestöhne vernehmen. Erschüttert trat sie den Heimweg an.

Am nächsten Tag kehrte sie allerdings wieder zurück. Stand hinter einem Busch am Eingang zum Berger Park und beobachtete den Hauseingang Harald Kleinschnittgers. Ihrer Tochter hatte Waltraud noch nichts von ihrer gestrigen Observation erzählt. Sie wollte erst mehr erfahren. Nun stand sie zu früher Stunde im Schatten eines alten denkmalgeschützten Bauernhauses, welches sich mitten in den Parkanlagen befand, und starrte auf die Eingangstür des Hauses in der Gysenbergstraße 63. Es schien wieder ein schöner Tag zu werden. Die Sonne brach sich Bahn zwischen den dichten Bäumen, die Vögel zwitscherten munter ihre Liedchen. Im einige Meter entfernten kleinen Teich stand ein Fischreiher und starrte sie aus großen Augen an.

Endlich ging die Tür auf und ein elegant gekleideter Harald Kleinschnittger verließ eiligen Schrittes sein Haus und steuerte auf sein Auto zu, welches wieder vor der Garage parkte. Mit Schwung warf er seine Aktentasche hinein, bevor er selbst auf dem Fahrersitz seines Wagens Platz nahm. Rückwärtsgang rein, hastig zurückgesetzt, und schon gab er Gas und verschwand aus Waltrauds Blickfeld. Sie fragte sich, wieso er sich als Simon von Brehden ausgab und alte Weiber ausnahm, wenn er, wie es schien, berufstätig war und von seinen Eltern ein Haus geerbt hatte.

Zielstrebig ging sie auf sein Haus zu und blieb davor stehen. Von dem blonden Gift keine Spur. Als sie gerade die Klappe des Briefschlitzes anhob und neugierig in den Kasten starrte, öffnete sich die Tür des Nebenhauses und eine Frau mittleren Alters, mit Lockenwicklern auf dem Kopf, trat heraus.

»Suchen Sie jemanden?«, fragte sie neugierig und musterte Waltraud von oben bis unten, die ein blau gemustertes Hortensienkleid trug.

»Ach, guten Morgen«, säuselte Waltraud. »Vielleicht können Sie mir helfen. Ich suche eine alte Schulfreundin, Elfriede Kleinschnittger. Sie soll hier wohnen, wurde mir gesagt.« Sie hatte sich auf alle Standardfragen gründlich vorbereitet.

»Die ist vor ein paar Monaten gestorben. Seitdem wohnt der Sohn alleine hier.« Ein wenig freundlicher schaute sie Waltraud nun an. An ihrem blauen Haushaltskittel fehlte ein Knopf.

»Da meinen Sie bestimmt den Harald«, täuschte Waltraud freundliches Interesse vor. »Ja, den kenne ich noch von früher. Da war er noch ein Kind. Und er lebt nun ganz alleine hier?«

»Ja, so kann man es nennen. Der ist jetzt zur Arbeit. Beziehungsweise: Was man so Arbeit nennt. Er ist Architekt. Selbstständig. Steht kurz vor dem Aus. Insolvenz. Macht nur noch die Restabwicklung. Mit seiner Sekretärin. Gestern war sie erst wieder hier.«

Waltraud musste schmunzeln. Wie diese Restabwicklung der Insolvenz aussah, hatte sie durch die Kirschlorbeerhecke sehen können. Glaubte die gute Frau ernsthaft, die beiden würden nebenan arbeiten? Wie blind konnte sie sein?

»Kann ich ihm was ausrichten, dem Herrn Kleinschnittger?«, fragte die Nachbarin noch eine Stufe freundlicher.

»Das ist nett von Ihnen, doch ich komme am Abend vielleicht noch einmal wieder. Vielen Dank, Frau …?«

»Mackenrodt, Susanne Mackenrodt. Und wie war Ihr Name?«

»Sommerfeld, Waltraud Sommerfeld.« Wie blöd, schalt sie sich sofort, als sie ihren Namen ausgesprochen hatte. Wie konnte ich der Frau meinen richtigen Namen nennen? Zu spät. Wenn er hören wird, dass eine Frau Sommerfeld sich nach seiner Mutter erkundigt hatte, wusste er gleich, was Sache war und dass Margareta dahintersteckte. Sie lächelte die Frau noch einmal an und ging des Weges.

»Und sonst hat die Frau nichts gesagt?«, fragte Margareta und biss, während sie etwas in ihren Laptop tippte, herzhaft von dem Brötchen ab, das ihr ihre Mutter liebevoll zurecht gemacht hatte. Gleich nach der Arbeit war sie zu Waltraud gefahren, die es nicht lassen konnte und ihr bereits per SMS mitgeteilt hatte, dass sie heute zum zweiten Mal in der Gysenbergstraße gewesen war. Für ihre 71 Jahre beherrschte Waltraud das Simsen inzwischen perfekt. ›War wieder bei harald. hab neuigkeiten‹, hatte sie ihrer Tochter gegen Mittag getextet. Nun gab Margareta Suchbegriffe bei Google ein, um herauszufinden, wo sich Haralds Architekturbüro befand.

»Die Frau war nicht alt. Nicht viel älter als du. Sie sah etwas spießig aus mit ihren Lockenwicklern auf dem Kopf und dem altmodischen Haushaltskittel. Wie eine kleinkariert denkende Hausfrau im Ruhrgebiet eben.«

»Sie sagte, er wickle die Firma mit seiner Sekretärin ab. Und dabei hätten sie fast eine Nummer auf der Terrasse geschoben, als du die beiden durch die Hecke beobachtet hast?«

»Ja, das war schon eindeutig, was sie vorhatten. Nach Büroarbeit sah das jedenfalls nicht aus.«

»Das passt doch alles nicht zusammen. Die Show, die er da in Bad Sassendorf mit der alten Frau abzog und dann dieses blonde langbeinige Gift in seinem Garten. Was führt der Kerl im Schilde?«

Während Margareta energisch auf die Tastatur des Laptops hackte, schüttelte ihre Mutter nur den Kopf. »Was geht es uns an, Gretchen? Lass den Mann sein Leben leben. Du hast einen sicheren Job, dir geht es wieder besser, was willst du von ihm?«

»Wenn ich das wüsste«, seufzte Margareta und schaute ihre Mutter traurig an.

Es fing bereits an zu dämmern, als Margareta auf den Parkplatz des Tennisplatzes fuhr und ihren Wagen abstellte. Sie hatte lange mit sich gerungen, ob sie einfach so mir nichts dir nichts Harald einen Besuch abstatten sollte. Was, wenn diese blonde Frau sich in seinem Haus aufhielt? Vielleicht waren ja wieder einmal ›Restarbeiten‹ fällig? Nachdem sie etliche Male alle Für und Wider abgewogen hatte, hatte sie sich blitzartig umgezogen und gegen 20 Uhr ihre Wohnung verlassen. Bekleidet mit Leggings und einem kurzem Sommerkleid, eine weiße Strickjacke locker über die Schultern geworfen, steuerte sie nun auf Harald Kleinschnittgers Reihenhäuschen zu. Ihr war bewusst, dass sie sich unter Umständen lächerlich machen würde. Doch war es nicht egal? Sein protziger Wagen stand in der Einfahrt und sie musste schmunzeln. Er fuhr eine Nobelkarosse und presste sich zu alten Leuten in einen Reisebus.

Der Widerspruch schlechthin. Dieser Sache musste man schließlich auf den Grund gehen. Noch bevor sie auf den Klingelknopf drückte, pulte sie sich den letzten Rest Hühnerfleisch aus den Zähnen. Erst vor wenigen Minuten hatte sie sich einen halben Hahn vom Flammengrill einverleibt. Zum Zähneputzen blieb keine Zeit mehr. Während gellend der Klingelton durch sein Haus hallte, pochte Margaretas Herz ebenso laut.

Nach nur wenigen Sekunden riss Harald seine Haustür mit so viel Schwung auf, dass Margareta einen halben Meter rückwärts stolperte.

»Ach, nein!« Ein grinsender Harald, der auch in einer Jogginghose und Poloshirt noch wie ein Dressman aussah, musterte sie von oben bis unten.

»Ach, doch!«, sagte Margareta mit leiser Stimme. Der Anfall von Mut wollte sie gerade verlassen.

»Die Sommerfeld. Das gibt's ja gar nicht.«

»Doch, gibt es.«

»Was willst du? Reicht es nicht, dass deine Alte mir schon hinterherspioniert?« Er wirkte nicht sehr geduldig. Sein Lächeln verschwand von seinem schönen Gesicht.

»Ich war hier in der Gegend und da dachte ich …«

»Erzähl keinen Quatsch, du wohnst in der Alleestraße. Welcher deiner Wege sollte dich also hier vorbeiführen?«

»Woher weißt du, wo ich wohne?«

»Ich habe da so meine Quellen.«

Margaretas Herz schlug schneller. Er hatte sich nach ihr erkundigt. Also schien sie ihm ebenfalls nicht aus dem Kopf zu gehen.

Sie schwiegen sich eine Minute lang an, bis er endlich die Worte sagte, die sie erhofft hatte.

»Willst du hereinkommen?«, fragte er sie nicht gerade freundlich, was Margareta jedoch nicht daran hinderte, seiner Aufforderung nachzukommen.

»Ja, gern«, antwortete sie, erstaunt über die Einladung.

Er gab den Weg frei und schon stieß sie in ihrem Inneren einen Jubelschrei aus und freute sich, dass es besser geklappt hatte als erwartet.

»Du hast Kontakt mit deinem alten Kumpel Udo Mehlhase?«, fragte sie ihn, während sie ihm ins Wohnzimmer folgte.

»Hin und wieder«, antwortete er und drehte sich abrupt um. Mit seinen dunkelbraunen Augen starrte er sie lange an. So lange, bis ihre Knie weich wurden. Was hatte dieser Kerl bloß an sich?, fragte sie sich.

Er hingegen hatte bei ihrem Anblick ein mulmiges Gefühl.

›Diese dumme Ziege wird mir meine Tour vermasseln mit ihrer Neugier‹, dachte er, während er ihr einen Platz auf seiner Rolf-Benz-Ledercouch anbot.

Und doch hatte sie etwas an sich, was ihn anmachte. Ihre freche Kodderschnauze hatte ihm schon in der Schule gefallen. Damals schenkte sie ihm, dem dicken Zahnspangenträger, jedoch keinen Blick. Erst Jahrzehnte später, als aus dem unscheinbaren Jungen ein toller Mann geworden war, wurde er für sie interessant.

So waren die Weiber, alle gleich, ob alt oder jung. Ließen sich durch Äußerlichkeiten blenden, dachte er.

Und er war überzeugt, dass er daraus durchaus Profit schlagen konnte. Sein spöttischer Blick blieb an ihren übereinandergeschlagenen Beinen hängen.

Nachdem er zwei Kognacschwenker mit Weinbrand gefüllt und ihr ungefragt einen davon in die Hand gedrückt hatte, setzte er sich ihr gegenüber in einen Sessel. Er wirkte noch immer angespannt.

»Also, Sommerfeld, was willst du von mir? Du siehst nicht so aus, als hättest du es nötig, den Kerlen hinterherzulaufen. Sag, was du zu sagen hast, und dann verschwinde.« Es tat ihm sichtlich gut, sie so von oben herab zu behandeln. Schließlich war sie damals in der Schule auch nicht gerade zimperlich mit ihm umgegangen. Als wäre es erst gestern gewesen, spürte er ihre Blicke, mit denen sie hämisch auf sein gesticktes Straminbild gestarrt hatte. Dabei hatte er dafür eine Eins bekommen. Ein bunter Schmetterling auf weißem Untergrund. 60 mal 70 Zentimeter groß. Seine Mutter stieß Schreie der Verzückung aus, als er es ihr unter dem Tannenbaum präsentierte. Die anderen Jungen aus seiner Klasse wählten die schweißtreibende Sport-AG, während der wuchtige Harald Kleinschnittger und der zarte Udo Mehlhase, inzwischen 16 Jahre alt, sich zwischen die Mädchen der Handarbeits-AG drängten und stickten, bis die Finger bluteten.

»Wieso nennst du dich Simon von Brehden? Sitzt im Kurpark mit einer goldbehangenen älteren Frau herum und machst sie scharf? Da du es rein äußerlich gar nicht nötig hast, muss es einen plausiblen Grund dafür geben. Verrate ihn mir!«

»Simon von Brehden ist mein Künstlername.« Je mehr er von der braunen Flüssigkeit in sich hineingoss, desto einnehmender wurde sein Blick aus diesen funkelnden Rehaugen. Seine Anspannung legte sich.

»Was gehst du für einer Kunst nach? Die Kunst, alten Weibern den Kopf zu verdrehen, damit sie ihre Börsen öffnen und Geld über dein Haupt schütten? Einzig und allein aus dem Grund, weil du bei ihnen längst vergessene Gefühle wieder an die Oberfläche bringst? Sie spüren lässt, dass da tatsächlich irgendwo was prickelt und pocht und ihre sexuellen Gelüste ihnen noch nicht voraus in den Himmel geeilt sind?«

»Das verstehst du nicht, Sommerfeld«, zischte er sie an, während er aus dem Sessel aufstand und in seinem Wohnzimmer auf und ab ging. Vor dem großen Fenster blieb er stehen. Er starrte nach draußen in den winzigen Garten. »Weißt du, wie das ist, wenn es einem so richtig beschissen geht? Wenn man nicht mehr weiß, von was man all die Rechnungen bezahlen soll, die einem täglich ins Haus flattern?«

»Och, du Ärmster.«

Er ignorierte ihren Sarkasmus. »Ich hatte mal ein gutgehendes Architekturbüro mit drei Angestellten. Weißt du, wie das ist, wenn man ihnen kein Gehalt mehr zahlen kann? Wenn einem das Wasser bis zum Halse steht? Unverschuldet!«

»Du bist unverschuldet in Not geraten?« Margareta bekam Mitleid mit diesem gutaussehenden Mann, der sich inzwischen wieder ihr gegenüber in den weißen Ledersessel gefläzt hatte.

»Ich hatte mehrere Großbauprojekte. Die Auftraggeber konnten nicht mehr zahlen, waren plötzlich pleite. Damit fing das ganze Elend an.« Er strich sich über seine dichten Haare und seufzte, bevor er sich einen weiteren Weinbrand genehmigte, mit dem er wohl zu vergessen hoffte. Er schaute sie an, dass ihr ganz anders wurde. Margareta fragte sich, ob das seine Masche war, so zu gucken. Sicherlich war er sich bewusst, wie er auf Frauen wirkte und welchen Blick er anwenden musste, um etwas Bestimmtes zu erreichen.

»Und da kamst du auf die Idee, reiche alte Frauen auszunehmen?«

»Nein, nicht ich kam auf die Idee. Es waren die Frauen selbst, die mir helfen wollten. Und nicht nur alte Frauen. Eine ziemlich junge war auch dabei, gar nicht mal hässlich.« Er lächelte versonnen vor sich hin. Schwelgte in Erinnerungen an eine jüngere Dame, die sich sein Nettsein ganz schön was kosten ließ.

»Die Situation hat mich dazu getrieben, Dinge zu tun, die nicht rechtens waren. Beim ersten Mal hatte ich noch ein schlechtes Gewissen, beim zweiten Mal klappte alles schon viel besser.«

»Aber du hast ihnen was dafür versprochen, oder nicht?«

Völlig aufgewühlt und nur durch einen weiteren Drink zu beruhigen, hörte sich Margareta die haarsträubende Geschichte des Simon von Brehden an.

»Klar, alle wollten das Gleiche. Heiraten. Was denn sonst?«

»Aber das wolltest du nicht?«

»Sag mal, Sommerfeld, bist du bekloppt?« Er schien sein adeliges Pseudonym vergessen zu haben und sprach, wie ihm der Ruhrpottschnabel gewachsen war. »Ich habe schon Probleme genug. Ich brauche Geld und kein Eheweib, das mich an die Kette legt.«

»Ein reiches Eheweib hätte deine Geldsorgen längerfristig gelöst. Hat dich denn keine der Damen angezeigt, als du die Beziehung beendet hast?«

»Beziehung beendet hört sich gut an.« Er lachte spöttisch. »Es war eher so, dass ich mich, als die Knete geflossen war, diskret aus dem Staub gemacht habe. Bisher hatte ich Glück. Wahrscheinlich wollten die Damen ihren guten

Ruf nicht aufs Spiel setzen, was weiß ich. Wer gibt in den Kreisen schon gerne zu, über den Tisch gezogen worden zu sein? Nur eine einzige Anzeige läuft gegen mich. Aber was erzähle ich dir das eigentlich alles?«

»Aber wie hat es angefangen? Wie kommt man auf so eine absurde Idee, sich Simon von Brehden zu nennen? Musstest du den Namen nach der Anzeige nicht ändern?«

»Wie alles anfing?« Wieder lachte er und wieder floss glucksend braune Flüssigkeit in seinen Schwenker. »Mit einem Tannenbaum. Ich schlug mit Udo Mehlhase in Geldern zu Weihnachten einen Tannenbaum. Auf dem Rückweg tranken wir in einem Café, welches zu einem alten Schloss gehörte, einen Kaffee. Da lief sie mir über den Weg, meine erste Heiratskandidatin. Sie schmiss sich mir dermaßen an den Hals, dass mir gar keine andere Wahl blieb, ihr Geld anzunehmen, als sie mir unbedingt helfen wollte. Sie selbst hatte mich Simon genannt. Mich gefragt, ob ich nicht Simon von Brehden sei, den sie vor Jahren auf einer Vernissage kennengelernt hätte. Gut, war ich es eben. Und wieso sollte ich danach meinen Namen ändern? Man suchte einen Mann, der Simon von Brehden hieß, nicht Harald Kleinschnittger.«

Sie tranken weiter Weinbrand, hörten Musik von Cat Stevens und während dieser mit seiner Reibeisenstimme nicht nur Lady d'Arbanville besang, erzählten sie sich ihre Lebensgeschichten, bis der Morgen graute. Oder graute dem Morgen, als diese zwei betrunkenen Gestalten ihr privates Klassentreffen beendeten und sich endlich voneinander verabschiedeten? Mit einem langen innigen Kuss versteht sich.

Ihren Wagen ließ Margareta vernünftigerweise auf dem Parkplatz stehen und ging zu Fuß den einen Kilometer nach Hause. Sie grinste den ganzen Weg vor sich hin. Was für ein Wahnsinnstyp. Sie presste ihre Handtasche fest an sich, denn darin befand sich ein Schatz. Er hatte ihr mit den Worten »Schau mal wieder vorbei« seinen Haustürschlüssel gegeben, als sie endlich voneinander abgelassen hatten.

Gleich heute Abend werde ich ihm einen Besuch abstatten, nahm sie sich vor und freute sich wie selten in ihrem Leben zuvor.

Die große Ernüchterung kam acht Stunden später. Mit einem riesigen Kater war sie gegen Mittag erwacht. Mühsam verließ sie das Bett, kochte sich einen Kaffee und setzte sich an den Küchentisch. Froh, dass Samstag war, rief sie sich den letzten Abend und ganz besonders die Nacht noch einmal in Erinnerung. Sie kramte Haralds Haustürschlüssel aus ihrer Handtasche, nahm ihn vorsichtig in die Hand und betrachtete ihn. Also doch kein Traum. Er hatte ihr tatsächlich seinen Haustürschlüssel gegeben, stellte sie verwundert fest. Sicherlich bereute er es, falls er sich überhaupt daran erinnern konnte, bereits bitter. Sie durfte sich nichts vormachen, es war ein One-Night-Stand, mehr nicht. Der Alkohol und die ungewohnte Stimmung hatten sie zusammengeführt. Sie durfte es nicht überbewerten, musste ihn einfach vergessen. Was wollte sie letztendlich mit einem Heiratsschwindler, der vor lauter Problemen nicht mehr ein noch aus wusste? War ein schöner Abend mit supertoller Nacht und Sex vom Allerfeinsten. Sie musste es in guter Erinnerung behalten und ihn vergessen.

Der Geist war willig, doch das Fleisch schwach, hieß es so schön. Wie wahr! Gegen 16 Uhr hielt sie es nicht mehr aus und rief ihn an. Nachdem das Freizeichen unendlich oft ertönt war, hörte sie irgendwann seine verschlafene Stimme.

»Kleinschnittger.«

Margareta schien verdutzt. Hatte sie etwa gehofft, er würde sich mit »von Brehden« melden? Er war nun mal kein Graf, sondern ihr alter Schulfreund Harald, ein Architekt, über dessen Kopf die Pleitegeier kreisten und nur darauf warteten, ihm endlich in die Birne zu picken.

»Hier ist Margareta«, sagte sie mir leiser Stimme und wartete gespannt auf seine Reaktion.

»Ach Sommerfeld, du bist es. Mensch, fühle ich mich schlecht. Wie geht es dir?«

Immerhin schien er sich an sie zu erinnern. Sie hoffte, dass er auch die tolle Nacht nicht vergessen hatte.

»Nicht so besonders. Wahrscheinlich habe ich zu viel getrunken.«

Er lachte sein künstliches ›Simon von Brehden‹-Lachen.

»Ja, kann man wohl sagen. Aber war doch ganz nett mit uns, oder?«

Ganz nett, registrierte sie enttäuscht. Er fand ihre erste gemeinsame Nacht ganz nett. Immerhin hatte er sie nicht aus seinem Gedächtnis verbannt. Es würde keine Fortsetzung geben, hämmerte ihr ihre Vernunftstimme ein. Je eher sie ihn vergaß, desto besser für sie. Und wieder wurde das Fleisch schwach und sie wünschte sich, sie wäre Vegetarierin. »Können wir uns heute Abend sehen? Du hast mir deinen Hausschlüssel gegeben mit der Aufforderung, bei dir vorbeizuschauen. Ich hoffe, du hast es noch nicht vergessen?«

»Nein, wie könnte ich«, sülzte er herum. »Heute Abend geht es allerdings nicht. Da bin ich mit Brigitte verabredet. Wir wollen ins Theater. ›Die Liebe zu den drei Orangen‹ gibt es im Musiktheater im Revier.«

Die Oper war von Sergei Prokofjew, wenn sie sich recht

erinnerte. Die Liebe zu den drei Orangen. Wie romantisch. Wahrscheinlich wird ihm Brigitte anschließend noch ein tolles Essen mit teurem Wein spendieren.

»Morgen geht auch nicht, ich habe Brigitte versprochen, bei ihr zu übernachten. Komm Montag.«

Es schien für ihn selbstverständlich zu sein, mit einer alten Frau in die Oper zu gehen und anschließend noch bei ihr zu übernachten.

Würde er das gleiche Programm durchziehen, wie in der letzten Nacht bei mir?, fragte sie sich ein wenig pikiert.

»Wozu das Ganze?«, hörte sie sich fragen und bereute es sogleich.

»Ach, Sommerfeld. Ich muss das Eisen schmieden, solange es heiß ist. Du bist doch etwa nicht eifersüchtig?«

»Nein, wieso sollte ich?«

»Das mit uns, lass es uns langsam angehen, okay?«

Ihr Herz schlug schneller. In ihren Ohren begann es zu rauschen. Was hatte er da eben gesagt? Er gab dem ›uns‹ also eine Chance? Doch kein One-Night-Stand? Die Freude in Margareta gewann überhand. Voller Euphorie nahm sie sich vor, ihn wieder auf den rechten Weg zu führen, ihn sozusagen zu resozialisieren.

»Ja, okay«, hauchte sie ins Telefon. »Bis Montag dann.«

»Bis Montag, Sommerfeld.« Und schon hatte er das Gespräch beendet.

4

Margareta parkte direkt vor seinem Haus in der Gysenbergstraße. Sein Daimler stand wieder in der Garagenauffahrt. Wieso stellte er ihn nicht in die Garage?, fragte sie sich. Da hatte er schon so eine Riesenunterkunft für sein Gefährt und nutzte sie nicht. Sie dagegen musste sich mit einem winzigen Stellplatz für 20 Euro monatlich begnügen und wäre dankbar, ihr Auto in einer Garage nächtigen lassen zu können.

›Fahr nach Hause‹, sagte sie sich. ›Du stürzt dich da in eine Geschichte, an der du dir die Zähne ausbeißen wirst. Lass es. Er sieht viel zu gut aus. Er wird dir Ärger bringen.‹

Das ganze Wochenende hatte sie damit verbracht, über eine Zukunft mit dem schönen Harald nachzudenken. Ihre Mutter hatte ihr natürlich abgeraten. »Kind, lass die Finger von dem, der taugt nichts«, hatte sie erst gestern beim gemeinsamen Kaffeetrinken verlauten lassen. ›Zu spät, Mutti, ich bin schon mit ihm in die Kiste gestiegen‹, hätte sie am liebsten zu ihr gesagt. Sie behielt ihre tolle Nacht jedoch besser für sich. Trotz der Mahnungen ihrer Mutter und ihrer inneren Stimme brachte sie es nicht fertig umzukehren, verschloss ihren Wagen und steuerte auf das Haus zu. Nachdem sie die Türglocke betätigt hatte, hieß es erst einmal warten. Alles friedlich in dieser Straße, kein Mensch zu sehen. Wahrscheinlich genossen die Anwohner die späte Abendsonne in ihren Gärten auf den windgeschützten Terrassen. Nach fünf Minuten wurde es Margareta zu dumm und sie holte den Haustürschlüssel aus der Tasche. Wozu hatte er ihr diesen schließlich überreicht? Im nüchternen

Zustand hätte Harald ihr den Schlüssel niemals gegeben, war sie sich sicher. Nichts rührte sich. Ob er überhaupt zu Hause war? Vielleicht noch bei der schönen Brigitte, den dicken Scheck abarbeiten? Mutig steckte sie mit zitternden Händen den Schlüssel ins Schloss und öffnete die Haustür. Leise betrat sie die helle Diele, von der aus sie in den offenen Wohnbereich blicken konnte. An Möbeln hatte er wirklich gespart. Alles hypermodern. Weiße niedrige Schrankwand im Wohnzimmer, weiße Couchgarnitur, Tisch aus Glas. Nachdem sie das Wohnzimmer inspiziert hatte, ging sie in die Küche. Irgendwie roch es abgestanden in seinem Haus, wie zwei Wochen nicht gelüftet. In der Küche überwog blitzender Edelstahl, alles sauber und ordentlich.

Keine Spur von Harald, auch nicht im Essbereich, wo sechs Korbstühle sich um einen großen hellen Holztisch gruppierten. Über einer weißen Anrichte hing ein Regal, bestückt mit Fotos, die seine lachende Mutter zeigten. Mutter am Strand mit Sonnenhut, Mutter im Liegestuhl im Garten, Mutter in den Bergen. Nirgendwo ein Bild vom Vater oder eines, wo die Eltern gemeinsam abgelichtet waren. Harald – ein Muttersöhnchen?

Neugierig stieg sie die Treppe ins Obergeschoss hinauf und öffnete die rechte der drei Türen. Haralds Schlafzimmer. Ein wahrer Lusttempel, den sie in der Nacht zu Samstag überhaupt nicht wahrgenommen hatte. Die gegenüberliegende Wand knallrot, das schwarze Metallbett mit einer Tigerfelldecke versehen. Die Nachttischchen aus Glas boten je einem goldenen Buddha Platz. Der Kleiderschrank auf der linken Wand hatte eine Spiegelfront. Alles war aufgeräumt. Auf einem Korbstuhl in der Ecke lag ein Bademantel. Harald war ein ordentlicher Mensch, so viel stand fest.

Auch das weißgefliese Bad strotzte nur so vor Sauberkeit und Ordnung. Entweder hatte er eine tolle Putzfrau oder er verbrachte seine wenige Freizeit damit, die Wohnung zu schrubben. Das Arbeitszimmer bot einen ebenso harmonischen Anblick. Einige Ordner lagen aufgeklappt auf dem Schreibtisch, ansonsten entdeckte sie nichts Auffälliges. Sie setzte sich kurz an seinen Arbeitsplatz und blätterte in seinem Terminkalender. Die Eintragungen, die sich darin befanden, sagten ihr nichts. Als sie gerade das Zimmer verlassen wollte, fiel ihr Blick auf ein kleines Notizbuch, welches auf einem halbhohen Aktenschrank lag. Ein schwarzes ledergebundenes Buch mit Goldprägung. Sein Inhalt interessierte sie. Namen wie Brigitte Hoffmann und Carolin von Tiefsbach samt Anschriften befanden sich darin. Margareta steckte ohne groß zu überlegen das Büchlein in ihre Handtasche. Das Dachgeschoss ersparte sie sich und stieg die Treppen hinunter. Enttäuscht stellte sie fest, dass Harald wohl nicht zu Hause war. Weilte er etwa tatsächlich noch bei der alten Brigitte? Den Haustürgriff schon in der Hand, kam ihr der Einfall, noch kurz einen Blick in den Keller zu werfen.

Auch hier hatte sie die Wahl zwischen drei Türen, alle aus grauem Stahl. Sie entschied sich für die mittlere. Der Heizungskeller. Ein warmer, übler Geruch zog ihr in die Nase. Ein schmaler Lichtstrahl erfasste eine am Boden liegende Gestalt. Margareta stieß einen Schrei aus. Gleichzeitig knickten ihr fast die Beine weg. Nachdem sie die Tür ganz geöffnet und den Raum betreten hatte, erkannte sie Harald. Aufgebahrt wie eine ägyptische Mumie. Die Füße waren exakt parallel ausgerichtet. Die Arme lagen über der Brust gekreuzt. Die Rose, die ihm der Mörder auf die Brust gelegt haben musste, ließ die Blätter hängen. Haralds Gesicht wirkte starr und grau.

Vorsichtig beugte sich Margareta über ihn.

»Harald? Harald, was ist mit dir?«, sprach sie ihn flüsternd an. Dabei wusste sie genau, dass er tot war. Um den Hals hatte er eine Drahtschlinge, die an der Seite mit einer Zange exakt zugedreht war. So, wie man einen Zaun befestigte. Sein Kopf lag in einer nicht allzu großen Blutlache. Das Blut war längst eingetrocknet. Was hatte Harald in diesem schönen Anzug im Heizungskeller verloren? Hatte der Mörder ihn hier runtergeschleppt? Gab es einen Kampf? Hatte er ihm vorher den Schädel eingeschlagen und ihm anschließend mit der Schlinge den Garaus gemacht? Fragen über Fragen, die durch Margaretas Kopf kreisten und sie bei Haralds Anblick nicht zusammenbrechen ließen.

Sie rüttelte ihn leicht an der Schulter, obwohl sie genau wusste, dass es zwecklos war. Er musste schon länger tot sein. Die Heizungsanlage gab knatternde Geräusche von sich. War sie etwa defekt und hatte Harald, bevor er am Samstag zu Brigitte fahren wollte, noch nach dem Rechten hier unten gesehen? Wurde er dabei von seinem Mörder überrascht?

Noch während sie ihr Handy aus ihrer Tasche kramte und die 110 wählte, überlegte sie krampfhaft, was sie der Polizei erzählen sollte. Sicherlich die Wahrheit, aber gewiss nicht die ganze. Dass Harald ein Heiratsschwindler war, würde ihr Geheimnis bleiben, entschied sie. Wie gut, dass sie sein Notizbuch eingesteckt hatte. So konnte sie sich selbst in die Ermittlungen stürzen. Vielleicht fand sich der Mörder in der Adelsszene? Vielleicht war eine der reichen Damen die Mörderin? Gekränkte Eitelkeit war kein schlechtes Motiv.

Es dauerte eine gefühlte Ewigkeit, bis die Polizei eintraf. Der Beamte, der was zu sagen hatte, war Margareta sofort unsympathisch. Schon wie er sie betrachtete, so von oben herab, besserwisserisch, ließ Wut in ihr aufsteigen. Er tat gerade, als wäre sie die Mörderin. Allein sein Aussehen war ihr mehr als zuwider! Ein schmächtiges Würstchen mit kaum vorhandenem Oberlippenbart. Die Polizeimütze war ihm viel zu groß. Straßenköterblonde Haare lugten an den Seiten hervor. Seine schwarze Hornbrille ließ ihn noch jünger wirken. Sein Aftershave roch nach altem Opa. Dieses hatte er wohl bewusst gewählt, um betagter und weiser zu wirken. Respekt verschaffte er sich mit dem Gestank allerdings nicht.

»Wer sind Sie eigentlich?«, fragte er sie brüsk.

»Margareta Sommerfeld, ich war mit Herrn Kleinschnittger heute Abend hier verabredet.« Patzig verschränkte sie die Arme vor ihrer Brust.

»Wohnort?«

»Gelsenkirchen-Buer.«

»Postleitzahl?«

»45891.«

»Straße?«

»Alleestraße … Sagen Sie, was wird das hier? Ein Verhör? Oder vielleicht ein Quiz? Meinen Sie, wenn ich ihn umgebracht hätte, würde ich brav die Polizei rufen? Dann hätte ich mich doch wohl aus dem Staub gemacht.«

»Beruf?«

Margareta schnaufte wütend.

»Ich wüsste nicht, was mein Beruf mit dem Mord hier zu tun hat.«

Mit bösem Blick sah er sie an. »Also, was ist nun?«, fragte er in gereiztem Tonfall.

»Arbeitslos? Oder demnächst selbstständig. Vielleicht irgendwo angestellt? Pommesbude oder Kaufhaus? Suchen Sie sich irgendwas aus. Ich weiß echt nicht, was das mit dem Toten hier im Heizungskeller zu tun hat. Mir reicht es. Ich werde jetzt gehen.«

»Das würde ich Ihnen nicht raten.« Mit Drohgebärden kam er ganz nah an sie heran.

»Ich habe Ihnen nichts mehr zu sagen. Sie wissen, wo Sie mich erreichen können. Und mäßigen Sie Ihren Ton.«

Gerade als sie mit wutverzerrtem Gesicht in ihr Auto steigen wollte, kam ein schwarzer BMW um die Ecke gebogen und stellte sich, ihren Kleinwagen ignorierend, mit seinem Gefährt direkt vor ihren Wagen. Mühselig entstieg Kommissar Blauländer dem Fahrzeug, gleichzeitig sprang sein Kollege Kornblum auf der Beifahrerseite aus dem Auto. Blauländer hatte ihr gerade noch gefehlt. Erinnerungen kamen in ihr hoch.

Hier kam sie nie mehr weg, dachte sie, denn weitere Polizeiwagen versperrten die gesamte, ansonsten friedliche Straße. Neugierige Nachbarn wagten sich zögernd heran, tuschelten miteinander und fragten sich, was wohl passiert war.

Margareta blieb nichts anderes übrig, als wieder auszusteigen.

Helmut Blauländer musste nicht lange überlegen, woher er Margareta kannte, als er freundlich auf sie zuging. »Margareta Sommerfeld, nicht wahr? Blauländer, Helmut Blauländer, Kripo Gelsenkirchen. Aber das wissen Sie sicherlich noch.«

Leider, dachte sie. »Ja, Margareta Sommerfeld. Ich habe die Polizei verständigt.« Sie hatte ihn völlig aus ihrem Gedächtnis gestrichen und nicht im Traum daran gedacht, ihn hier zu treffen. Die beiden Toten auf dem alten Zechengelände Bergmannsglück im letzten Jahr hatte sie verdrängt, ebenso die Sache mit dem durchgeknallten Bertl.

»Und dann wollten Sie uns so schnell wieder verlassen?«

»Ja, ich wollte einfach nur weg. Ich bin total fertig, nachdem der Polizeibeamte mich wie den letzten Dreck behandelt hat.«

Jetzt musste Helmut Blauländer lachen. Väterlich legte er den Arm um Margareta und führte sie zurück zum Haus.

»Ach wissen Sie, der Ullmeier ist erst kürzlich zum Polizeiobermeister aufgestiegen. Die neue Stellung nutzt er jetzt leider zu oft aus. Ich muss ihm mal beizeiten den Marsch blasen.«

»Wie eine Mörderin hat er mich behandelt. Hätte ich die Polizei gerufen, wenn ich einen Mord begangen hätte?«

»Ach, Frau Sommerfeld, Sie glauben gar nicht, was es alles gibt.«

Als sie nun Haralds Haus betrat, in dem geschäftiges Treiben herrschte, ging ein kalter Hauch über ihren Rücken.

Männer in weißen Anzügen mit Metallkoffern rannten die Treppe hinunter. Polizeibeamte waren dabei, die neugierigen Passanten, die sich bis zur Tür vorwagten, zu verscheuchen.

Kornblum steckte sich einen Kaugummi in den Mund und hockte sich auf die weiße Ledercouch. Es gab Margareta einen Stich, ihn dort zu sehen, wo sie am Freitagabend noch mit Harald zusammen gesessen hatte.

»Sie kannten den Toten?« Auch Blauländer nahm nun auf dem Sofa Platz.

Hoffentlich kam er da jemals wieder hoch, dachte Margareta, während sie sich ihm gegenüber auf die Kante eines Sessels setzte. Außerdem fragte sie sich, ob sie überhaupt hier sitzen durften. Vernichteten sie keine Spuren oder Beweise?

»Ja, wir waren für heute verabredet. Wir hatten uns vor Kurzem bei einem Ausflug wiedergetroffen. Wir sind früher zusammen in eine Klasse gegangen.«

»Ach, guck an. Und da blühte eine alte Liebe wieder auf?«

»Ja, kann man so sagen«, meinte Margareta und ließ ihn in dem Glauben.

»Und Sie hatten einen Schlüssel für sein Haus?«

»Ja, den hatte er mir gegeben. Als er nicht öffnete, bin ich hinein, habe in allen Räumen nach ihm gesucht. Schließlich fand ich ihn im Heizungskeller.« Tränen liefen ihr die Wangen hinunter. Sie ließ ihnen freien Lauf.

›Zufall, hier auf sie zu treffen?‹, fragte sich Blauländer. Vor etwas mehr als zwei Jahren haben wir sie aus diesem Keller in Haltern befreit, gerade, als ein Verrückter sie erschlagen wollte. Die ganze Sache kam ihm damals nicht koscher vor. Und dann im vorigen Jahr die beiden Morde auf dem alten Zechengelände. Die Sommerfeld konnte es wieder einmal nicht lassen, sich in die Ermittlungen einzumischen. Er war ein wenig in sie verliebt gewesen, musste er zugeben. Doch man sah sich immer zwei Mal im Leben, wie wahr, dachte er. Und nun schon zum dritten Mal. Er hoffte inständig, dass es bei der einen Leiche blieb. Bei der Sommerfeld konnte man es nie wissen.

»Sie sehen so aus, als hätte es Ihnen gerade noch gefehlt, hier auf mich zu treffen, stimmt's?«

Er schmunzelte. Ein loses Mundwerk hatte sie immer schon. »Ja, das war eine irre Geschichte, Ihre Entführung und was dem alles vorausging. Dann die Sache auf dem alten Zechengelände.« Blauländer erinnerte sich, wie schlecht es ihr ging, als er sie im Krankenhaus besucht hatte. »Wie ich sehe, haben Sie sich inzwischen wieder ganz gut erholt?«

»Ja, bis gestern ging es mir sogar sehr gut.«

»Und nun sind Sie wieder in ein Mordgeschehen geraten.«

Wie vorsichtig er sich ausdrückte, dachte Margareta. Eigentlich ein netter Mann.

»Ich habe es mir nicht ausgesucht, Herr Kommissar.«

»Das kann ich mir denken.« Er konnte nur hoffen, dass sie sich nicht erneut in die Ermittlungen einmischen würde.

Mit verweinten Augen schaute sie aus dem Fenster. Sie fragte sich, wer nun dieses schöne Haus erben würde. Mit einem Bein hatte sie sich schon hier wohnen sehen. Inzwischen war es draußen stockdunkel geworden. »Und wieder einmal dachte ich, das könnte er sein. Da wird der Kerl ermordet«, sprach sie mehr zu sich selbst.

»Ach, Mädchen«, sagte Blauländer tröstend und tätschelte ein wenig unbeholfen ihre Schulter.

Nachdem er es endlich unter großer Kraftanstrengung geschafft hatte, vom Sofa aufzustehen, bemühte er sich nun in den Keller, um den Toten in Augenschein zu nehmen.

TEIL II

– RÜCKBLICK –

1

Sie hörte noch immer seine arrogante Stimme, sein affektiertes Lachen, das er seinen oft schwachsinnigen Bemerkungen hinterherschickte und sicherlich lange geübt hatte. Sah dieses übertriebene Grinsen, die stocksteife stolze Haltung im Wechsel mit den tänzelnden Bewegungen in den gewienerten Budapestern. Überhaupt die übertriebenen Klamotten, die bunten Oberhemden, die allesamt nach Lenor gerochen hatten, die peinlich bunten Seidenschals, die er sich um seinen samtigen Hals geschlungen hatte und sogar noch gerne im Bett anbehalten hätte.

›Sei einfach froh, ihn los zu sein‹, sagte Carolin von Tiefsbach sich mehr als einmal und doch nagte grenzenlose Wut in ihr, dass er sich einfach so aus dem Staub gemacht hatte. Sie hätte ihm ein wundervolles Leben bieten können, in Kreisen, die er nie zuvor kennengelernt hatte. Er jedoch schmiss alles weg, nahm ihre gutgemeinte Finanzspritze und verschwand auf Nimmerwiedersehen.

An einem kalten Dezembertag war er mit einem Freund in ihr Schloss-Café hereingeschneit. Wie elend hatte sie sich damals gefühlt, nur sechs Monate nach Lamberts plötzlichem Tod. Die Tage waren grau und trostlos. Die Arbeit verschaffte ihr ein wenig Ablenkung und Vergessen, wenn auch nur für kurze Zeit. Jeden Morgen beim Aufwachen verspürte sie diese lähmende, brennende Traurigkeit. Wieso Lambert?, hatte sie sich immer wieder gefragt. Er war doch erst 40 Jahre alt. Da fiel man nicht einfach so mit Herzversagen um.

An jenem Morgen im Dezember – irgendetwas war an dem Tag anders – hatte sie zum ersten Mal wieder das Wetter wahrgenommen. Es hatte geschneit und war eisig kalt. Sie schaute durch das Panoramafenster nach draußen in den Park. Beobachtete Paula, die kleine Dackelhündin des Verwalters, wie sie voller Freude durch den Schnee sprang. Sie musste schmunzeln. Nach langen Wochen, in denen ihr Gesicht ihr wie erstarrt vorkam, spürte sie das zarte Lächeln in ihren Mundwinkeln. Heilte die Zeit wirklich alle Wunden? Spätestens fünf Minuten später, als sie ihn das erste Mal gesehen hatte, war sie überzeugt, dass es so sein musste. Die männliche Gestalt, die sich die zarten Schneeflocken von seinem Mantel abschüttelte, faszinierte sie. Welch eine Erscheinung, dachte Carolin. Als ihre Blicke sich trafen, spürte sie wieder Leben in sich. Ihr Herz begann zu klopfen, wie bei einem verliebten Teenager. Schweiß trat, trotz der Kühle des großen Raumes, auf ihre Stirn.

Als sie die Bestellung der beiden Herren aufnahm – sie wünschten ein Gelderländer Frühstück, mit Rührei und Bauchspeck – fielen ihr seine gepflegten Hände auf. Beeindruckt war sie auch von seinem schwarzen dichten Haar. Wie im Zwang wollte ihre rechte Hand über seinen Kopf fahren. Sie riss sich jedoch zusammen. Als sie ins Gespräch kamen und dieser nette Herr ihr erzählte, dass er einen Tannenbaum für seine kranke Mutter abgeholzt hatte, weil diese frisch geschlagene Bäume wegen des intensiven Geruchs so mochte, war es um sie geschehen. Da opferte ein Traumtyp, der bestimmt beruflich stark eingespannt war, Zeit, um seiner alten Mutter einen Baum zu besorgen. Als sie das Frühstück für die Männer herrichtete und dabei in den Spiegel schaute, fiel ihr auf, dass ihre Wangen gerötet waren. Sie musste mal wieder etwas mit ihren Haaren machen, früher war sie nicht so ungepflegt herumgelaufen. Sie fasste in ihre mittelblonde, strähnige Mähne und beschloss, am nächsten

Tag sogleich den Friseur aufzusuchen. Da würde Lambert sicher nichts gegen einzuwenden haben.

Eine Woche später war er erneut da, dieses Mal allein. Es lag immer noch Schnee und er sah immer noch so gut aus. Der rote Pulli bildete einen tollen Kontrast zu seinen schwarzen Haaren. Wieder servierte sie ihm ein Frühstück.

Seine braunen Augen musterten sie, als müssten sie jedes kleine Detail genauestens aufnehmen. Ihre Veränderung war ihm aufgefallen.

Ihre Augen strahlten, blickten nicht mehr so traurig wie noch vor einer Woche. Ihr Haar glänzte, die helleren Strähnen schimmerten wie Gold. Sie trug ein leichtes Make-up. Der grüne Pullover aus Neuseeländer Merinowolle spiegelte die Farbe ihrer Augen wider. Die Qualität des guten Stückes hatte sich bezahlt gemacht, denn auch nach langen Jahren bildete er noch keine Knoten.

Im Hintergrund spielte Violinenmusik, die Kaffeemaschine gab glucksende Laute von sich und Arpad, der Sohn von Aron Horvat aus Budapest, beide angeblich Abkömmlinge des Großfürsten der vereinigten Magyarenstämme, rollte mit den Augen und blickte kopfschüttelnd an die Decke. Hatte er sich nach Lamberts Tod vielleicht selbst Hoffnung gemacht, bei seiner Chefin zu landen und ihr Herz zu erobern? Lambert hatte während seines Studiums bei Aron Horvat in Budapest gewohnt und war wie ein Sohn in der Familie aufgenommen worden. Diese Freundschaft blieb über Jahre bestehen. Aus Dankbarkeit bot Lambert ihm, als sie das Schloss-Café eröffnet hatten und Aron sich per Brief einmal über seinen Taugenichts von Sohn beschwerte, Arbeit und Unterkunft für Arpad an. Aus dem vereinbartem halben Jahr waren nun schon fast zwei Jahre geworden und Arpad wurde für Carolin nach

Lamberts Tod nahezu unersetzlich. Er kümmerte sich mit seinem ungarischen Charme nicht nur hervorragend um die Gäste des Cafés, sondern auch um die Pferde samt der Stallungen. Hier auf dem Schloss zeigte Arpad sich von seiner besten Seite, war alles andere als faul und für Gräfin Carolin so etwas wie ein Vertrauter geworden. Dieser feine Herr war Arpad jedenfalls von Anfang an ein Dorn im Auge, als ahnte er nichts Gutes.

An jenem zweiten Zusammentreffen vergaßen sie nicht nur die Zeit, sondern auch ihre Verpflichtungen. Sie redeten und redeten, über Gott und die Welt. Carolin war inzwischen eingefallen, woher sie ihn kannte. Sie war überzeugt, dass es sich bei diesem schönen Mann um Simon von Brehden handeln müsse, den sie vor einigen Jahren bei einer Vernissage in Düsseldorf kennengelernt hatte.

Dieses Wunschdenken, was seine adelige Herkunft betraf, war in ihr so mächtig, dass er auf ihre Frage, ob er es nicht tatsächlich sei, gar nicht anders konnte, als in die Rolle des Simon von Brehden zu schlüpfen. Sie hatte ihn mit ihren eindringlichen Fragen regelrecht da hinein gedrängt. So vergaß er recht schnell, dass er Harald Kleinschnittger war, ein gewöhnlicher Architekt aus Gelsenkirchen, dem das Wasser bis zum Halse stand, und freundete sich mit dem Gedanken an, ein wohlhabender Galerist aus dem Düsseldorfer Umland zu sein, der selbst auch mit Erfolg malte. Dabei hatte er, außer in der Grundschule, nie einen Pinsel in der Hand gehalten. Und doch schaffte er es, Carolin glauben zu machen, dass er die Moderne liebe und sich voll mit dem Impressionisten Claude Monet identifizieren würde. Wozu gab es schließlich unzählige Kunstbände, mit denen er sich das gewünschte Wissen aneignen konnte?

Sie erzählte ihm, wie sie zu diesem schnuckeligen Café

gekommen war, das er schon beim ersten Besuch bewundert hatte. Lange hätten sie gezielt nach einem Konzept gesucht, das zum Charakter des Schlosses passte. Aus einem ehemaligen Schweinestall war diese lichtdurchflutete Herberge entstanden, von der Carolin sich eine Nebeneinnahme und vor allem Abwechslung durch die Gäste versprach. Warme Brauntöne mit bequemen Korbstühlen und Sesseln, die zum Verweilen einluden, herrschten vor. Eigenhändig sorgte Carolin mithilfe einer Angestellten und Arpad dafür, dass alles auch wirklich schmeckte, was sie anboten. Ihre Eltern, Gräfin Adelheid und Graf Adolf von Tiefsbach, schüttelten oft verständnislos den Kopf. An erster Stelle kam das berühmte Gelderländer Frühstück, das keine Wünsche offenließ. Am Nachmittag wurde vom gedeckten Apfelkuchen bis zur Sachertorte nur Selbstgebackenes präsentiert. Dazu die Spezialitäten aus der Siebträgermaschine: Milchkaffee, Cappuccino, Latte macchiato, Schümli und Espresso. Kaffee spielte hier eine große Rolle. Die Thekenoberfläche war mit Kaffeesackmotiven designt. Durch das Panoramafenster konnte man auf einen Teil des Schlosses mit seinem Wassergraben blicken.

Schloss Jacobs war schon ein ansehnlicher Besitz, musste ihr Simon von Brehden zustimmen. Das aus dem 17. Jahrhundert stammende Gebäude gehörte zu den bedeutendsten Wasserschlössern am Niederrhein. Die Vorburg und das sie umgebende malerische Land beherbergten heute einen land- und forstwirtschaftlichen Betrieb und das Café.

Im Anschluss an ihr Gespräch kam Simon von Brehden noch in den Genuss einer Führung und war sich sicher, dass er keine Sorgen mehr hätte, wenn er erst Hausherr von Schloss Jacobs wäre.

Bereits eine Woche später, zwei Tage vor Heiligabend, trafen sich die beiden wieder. Carolin Gräfin von Tiefsbach hatte ihn zum Abendessen eingeladen. Er war nicht nur äußerst überrascht, dass sie dieses Essen selbst zubereitet hatte, sondern auch erstaunt, dass ihr gräflicher Vater die zu verspeisende Ente selbst geschossen hatte. Er musste schwer schlucken bei der Vorstellung, dass es sich um eine stinknormale Wildente gehandelt hatte, wie sie bei ihm daheim im Stadtwald zuhauf herumschwammen und die er als Kind so gern gefüttert hatte. Mit Gewalt versuchte er, die Entenbrust mit dem Messer in mundgerechte Stücke zu schneiden. Dass sie zäh wie Leder war, wurde von Carolin eisern ignoriert. Dazu gab es Kartoffeln und Möhren aus dem heimischen Schlossgarten, sowie als Dessert ein Apfelcrumble aus Äpfeln der im Schlosshof stehenden Obstbäume. Alle Lebensmittel wurden im Schlosskeller gelagert oder nach alter Art eingekocht.

Bereits auf der Hinfahrt war ihm das Wasser im Munde zusammengelaufen, als er sich ausmalte, was ihm gleich kredenzt werden würde. Er sah sich an einem fürstlichen Tisch sitzen, um ihn herum Personal in Hülle und Fülle, in feiner Kleidung. Fortwährend würde man ihm feinste Speisen reichen und vom Wein, Spezialitäten aus dem eigenen Keller, ordentlich nachgießen. Die edlen Speisen konnte er vergessen, Personal ebenfalls. Carolin servierte persönlich. Das Speisezimmer entsprach zwar seinen Vorstellungen, über und über mit antiken Möbeln bestückt, doch schaffte der kleine Kamin in der Ecke es nicht, das riesige Zimmer mit den hohen Stuckdecken ausreichend zu beheizen. Er ärgerte sich, keinen Pullover angezogen zu haben, steckte nun in einem perfekt sitzenden Anzug, mit weißem Hemd und bunter Seidenkrawatte, und fröstelte vor sich hin.

Von seinen guten Manieren war die Gräfin sehr angetan. Er benutzte die Serviette, bevor er einen Schluck Wein trank, legte sein Besteck gekonnt zur Seite, alles so, als habe er nie etwas anderes getan. Wieder war er ein perfekter Unterhalter, äußerst lässig und witzig, ohne etwas über sich zu verraten. Das Wenige, das er erzählte, handelte von seiner Mutter. Er sprach mit Liebe und Hingabe von ihr, was ihm bei Carolin ordentlich Pluspunkte verschaffte.

Ansonsten war er ein perfekter Zuhörer, geduldig und schweigsam. Carolin erzählte von ihrer Kindheit als Tochter eines Grafen, von ihrer perfekten Ehe mit dem tollen Lambert, die leider kinderlos geblieben war, und berichtete ihm von der schlimmen Zeit nach seinem Tod.

Sie wollte jedoch nicht das zarte Pflänzchen der Zuneigung zwischen ihnen zerstören, indem sie zu viel von sich redete. Egal, welche Frage sie ihm stellte, es folgten meist nur ausweichende Antworten. So kannte sie auch nach dem dritten Treffen noch nicht seine Einstellung zur Politik und zu anderen allgemeinen Dingen.

Er hingegen musste sich weiterhin Anekdoten der Vorfahren der von Tiefsbachs anhören, Interesse heuchelnd, mit einem galanten Lächeln auf den Lippen, als könne er nicht genug davon bekommen.

Beim Abschied am Parkplatz der Vorburg – der Schneefall drohte in Regen überzugehen – malte Carolin sich aus, wie sie die herrschaftliche Treppe zu ihren Gemächern hinaufsteigen und wie er sie küssen würde, bevor er …

Leider reagierte er anders. Er lächelte sie liebevoll an und schaute ihr tief in die Augen. »Wir sollten nichts überstürzen«, sagte er zu ihr. »Liebe ist so zerbrechlich. Da sollten wir uns Zeit lassen.«

Sie nickte überwältigt. Was für ein Mann! Welch ein

vorbildliches Benehmen. Ein anderer Kerl hätte die Situation sicherlich ausgenutzt. Nicht Simon von Brehden. Er hatte Stil.

Sie konnte an diesem Abend nicht ahnen, dass er absolut keine Lust hatte, mit dieser Öko-Gräfin in ihren ollen Sackklamotten in die Kiste zu steigen. Er fand sie nicht hässlich, sie hatte ein hübsches Gesicht. Doch mit ihrer Art kam er nicht zurecht. Wollte er sich jedoch weiterhin mit ihr treffen, würde er bald in den sauren Apfel beißen müssen. Er wusste, dass sie voll auf ihn abfuhr und lieber heute als morgen mit ihm in ihr sicherlich uraltes Bett hüpfen würde. Zu diesem Zeitpunkt hatte er allerdings noch keinen Plan, wie es weitergehen sollte. Er winkte brav, als er mit seinem Wagen davonfuhr. Am zweiten Weihnachtstag wollten sie sich wiedersehen. Ein weihnachtliches Familienessen. Ihm graute davor. Er hatte Angst, wieder irgendein zähes Tier von dem heimischen Gelände essen zu müssen. Für ihn war es unverständlich, wieso eine reiche Bande derart knickerig war. Simon von Brehden beschloss, Carolin zu vergessen.

2

Tanja Beuker war nicht die Schönste. Mit einer Größe von einem Meter fünfundachtzig ähnelte ihre Statur der eines Pferdes. Sie trug für ihr Leben gerne Faltenröcke, in Dunkelblau oder Braun, welche ihre ausladenden Hüften und den überdimensionalen Hintern stark zur Geltung brachten. Dazu trug sie am liebsten Rollkragenpullover in den unmöglichsten Farben, Dunkelgrün oder Grau. Ihre Füße steckten in orthopädischen Maßschuhen, da sie in ihrer Kindheit an einer leichten Form der Kinderlähmung erkrankt war und seither Schwierigkeiten mit dem Gehen hatte. Um den Hals baumelten schwere Metallketten, die an Mittelalter und Kerker erinnerten.

Ihre wenigen dunkelbraunen Haare waren stets fettig und wirkten ungekämmt. Eine leichte Naturwelle verhinderte ein schlimmeres Aussehen. Von Schminke hielt Tanja nicht viel. An ihre Haut ließ sie nur Wasser und Seife, denn sie war der Ansicht, weniger sei mehr. Einmal wöchentlich gönnte sie ihrer Haut eine Nivea-Ei-Maske. Sie rührte dazu einen Teelöffel aus der blauen Dose mit einem rohen Ei zusammen und klatschte sich das Ganze für eine Stunde ins Gesicht, in der Hoffnung, hinterher drei Jahre jünger auszusehen. Doch ihre Haut wirkte weiterhin wie Wachs und jeder, der sie ansah, wenn die Sonne darauf schien, bekam Angst, dass ihr Gesicht sich gleich auflösen würde. Ihre blauen Augen blickten gütig und warm. Hatte man erst einige Worte mit ihr gewechselt, war man von ihrer Stimme und ihrer lieben Art fasziniert. Tanja war die Wärme und Güte in Person und eine her-

vorragende Erzieherin. Die Kinder hingen an ihr und sie
an ihnen. Begegnete ein Kind zum ersten Mal dieser unge-
wöhnlichen ›Kindertante‹, war nicht selten Furcht die erste
Reaktion. Meist gewöhnte es sich aber schnell an Tanjas
Aussehen, kurze Zeit später liebte auch ein verängstig-
tes Kind sie. Ähnlich einem potthässlichen Straßenköter:
Dieser wurde oft gerade wegen seines mitleiderwecken-
den Aussehens geliebt.

Schon mit 30 Jahren wurde sie aufgrund ihres Ehrgeizes
und Fleißes zur Kindergartenleiterin ernannt. Sie war stolz
auf ihren Beruf und auf die verantwortungsvolle Tätigkeit,
die sie mittlerweile seit 15 Jahren zur Zufriedenheit ihrer
Mitmenschen ausführte.

Ihr Privatleben sah hingegen weniger rosig aus, obwohl sie
jedem ständig glaubhaft versicherte, dass sie mit ihrer Situation zufrieden und glücklich war. Immer wieder betonte sie,
dass sie keinen Mann zum Glücklichsein bräuchte, dass sie
mit sich und der Welt im Einklang leben würde. Eine Zeit
lang wurde gemunkelt, dass sie vielleicht auf Frauen stehen
würde. Doch auch das war Fehlanzeige. Außer ihren Chor-
freundinnen, mit denen sie sich einmal die Woche zur Probe
traf, gab es keine Frau in ihrem Leben. Na gut, da war ihre
Mutter Kriemhild, die zählte jedoch nicht.

Ihre Eltern waren traurig, dass ihre Tanja so ganz anders
war als ihre anderen Kinder, eine weitere Tochter und ein
Sohn, beide verheiratet und mit Kindern gesegnet.

Tanja hingegen hatte sich im Dachgeschoss ihres Eltern-
hauses in der Ritterstraße breitgemacht, nachdem die
Geschwister das Feld geräumt hatten. Von ihrem winzigen
Wohnzimmerchen, eingerichtet wie das einer alten Frau,
konnte sie mit einem Fernglas die Vorderseite seines Hauses sehen. Wieso beobachtete sie oft stundenlang heim-

lich sein Haus, wenn sie angeblich ohne Mann wunschlos glücklich war? Sehnte sie sich womöglich doch nach einem Partner? Wieso hatte sie sich ausgerechnet einen Schönling wie diesen Harald Kleinschnittger ausgesucht? Sie konnte es sich selbst nicht erklären. Obwohl sie ihn seit der Kindheit kannte, was, wenn man der gleichen Kirchengemeinde angehörte, unvermeidbar war, fiel er ihr erst so richtig auf, als sein Vater starb. Sie traf seine Mutter und ihn seinerzeit im Gemeindebüro, als sie mit dem Pastor gerade die Trauerfeier besprechen wollten. Der Chor der Gemeinde sollte mit einigen Liedern zum guten Gelingen der Beisetzung beitragen. So wurde auch Tanja zu diesem Gespräch gebeten, da sie besagten Chor seit vielen Jahren leitete. Als Harald ihr die Hand reichte und sein künstliches Lächeln schenkte, war es um sie geschehen. Selbstverständlich bot sie den Kleinschnittgers an, wegen der Liederauswahl gerne bei ihnen zu Hause vorbeizuschauen. Sie würde in der Zwischenzeit ein paar besonders passende Stücke heraussuchen.

Die verwunderten Blicke des Pastors, der Tanja eher als schüchterne, zurückhaltende Person kannte, ignorierte sie. Niemals wäre der gute Mann auf die Idee gekommen, Tanja, die Kindergarten- und Chorleiterin seiner Gemeinde, könnte ein Auge auf Harald Kleinschnittger geworfen haben. Für ihn war die liebe Tanja ein Neutrum. Nützlich und unersetzlich für seine Gemeinde.

So kreuzte sie bereits am nächsten Abend, mit unzähligen Gesang- und Liederbüchern unter dem Arm, bei den trauernden Kleinschnittgers auf, um die Titel abzustimmen, die man zu Ehren des verstorbenen Ehemanns und Vaters singen würde. Harald wohnte diesem Gespräch nur auf ausdrücklichen Wunsch seiner Mutter bei. Er mochte

Tanja nicht, trotz ihres guten Rufes. Als Frau fand er sie widerlich und spürte, wenn er sie genauer betrachtete, einen regelrechten Ekel aufsteigen.

›Von guten Mächten‹ müsse unbedingt dabei sein, versuchte sie der Witwe klarzumachen, obwohl diese eigentlich nur die Lieder wünschte, die sie schon auf einem Zettel notiert hatte, da sie angeblich die Lieblingsstücke ihres Mannes gewesen wären. Tanja schaffte es, ihr das zusätzliche Lied aufzuquatschen, erntete dafür allerdings nicht den erhofften Dank des Sohnes, der gelangweilt aus dem Fenster schaute.

Von da an biss sich der Gedanke in ihrem Hirn fest, dass Harald Kleinschnittger der ideale Partner für sie wäre. Mit Engelszungen versuchte sie ihn zu überreden, zur nächsten Probe zu kommen, da sie dringend noch einen Bariton in ihrem Chor gebrauchen könnte. Männer wären sowieso Mangelware, die wollten ja überhaupt nicht singen und die wenigen, die sie hätte, bräuchten dringend Verstärkung.

Das hatte dem schönen Harald gerade noch gefehlt, seine knappe Freizeit in einem Chor mit irgendwelchen schrulligen Weibern zu verbringen. Hätte sie ihm die Frage nicht einen Tag vor der Beisetzung seines Vaters im Beisein seiner Mutter gestellt, hätte er sein gutes Benehmen vergessen und Tanja an die Luft gesetzt. So verneinte er höflich und atmete auf, als sie endlich das Weite gesucht hatte.

Am Tage der Trauerfeier trug sie zwar einen blauen Faltenrock, allerdings blieben die verstaubten Rollis oder die weiße Bluse im Schrank. Sie entschied sich für ein hellgrünes T-Shirt mit dem Kirchenmotiv auf der Brust. Den erschrockenen Blicken des Pastors, der Chormitglieder und der Trauergemeinde entgegnete sie mit Trotz, schließlich wollte sie nur einem einzigen Menschen gefallen.

Harald unterdrückte ein Gähnen und nahm Tanja überhaupt nicht wahr. Auch nicht, dass sie sich extra für diesen Anlass die Haare gewaschen hatte. Er atmete auf, als sein Vater endlich unter der Erde lag und die Trauergesellschaft sich am Grabe auflöste. Seiner Mutter hätte er am liebsten in den Hintern getreten, als sie Tanja aufforderte, an dem Leichenschmaus teilzunehmen.

In dem feinen Lokal redete sie ununterbrochen auf ihn ein. Wieder bettelte sie – vergeblich – um seine Chormitgliedschaft. Als ihm fast der Kragen geplatzt und er liebend gern geflüchtet wäre, bot sie ihm wenig später draußen vor der Gaststätte an, er möge sie doch einmal besuchen, um sich alles von der Seele zu reden, was ihn bedrücke.

Er dachte, er sei im falschen Film. Sie war krank, psychisch krank, stand für ihn ab da endgültig fest. So grinste er nur und ließ sie reden, was er besser nicht hätte tun sollen. Hätte er den Mund aufgemacht und endlich Klartext geredet, hätte er Schlimmeres verhindern können. Er hätte ihr ordentlich den Kopf waschen und ihr verklickern sollen, dass er null Bock auf sie und ihren dämlichen Chor hatte. Ihr raten sollen, mal in den Spiegel zu schauen und sich weiterhin lieber mit ihren Liederbüchern zu beschäftigen.

Sein Schweigen deutete sie völlig falsch. Ab dem Tag nahmen die kranken Gedanken ihren Lauf.

Sie kaufte sich Briefpapier. Weißes Büttenpapier mit passenden rosa gefütterten Briefumschlägen. Aufgeregt setzte sie sich eines Abends an ihren Schreibtisch, der unter dem Fenster stand, von wo aus sie in der Ferne sein Haus sehen konnte, und begann zu schreiben. Alles andere war vergessen. Sie träumte nur noch von ihm. Im Kindergarten verrichtete sie ihre Arbeit völlig unkonzentriert, was man von ihr nicht gewohnt war. Die Chorprobe hatte sie schon zwei Mal unter fadenscheinigen Ausreden abgesagt. Notenhefte, Gesang- und Liederbücher sowie ihre Blockflöte waren in Vergessenheit geraten. Sie war von dem Wahn besessen, auch er würde sie lieben, könne es nur nicht zeigen. So wollte sie ihm helfen. Wollte ihm mitteilen, wie sie fühlte und was sie dachte.

Mein Liebster,

ich weiß, dass du genauso fühlst wie ich. So etwas spürt eine Frau einfach. Ich habe dich während der Beerdigung deines Vaters beobachtet. Gut hast du wieder ausgesehen. Der schwarze Anzug stand dir einfach fabelhaft. Obwohl ich Farbiges an dir eigentlich lieber mag. Aber an dem Tag gab es für dich keine andere Wahl. Die Farbe des Anzugs war obligatorisch.

Ich weiß, dass du fünf Jahre jünger bist als ich. Aber das macht nichts. Ich finde, ich wirke für mein Alter noch ziemlich jugendlich. Obwohl mir mein Aussehen bisher eigentlich egal war, wäre ich bereit, es für dich zu verändern. Ich würde mir die Haare färben, da du, glaube ich, mehr auf Blond stehst. Wenn wir erst ein Paar sind, werde ich vieles in meinem Leben ändern, glaube mir, mein Liebster. Es gibt so etwas wie eine Vorsehung. Und du bist mir vorbestimmt, mir praktisch gesandt worden. Ich wusste immer, all die Jahre, in denen ich nun schon allein lebe, dass eines Tages der Richtige für mich kommen würde. Ich brauchte nicht lange auf das Zeichen von oben zu warten. Auf einmal war es da. Du warst auf einmal da. Ich sah dich plötzlich in einem ganz anderen Licht. Als die Orgel bei der Trauerfeier deines Vaters einsetzte, wusste ich: Du bist es. Du bist der Mann, auf den ich 45 Jahre lang

gewartet habe. Ich bin froh, dass du der Auserwählte bist,
denn wer bekommt schon so einen schönen Mann? Wie
du mich anschließend am Grab deines Vaters, als ich dir
die Hand gereicht habe, angeschaut hast. Du hast mir in
die Augen gesehen und gelächelt. Da wusste ich, dass du
ebenso fühlst wie ich. Du wurdest verlegen und hast auf
den Boden geschaut, auf meine Schuhe. Haben dir meine
neuen Waldläufer gefallen? Die sehen viel besser aus als
diese ollen Maßschuhe.

Dein Händedruck war so sensibel und warm. Als ich
dir in die Augen schaute, wusste ich, was du fühlst. Ich
weiß, dass du dich so kurz nach deines Vaters Tod noch
nicht zu mir bekennen kannst. Doch ich versichere dir,
mein Liebster, ich kann warten. Ich werde warten, bis es
endlich so weit ist. Vielleicht schickst du mir ein kleines
Zeichen? Wenn du mir nicht schreiben magst, dann sende
mir eine andere Botschaft. Das wird das Warten für mich
erträglicher machen.

Ich weiß, wie die Frauen auf dich reagieren. Sie liegen
dir zu Füßen. Aber glaube mir, diese aufgetakelten Weiber
haben keinen Tiefgang, sie taugen nichts. Auf die inneren
Werte kommt es an, nur auf die inneren Werte. Ich weiß,
dass du meine längst erkannt hast. So warte ich auf dein
Zeichen, Geliebter.

Deine dich innig liebende
Tanja

Sie klebte den Brief zu, wartete bis zum Abend und warf
ihn in seinen Briefkasten. Das heiß ersehnte Zeichen meinte
sie schon am nächsten Tag bekommen zu haben, als sie ihn
vom Kindergarten heimkommend mit seinem Wagen an
ihr vorbeirauschen sah. Flüchtig hob er im Vorbeifahren

die Hand zum kurzen Gruß, wie man eben eine Nachbarin grüßt, egal ob sie einem sympathisch war oder nicht. Zu diesem Zeitpunkt hatte Harald den Brief noch nicht gelesen. Tanja schwebte indes nach Hause, aß nichts, legte sich sofort auf ihr Bett und starrte verträumt an die Decke.

Da ein weiterer Hinweis ausblieb, holte sie eine Woche später wieder ihr schmuckes Briefpapier aus der Schublade und versuchte erneut, ihren Gefühlen freien Lauf zu lassen.

Geliebter Harald,

es hat mich wahrhaftig glücklich gemacht, als du mir aus dem Auto zugewinkt hast. Es ist nun schon eine Woche her und ich sehe und höre nichts von dir. Wie wäre es mit einem gemeinsamen Abendspaziergang, damit wir uns endlich näherkommen? Uns muss ja niemand zusammen sehen. Wir können uns ganz zufällig treffen. An der ersten Bank im Berger Park, gleich rechts am Eingang hinter dem Tennisplatz, schräg gegenüber deinem Haus? Ich werde jeden Abend in der Dämmerung auf dieser Bank warten. Trau dich einfach und komm zu mir. Wir müssen reden. Bis bald, Geliebter.

In Liebe

Tanja

Spätestens als Harald diesen zweiten Brief las, war ihm klar, dass Tanja Beuker den totalen Kopfschuss haben musste. So krank im Kopf konnte nur sie sein. Wie sie ihn bei der Beerdigung seines Vaters und dem anschließenden Kaffeetrinken angeschmachtet hatte, war ihm lästig und peinlich gewesen. Bis zu diesem Zeitpunkt hatte er sie einfach nur nervig gefunden, wenn sie ihn immer wieder angebettelt hatte, er möge ihrem Kirchenchor beitreten oder sich bei ihr aussprechen. Wie kam diese hässliche Alte darauf? Machte er so einen kaputten Eindruck?, hatte er sich mehr als einmal gefragt. Doch mit diesen schwachsinnigen Briefen hatte sie den Bogen überspannt. Er verabscheute sie zutiefst. Sein spontaner Gedanke war, nachdem er ihren ersten Brief gelesen hatte, sofort den Pfarrer aufzusuchen und ihm den Brief zu zeigen. Schließlich war er ihr Arbeitgeber und musste etwas unternehmen. Dann hatte er sich gedacht, wozu so einen Wind machen? Womöglich dachte er noch, er habe ihr schöne Augen gemacht. Um der Sache kein Gewicht zu geben, vernichtete er den Brief und hatte Tanja bald vergessen. Er hatte andere Sorgen. Finanzielle Sorgen. Ein Auftrag, mit dem er fest gerechnet hatte, war geplatzt und so würde er die Löcher, die er mit dem Gewinn daraus stopfen wollte, leider nicht füllen können. Er war seit Längerem in Zahlungsschwierigkeiten. In vier Tagen waren die Löhne für seine Angestellten fällig. Seine Konten waren dermaßen überzogen, dass er seinen Bankberater erst gar nicht aufzusuchen brauchte. Schon beim letzten Mal hatte er verneinend mit dem Kopf geschüttelt, als er um einen weiteren Kredit bat. Die Konten seiner Mutter waren ebenfalls geräumt. Das Erbe seines Vaters hatte er in Wertpapieren angelegt, hatte er ihr erzählt. Futsch war sie, die schöne Hinterlassenschaft.

So war Tanja kein Thema mehr. Sollte sie von ihm aus jeden Abend auf der moosüberwachsenen Bank im Wald sitzen, bis der Arzt kam, dachte er noch. Wenn er bloß käme.

Im Wohnzimmer der Beukers herrschte an diesem Abend eine trostlose Stille. Außerdem war es in dem ohnehin schon dunklen Raum fast finster. Trotz seines Wohlstandes sparte Oskar Beuker, wo er konnte und machte die Lampe über dem Esstisch erst an, wenn er sein Brot, welches er sich gerade bestrich, nicht mehr sehen konnte. Seine Frau, die geduldige Kriemhild, nahm seine Marotten hin, ebenso seine Vorträge, die er ständig übers Sparen hielt. Oft genug musste sie in dem schönen Haus frieren, weil er wieder einmal die Heizung abgedreht hatte.

Die Stimmung war äußerst angespannt. Tanja, die sonst redete wie ein Wasserfall, schwieg missgelaunt. Seit Tagen hatte sie nichts von Harald gesehen oder gehört. Jeden Abend hatte sie vergebens auf der Bank im Berger Park gesessen und gewartet. Hatte den durchs Wasser stakenden Graureihern zugeschaut und die Sonne hinter den hohen Baumkronen verschwinden sehen.

»Sag mal, was ist eigentlich mit dir los?«, fragte ihr Vater sie mit bösem Blick. »Du isst kaum was, starrst ständig vor dich hin. Lässt dauernd die Chorprobe ausfallen. Singst nicht mehr, spielst nicht mehr auf deiner Flöte. Zur Arbeit gehst du auch nur lustlos. Ich habe heute zufällig den Pfarrer getroffen. Er wundert sich ebenfalls, was mit dir los ist.«

»Was soll schon sein? Ich kann doch auch mal schlechte Laune haben.« Tanja schaute durch ihn durch. Übellaunigkeit war für sie bisher ein Fremdwort.

»Kind, ich mache mir Sorgen«, ließ nun Kriemhild Beuker verlauten. »Ewig rennst du abends weg, kommst ganz verstört wieder. Was ist los mit dir? Bist du krank?«

»Nein, ich bin nicht krank.«

»Du warst immer so vergnügt und gut gelaunt.«

Der Vater starrte sie an. »Außerdem lässt du dich gehen. Die Gepflegteste warst du ja nie, aber in letzter Zeit verkommst du regelrecht. Ich will nicht, dass die Leute über uns reden.« Oft genug hatte er sich wegen seiner Ältesten geschämt, wenn er sie zu einem offiziellen Anlass mitgenommen hatte.

»Ach, bin ich dir vielleicht peinlich?« Zum ersten Mal sprach Tanja in einem grantigen Ton zu ihren Eltern.

»Schlimm genug, dass wir eine Tochter im Alter von 45 Jahren hier zu Hause haben. Aber dass du uns jetzt auch noch Zicken machst, das geht zu weit.«

»Was tue ich euch denn? Ich zahle meine Miete pünktlich. Reicht das nicht? Schämt der Herr Stadtrat im Ruhestand sich etwa wegen mir?«

»Wie redest du mit deinem Vater, Tanja?« Kriemhild Beuker sah das Gesicht ihres Mannes rot anlaufen und bekam Angst. Sie kannte das nächste Stadium seiner Erregung.

»Ach, lasst mich doch in Ruhe.« Weinend sprang Tanja vom Tisch auf und rannte die Treppen hinauf, soweit es ihre Behinderung zuließ.

»Da steckt dieser Kleinschnittger hinter«, meinte Oskar Beuker und biss in sein Leberwurstbrot.

»Ach, der will doch gar nichts von ihr. Schau ihn dir an. Der kann ganz andere Frauen kriegen. Tanja hat sich da in etwas verrannt.« Kriemhild Beuker neigte traurig den Kopf. »Ich werde mit dem Pfarrer reden.«

»Nichts wirst du tun!«, schrie Oskar seine Frau an. »Wir werden mit unseren Problemen allein fertig. Ich rede noch mal mit ihr.«

Seufzend stand er vom Tisch auf und schlurfte zu seinem Fernsehsessel. Für ihn war das Thema erst einmal erledigt.

Während er sich eine Tatort-Folge anschaute, weinte Tanja sich wegen Harald in ihrem Bett die Augen aus.

3

Er betrachtete Susanne Mackenrodt als Freundin. Als geschlechtsloses Wesen, immer für ihn da, hilfsbereit, loyal und ehrlich. Ehrlich? Ob er damit richtig lag? Aber Susanne, 44 Jahre alt, seit vier Jahren Witwe, sah in dem schönen Harald den Mann. Sie spielte seit Jahren die Rolle als Männerversteherin und guten Kumpel. Mimte die Verständnisvolle, hörte sich seine Sorgen an, gab ihm Tipps. Sie war überzeugt, dass, wenn sie sich Mühe geben würde, sich eines Tages der Goldregen, wie in dem Märchen von Frau Holle, in Form dieses schönen Mannes über sie ergießen würde. Schon als ihr Mann noch lebte, hatte sie ein Auge auf den attraktiven Sohn der Nachbarin geworfen und sich nur mit Elfriede Kleinschnittger angefreundet, um ihn des Öfteren sehen zu können. Die Frau wurde für Susanne so etwas wie eine Ersatzmutter und sie selbst wie eine Schwester für Harald. Dass alles Taktik war, durchschaute der sonst so schlaue Harald nicht.

Müde sah er aus, als er sich zu ihr an den Küchentisch setzte.

Sie hatte ihm eine Erbsensuppe gekocht, mit Mettwurst und dicker Rippe. Die aß er so gerne. Dazu goss sie ihm ein Glas Weißwein ein. Zwar völlig unpassend zu einer Erbsensuppe, doch das war ihr egal. Sie redete sich ein, dass er einsam war, seit seine Mutter im Krankenhaus lag. Dabei blieb ihr nicht verborgen, dass er sich fast jeden Abend in seinen Mercedes schwang und wegfuhr. Sie ahnte, dass vielleicht eine Frau dahinter steckte. Eine neue Errungenschaft?

»Du siehst müde aus. Geht es dir nicht gut? Hast du Ärger?«

»Ach, immer das gleiche. Finanziell läuft es nicht besonders, aber damit will ich dich nicht schon wieder belasten.« Er wusste, dass auch sie es nicht leicht hatte, nach dem plötzlichen Tod ihres Mannes.

Mit Ach und Krach schaffte sie es, die ausstehenden Raten für das Haus zu zahlen. Ein 400-Euro-Job bescherte ihr etwas Luxus, hier einen Friseurbesuch, dort einen kleinen Stadtbummel.

Sie schaute ihn besorgt an. Wie gut er aussah, stellte sie einmal mehr fest. Und wie er roch.

»Erzähl' ruhig, was dich bedrückt. Du weißt, dass du mir alles sagen kannst. Wie lange kennen wir uns jetzt? Mehr als zehn Jahre müssten es ein. Oder?«

»Seit wir hier eingezogen sind. Es können auch 20 Jahre sein. Ach, Susanne, wenn ich dich nicht hätte.« Er schaute sie seufzend an. Verhärmt sieht sie aus, dachte er, als er in ihr ungeschminktes, jedoch hübsches Gesicht sah. Die honigblonde ›Muttifrisur‹ störte ihn etwas. Er war überzeugt, dass sie mehr aus sich machen und locker einen neuen Partner finden könnte. Ein paar passable Klamotten und sie wäre ein richtig flotter Typ, fand er. Dass für Susanne allerdings nur er infrage kam, ahnte er nicht.

Sie hörte die Worte ›wenn ich dich nicht hätte‹ zwar gerne, erwartete jedoch mehr von ihm zu hören. Kommt Zeit, kommt Rat, sagte sie sich und zwang sich, die Rolle der guten Freundin weiterzuspielen. Eine Tages wird er die Frau in mir sehen.

»Es ist wegen Tanja«, rückte er heraus.

»Tanja? Du meinst doch nicht etwa die Beuker?«

»Genau die. Sie schreibt mir Briefe. Liebesbriefe. Will

sich mit mir treffen. Lauter krankes Zeug. Ich bitte dich, Susanne, das muss unter uns bleiben.« Er ergriff ihre auf dem Küchentisch liegende Hand und drückte sie.

»Harald, wir sind Freunde. Alles, was du mir erzählst, bleibt unter uns.«

»Ich weiß nicht, ob man das so einfach ignorieren kann. Gestörte sind oft zu allem fähig.« Er aß nun schon die zweite Mettwurst, ohne sich zu fragen, was das alles kostete und wer es bezahlte. Kaum gab er etwas von dem zurück, was Susanne ihm zukommen ließ. Nahm alles als selbstverständlich hin.

Auch das Geld, 3.000 Euro, Susannes eiserner Notgroschen, mit dem sie ihm aus einer Notsituation geholfen hatte. Es ging auf Weihnachten zu und Susanne hoffte, dass sie es endlich zurückbekommen würde. Sie hätte ihm gerne zum Fest etwas geschenkt und Elfriede, seiner Mutter, natürlich auch. Den Heiligen Abend wollten sie zusammen verbringen, die Kleinschnittgers und Susanne. Alles war besprochen. Sollte Elfriede im Krankenhaus bleiben müssen, würde sie mit Harald allein feiern. Vielleicht würden sie sich unter dem Tannenbaum näher kommen?

Sein Vertrauen ehrte sie und sie erwiderte seinen Händedruck.

»Deshalb ist sie in letzter Zeit so komisch, so geistesabwesend. Ein paar Mal ließ sie die Chorprobe ausfallen. Jetzt proben wir zwar wieder, aber sie ist irgendwie anders. Nun wird mir einiges klar.«

»Was soll ich tun?« Er sah sie aus seinen braunen Augen bittend an.

Am liebsten hätte sie ihn in die Arme genommen und getröstet. »Aber wieso so plötzlich? Seit wann schreibt sie dir?«

»Seit dem Tod meines Vaters. Sie kam sogar zu uns nach Hause, mit ihren blöden Liederbüchern. Bei der Beerdigung war es ganz schlimm. Dauernd versuchte sie, mich anzugraben. Und ich dachte immer, die steht nicht auf Männer.«

»Wer will die Beuker denn schon? Schau sie dir an.«

»Ob ich mal mit ihren Eltern spreche?«

»Halte ich für keine gute Idee. Das wirbelt nur Staub auf. Am besten, du sitzt es aus.«

Als er sich wenig später von ihr verabschiedete, gab er ihr zum Dank einen dicken Schmatzer auf die Wange, was Susanne erröten ließ. Sie nuschelte ein verlegenes »Gern geschehen« und freute sich auf ihr nächstes gemeinsames Mittagessen. Er wünschte sich mal wieder Frikadellen mit Stampfkartoffeln und Kohlrabi, hatte er geäußert. Sein Wunsch würde ihr Befehl sein. Doch vorher wollte sie sich noch Tanja Beuker vornehmen und ihr mal richtig den Marsch blasen. Was bildete sich diese Frau eigentlich ein?, dachte sie noch, während sie die Küche aufräumte.

Harald hingegen legte sich eine halbe Stunde aufs Ohr. Der Wein und die deftige Mahlzeit hatten ihn müde gemacht. Er war froh, eine Nachbarin wie Susanne Mackenrodt zu haben. Neuerdings, seit seine Mutter im Krankenhaus lag, wusch und bügelte sie sogar seine Oberhemden. Zu Weihnachten würde er ihr eine Topfblume kaufen, überlegte Harald, während er fast eingeschlafen war. Ein Alpenveilchen vielleicht oder eine Azalee. Ein kleines Dankeschön für die viele Arbeit.

Susanne erwartete jedoch mehr als eine Topfblume.

Die goldene Sängernadel wollte der Pfarrer ihr zu Weihnachten überreichen, hatte sie in der heutigen Chorprobe verlauten lassen. Die goldene Sängernadel für 25 Jahre als Chorleiterin. Strahlend hatte sie sich in voller Größe in ihrem giftgrünen Rollkragenpullover vor allen aufgebaut und es verkündet. Dabei hatte sie sofort Susannes hämisches Grinsen wahrgenommen. Tanja mochte Susanne nicht, was auf Gegenseitigkeit beruhte. Allein der Gedanke, dass sie Tür an Tür mit Harald wohnte, behagte ihr nicht. Oft genug hatte sie sich in den letzten Wochen gefragt, wie es werden würde, wenn sie zu ihm in sein Haus zöge, wovon sie nach wie vor fest überzeugt war. Dann hätte sie die blöde Mackenrodt gleich neben sich, malte sie sich in ihrem kranken Hirn aus.

Mit schriller Stimme mahnte sie die Sangesfreunde zur Ruhe, erinnerte daran, dass bis Weihnachten alle neuen Lieder sitzen müssten. Mit einer gemütlichen Einkehr, wie sie nach jeder Chorprobe in der kleinen Kneipe neben der Sparkasse stattfand, würde es heute nichts werden, da sie stattdessen eine Stunde anhängen würden, ordnete Tanja an.

Susanne war enttäuscht, war es für sie doch eine schöne Abwechslung, mit den Chorschwestern und -brüdern bei einem Glas Wein zusammenzusitzen. Aus der Enttäuschung wurde Ärger, als Tanja sie zur Krönung bei den Altstimmen einsetzte, weil Susannes Sopranstimme angeblich nicht gut genug sei. Und das fiel ihr nach 20 Jahren auf. Diese Hexe, dachte Susanne, das würde sie büßen.

Als sie gemeinsam den Heimweg antraten – was sich einfach anbot, da sie in derselben Siedlung wohnten – ergab sich für Susanne die Gelegenheit, sich für Tanjas schofeliges Verhalten zu rächen.

»Komm, lass uns die Abkürzung nehmen«, schlug sie der Chorleiterin vor. Diese führte von der Cranger Straße durch den Berger Park hindurch zur Arenfelsstraße.

»Aber es ist stockdunkel. Im Winter gehen wir nie dort entlang. Außerdem ist es glatt und man weiß nicht, wohin man tritt.« Tanja schaute ängstlich in den langen dunklen Weg. Vor eisglatten Wegen hatte sie wegen ihrer Behinderung Angst. Sie war enttäuscht, dass ihr Vater sie nicht, wie sonst üblich, abgeholt hatte.

»Ach komm' schon, du kannst dich bei mir unterhaken«, versuchte Susanne, sie zu überreden.

Da Tanja zu später Stunde den Heimweg nicht allein fortsetzen wollte, ging sie zögernd auf das Angebot ein und zog sich die alte rote Strickmütze tief ins Gesicht.

Kaum waren sie in dem dunklen Wald verschwunden, schnitt Susanne mutig das heikle Thema an, welches ihr unter den Nägeln brannte. Was hatte sie zu verlieren, sagte sie sich.

»Sag mal, findest du es gut, dem armen Harald so zuzusetzen? Der Kerl ist ja völlig fertig. Erst gestern, als wir wieder zusammen gegessen haben, hat er sein Herz bei mir ausgeschüttet. Hat mir erzählt, was für einen Stuss du ihm schreiben würdest und wie sehr du ihm damit auf den Keks gehst. Er überlegt schon, einen Anwalt einzuschalten und eine Unterlassungsklage anzustreben.«

Schlagartig blieb Tanja stehen, löste sich von Susannes Arm und schnappte nach Luft.

Es bereitete Susanne echtes Vergnügen, ihr diese Worte an den Kopf zu knallen. Sie blickte zu der riesigen Tanja hinauf, um ihre Reaktion zu sehen und sich daran zu ergötzen.

Die hohen Bäume beugten sich dem eisigen Wind, der geräuschvoll durch den Wald fegte. Unsicher wankte Tanja wie ein Bär auf der Stelle. Ein wenig Licht fiel von den entfernt liegenden Häusern der Cranger Straße auf den Weg zwischen den hartgefrorenen Wiesen und Susanne konnte ihre weit aufgerissenen Augen sehen. Tanja war einer Herzattacke nahe. Vielleicht wäre das die beste Lösung, wenn sie hier und jetzt den Abgang machen würde, dachte sie.

»Das hat er dir erzählt?« Tanjas Gesicht war eine einzige Fratze. Jedenfalls das, was man im Dunkeln unter der Mütze erkennen konnte. »Ich glaube dir kein Wort. Du bist ja nur eifersüchtig und gönnst ihn mir nicht. Weil du ihn selber willst.«

Susanne fing hämisch an zu lachen. »Wie kann man etwas haben wollen, was man längst hat? Harald und ich sind ein Paar. Wir wollen es allerdings noch eine Zeit lang für uns behalten. Er verbringt öfters die Nacht bei mir. Ein toller Mann, kann ich dir sagen.«

Tanja stand immer noch da wie angewurzelt. »Ich glaube dir nicht«, wiederholte sie. Heiser krächzend kamen die Worte aus ihrem Mund.

Sie atmete schwer und Susanne befürchtete, dass sie jeden Moment zusammensacken würde. Trotzdem konnte sie es nicht lassen, es auf die Spitze zu treiben.

»Vergiss ihn und lass ihn endlich in Ruhe, sonst bist du die längste Zeit Chorleiterin und Kindergärtnerin gewesen.«

»Er liebt mich. Er kann es nur nicht zeigen.« Tränen liefen ihr die Wangen hinunter. Ihr Weinen hörte sich an wie das Heulen eines verwundeten Tieres. »Du lügst. Du willst ihn für dich und erzählst mir hier Märchen.«

»Er hat mir erzählt, wie widerlich er dich findet. Schau doch mal in den Spiegel. Meinst du, ein Mann wie Harald will dich? Außerdem hat er ja jetzt mich. Also lass ihn in Ruhe!«

Sie ließ die zitternde Tanja in ihrem uralten Tweedmantel stehen und ging weiter des Weges. Sollte sie doch verrecken. Vergewaltigen würde sie schon keiner, dachte sie. Kurz bevor sie den Waldweg verlassen und in die kleine Stichstraße, die sie zu ihrem Zuhause führen würde, einbiegen wollte, spürte sie einen Schlag gegen ihren Hinterkopf. Allerdings war er nicht kräftig genug, um sie zu Fall zu bringen oder sie ohnmächtig werden zu lassen. Lediglich schmerzhaft war er gewesen. Sie drehte sich um und schaute in das verzerrte Gesicht Tanjas, das im Licht einer Straßenlaterne der Arenfelsstraße grausam aussah.

»Du Hexe, dir werde ich es zeigen.« Wie Urlaute klangen die kaum verständlichen Worte aus Tanjas Mund. In ihrer zitternden rechten Hand hielt sie einen Holzstumpf wie einen Knüppel, der durch den Wind vom Baum über ihr direkt vor ihren Füßen gelandet war, und schwang ihn hin und her, wollte noch einmal zu einem Schlag ausholen.

Susanne wunderte sich, dass Tanja sie so schnell eingeholt hatte. Etwas mulmig wurde ihr schon, als sie die völlig durchgeknallte Tanja vor sich stehen sah. Dennoch reagierte sie blitzschnell. Sie riss ihr den Knüppel aus der Hand, nahm ihn mit beiden Händen, holte weit aus und schlug ihr mit aller Kraft gegen ihre kranken Beine, bevor sie ihn in die Büsche links neben sich warf.

Tanja schrie auf und sackte nach vorn auf die Knie. Heulend verharrte sie in dieser Haltung, bis ihr Oberkörper mit einem weiteren Schrei nach vorne kippte und sie mit dem bemützten Kopf direkt auf den vereisten Weg klatschte.

Reflexartig riss Susanne ihr noch die museumsreife Handtasche weg und schleuderte sie dem Knüppel hinterher in die Büsche. Nun aber nichts wie weg, sagte sie sich und war binnen zwei Minuten an ihrer Haustür angelangt, schloss auf und verschwand in ihrem gemütlichen

Haus. Das schlechte Gewissen hielt sich in Grenzen. Während ihre Wut langsam verrauchte, gestand sie sich ein, dass es nicht gerade christlich war, die arme behinderte Tanja bei sieben Minusgraden einfach im Wald liegen zu lassen. Dann wiederum hielt sie dem schlechten Gewissen entgegen, dass es sich bei der Frau um eine Irre handelte, die scharf auf ihren Auserwählten war und ihn außerdem belästigte. Für sie war Tanja nichts weiter als ein hässliches Geschwür, das entfernt werden musste.

›Nein, ich weiß auch nicht, wer das getan hat. Wir haben uns an der Cranger Straße, am Eingang zum Berger Park, voneinander verabschiedet. Tanja wollte unbedingt die Abkürzung nehmen. Sie war sauer, dass ihr Vater sie nicht abgeholt hatte.‹ Ja, das würde sie der Polizei erzählen für den Fall, dass diese bei ihr nachfragte, wann und wo sie Tanja zuletzt gesehen hätte, dabei Fassungslosigkeit mimend. ›Ach nein, wer macht denn so etwas? Die arme behinderte Frau. Niemandem hat sie je etwas getan. Was für eine schlechte Welt.‹

Während Tanja gegen 23 Uhr um ihr Leben kämpfte, trank Susanne ein Gläschen Wein und sah sich im TV einen Krimi an. Vorsichtig befühlte sie ihre Wunde am Hinterkopf. Keinen Gedanken verschwendete sie mehr an den Zustand von Tanja Beuker. Fingerabdrücke? Faserspuren? Die Wollhandschuhe hatte sie wohlweislich in den Heizungsofen gesteckt. Für sie war der Fall erledigt. Es würden keine Briefe mehr bei Harald eintreffen.

4

Brigitte Hoffmann war seit dem Tod ihres Mannes Berthold vor fünf Jahren einsam. Einsam trotz zahlreicher Freundinnen der sogenannten besseren Gesellschaft. Alles falsche Schlangen, war sie überzeugt. Heuchlerinnen, Schöntuerinnen, die einem nach dem Mund redeten und auf alles neidisch waren. Wie die Schabrackenhyänen hatten sie bei jedem ihrer Besuche ihr Haus gestürmt, waren ausgeschwärmt, um alles beim vorigen Mal noch nicht da gewesene mit ihren Röntgenblicken zu erfassen, zu taxieren und später zu kommentieren. Brigittes Anwesen, welches im Brucker-Holt-Viertel in Essen-Bredeney lag, wo Unternehmensvorstände, Chefärzte und leitende Angestellte Villa an Villa lebten, war ein echter Traum. Garten, eher ein Park, mit altem Baumbestand, die Terrasse so groß wie ein halbes Fußballfeld, zehn lichtdurchflutete Zimmer mit insgesamt 300 Quadratmetern, Fußböden aus Carrara-Marmor, offener Kamin, um nur einige Details zu nennen. Über dem Garagenanbau befand sich eine kleine Wohnung, in der der Gärtner lebte.

Ihr Gatte Berthold Hoffmann hatte dieses Paradies vor gut 30 Jahren erschaffen lassen. Als Aufsichtsratsmitglied eines großen Stahlkonzerns konnte er es sich locker leisten, zumal er auch noch der Cousin einer der Gründer des Stahlkonzerns gewesen war. Leider blieb die Ehe kinderlos, Brigitte war die Alleinerbin seiner gesamten Hinterlassenschaft. Nach dem Trauerjahr begann sie sich wieder nach einem Partner zu sehnen, da sie mit dem Alleinsein schlecht fertig wurde. Gärtner Alois und Putzfrau Else waren ihre besten Berater. Brigitte hatte schon immer ein Faible für das Einfache. ›Normale‹ Menschen hatte sie am liebsten um sich. Sie kündigte deshalb nach und nach ihre Mitgliedschaften im Golf- und Bridgeclub, Tennisverein sowie im literarischen Kreis. Hier fand sie weder eine echte Freundin noch einen potenziellen Nachfolger für Berthold. Diese überkandidelten Reichen, die sich über das gewöhnliche Volk lustig machten, nur weil sie das Glück hatten, mit einem goldenen Löffel im Mund geboren worden zu sein, gingen ihr gehörig auf die Nerven. So suchte sie mehr und mehr ihre Kontakte bei den Normalsterblichen. Vor zwei Jahren begegnete sie dem 28-jährigen Sohn des Gärtners, mit dem sie ein Verhältnis hatte. Ein faules, jedoch gut aussehendes Miststück, das ihr für jeweils 300 Euro einen wunderschönen Samstagabend mit allem Pipapo bereitete. Nur was etwas kostete, taugte auch was, wurde immer gesagt. Ihr schlechtes Gewissen bezüglich Moral und Anstand hielt sich daher in Grenzen. Sie genoss den heißen Sex mit dem jungen durchtrainierten Mann, der auf sie wie ein Jungbrunnen wirkte. Man sprach sie sogar auf der Straße an, wie gut sie aussähe, fragte, ob sie vielleicht eine Kur gemacht hätte, um so zu strahlen.

Der junge Nichtsnutz hingegen sah nur die Euros vor Augen, wenn er sich über die nackte Brigitte beugte, ihren Hähnchenhals küsste, ihre Hängebrüste berührte und an ihren Plisseemund andockte. Gleich ist es vorbei, sagte er sich jedes Mal, so einen Stundenlohn bekommst du nirgendwo, weder auf dem Bau noch als Drücker. Als er die alte Frau nach Wochen über hatte und sie Ansprüche stellte, mit ihm essen gehen wollte, ins Kino oder ins Grüne fahren, verlangte er eine Gehaltserhöhung, woraufhin Brigitte die schönen Stunden und damit die Liaison beendete.

Sie hielt Ausschau nach einem Mann in ihrem Alter, nichts Festes, eben nur etwas zum Vergnügen. Dazu bewegte sie sich wieder in ihren Kreisen, traf ihresgleichen auf Vernissagen, Ausstellungen oder im Theater. Verkappte Landgrafen, Schauspielerdoubles und Opernsängerattrappen waren unter ihnen. Alle gut anzusehen und scharf auf ihr Geld und ihren guten Namen, doch für Brigitte mit ihrem jugendlichen Gemüt allesamt Langweiler erster Güte. Allein die behäbige Art dieser Männer zu laufen, zu reden, sich anzuziehen brachte sie auf die Palme, sodass sie jede neue Bekanntschaft eines solchen Mannes im gleichen Alter schnell wieder beendete. Auch sexuell – sollte einer von ihnen tatsächlich einmal den Versuch gestartet haben, sie beglücken zu wollen – waren sie für Brigitte wie kalter Kaffee oder abgestandene Suppe. Nach einiger Zeit beschloss sie deshalb, es erneut mit einem jüngeren Mann zu probieren. Jung und einfach stand auf dem Programm. Dank eines Tipps ihrer Putzfrau fuhr sie per Bus für kleines Geld in herrliche Kurorte. Laut singend verbrachte sie schöne Stunden mit ganz normalen Menschen. Herausgeputzt, in farbenfrohen Kostümen mit passenden Hüten, Taschen und Schuhen, stach sie aus der breiten Masse hervor. Denn soweit ging ihre Solidarität mit der Mittelschicht nicht, sich nicht von dieser ein wenig bewundern zu lassen. Junge, alleinstehende Männer lernte sie auf diesen Fahrten selten kennen. Auf der Fahrt nach Bad Neuenahr-Ahrweiler traf sie auf Frank, ein arbeitsloses Muttersöhnchen, das aus purer Verzweiflung statt seiner kranken Mutter die Fahrt antrat, weil es schade um die 25,50 Euro gewesen wäre. Er fühlte sich geschmeichelt, dass diese redegewandte, elegante Dame sich so rührend um ihn kümmerte, sich in den Weinbergen, zwischen den prallen Reben sein Gejammer anhörte und sich später beim gemeinsamen Mittagessen sogar mit ihm an einen Tisch setzte. Dass sie um einiges älter war, störte ihn nicht. Sie erinnerte ihn an seine Kittelschürzenmutter, nur in eleganter Ausgabe. Er bewunderte ihre vornehme Aussprache, kein ›wat‹ und ›dat‹ kam über ihre Lippen.

Sie hingegen störten seine unmöglichen Tischmanieren mehr als seine Aussprache. Sein Aussehen zog sie jedoch – trotz schlechter Zähne – in seinen Bann. Dieses Animalische an ihm ließ sie vergessen, dass sie die Witwe von Berthold Hoffmann, dem einstigen Aufsichtsratsmitglied eines Stahlkonzerns war. Sie traf sich einige Male mit ihm in der Essener Innenstadt. Im Restaurant mit dem goldenen M lernte sie, ohne Besteck von labbrigen Hamburgern satt zu werden, an Imbisswagen Currypeitschen mit Pommes Schranke zu verspeisen und ihren Durst mit einer Dose Cola zu löschen.

Frank wusste weder, was eine Vernissage war, noch wusste er, was er auf einer Pferderennbahn sollte. Auch der Sex konnte nicht dazu beitragen, diese Standesunterschiede zu überbrücken. Er war Brigitte auf diesem Gebiet zu einfach gestrickt und konnte nicht einmal mit dem faulen Gärtnersohn mithalten. Allerdings musste sie Frank zugute halten, dass er kein Geld dafür verlangte.

Alles änderte sich, als sie auf der Fahrt nach Bad Sassendorf Simon von Brehden kennenlernte. Das war mal eine ganz andere Kombination. Statt alt und reich oder arm und jung nun jung und reich. Vom ersten Augenblick an war sie von ihm fasziniert. Dieses perfekte Aussehen, diese Umgangsformen, seine Aussprache. Nachdem sie auch seinerseits ein Interesse an ihr bemerkt hatte, redete sie sich ein, dass er ganz einfach eine Vorliebe für reife Frauen und sich spontan in sie verliebt hatte.

Dass für ihn schon zu diesem Zeitpunkt Geld die treibende Kraft war, Kontakt mit ihr aufzunehmen, wollte sie nicht wahrhaben. Simon von Brehden hatte ein Gespür dafür entwickelt, wie er eine Frau mit Geld behandeln musste.

Nach dem Sassendorf-Ausflug war nichts mehr wie es war. Brigitte fühlte sich plötzlich wieder jung, schwebte förmlich durch die Gegend. Es schmerzten weder ihre Hüftkopfarthrose rechts, noch die Ischialgie auf der linken Seite. Alles war wie weggeblasen. Sie hatte sich schon auf der Hinfahrt in diesen schmucken Mann verliebt. Obwohl alle Damen, besonders die alleinreisenden, ihn vergötterten, platzte sie vor Stolz, dass er sich für sie entschieden hatte. Nicht im Traum hätte sie gedacht, bereits beim Mittagessen im Schnitterhof mit ihm Händchen zu halten. Als er ihr auf der Rückfahrt im Bus Worte der Zärtlichkeit in ihr Gold behangenes Ohr hauchte, war es endgültig um sie geschehen. Während die Heimfahrt dem Ende zuging, malte sie sich mit geschlossenen Augen aus, was sie mit diesem Mann in ihrer Villa alles veranstalten konnte. Ob er Bridge spielte? Sie schlug ihm vor, kaum dass sie den Bus verlassen hatten, noch mit zu ihr zu fahren. Das Taxi von Gelsenkirchen-Buer nach Essen-Bredeney kostete ein Vermögen. Brigitte zahlte es gern, wusste sie doch, was sie dafür bekommen würde. In ihrem schönen Heim angekommen, setzten sie sich ins Wohnzimmer, vor das große Panoramafenster mit Blick in den parkähnlichen Garten, und erzählten sich Anekdoten aus ihrem Leben.

Harald war von ihrem Reichtum geblendet. Als sie die

Getränke holte, pfiff er anerkennend durch die Zähne. Gegen diese Bude war sein Reihenhaus ein Karnickelkäfig, dachte er.

Obwohl sie ihm bei einem Gläschen Wein bequatschte, was das Zeug hielt, blieb er freundlich und hörte ihr aufmerksam zu. Er wusste zu diesem Zeitpunkt noch nicht, was er von der ganzen Sache halten sollte. Sie war ihm nicht unsympathisch. Für eine 70-Jährige fand er sie sogar äußerst apart und gutaussehend. Bis auf ihre Frisur. Die apricot-farbenen Haare erinnerten ihn an einen frisch getrimmten Pudel. Doch eines wusste er genau: Sie war steinreich und damit ein Schritt zur Lösung seines finanziellen Problems. Anders als die finanziellen Gaben der reichen Tussen vor ihr, die nicht lange vorhielten, wäre es das Beste, Brigitte würde ihn direkt an den Tropf legen. Er sparte sich lange Umwege und kam direkt zur Sache. Er machte keinen Hehl draus, dass er in großen Schwierigkeiten steckte, berichtete ihr von seinem maroden Unternehmen und machte ihr klar, dass allein Geld ihm noch helfen könnte. Viel Geld.

Die Wucht seiner Lebensbeichte, diese schonungslose Ehrlichkeit, haute Brigitte nicht um. Im Gegenteil, sie wusste mehr denn je, dass sie ihn wollte. Diesen Mann aus Fleisch und Blut, 30 Jahre jünger als sie, wollte sie sich auf ihre letzten Tage noch einmal gönnen. Was hatte sie von ihrem Vermögen, welches in Form von Sparbriefen, Festgeldkonten, Immobilienfonds und Schiffsbeteiligungen ständig anwuchs? Was hatte sie von ihren zahlreichen Immobilien? Vor ihr saß eine Geldanlage, die zwar keine Zinsen bringen würde, sie jedoch glücklich machen konnte. So wie andere sich einen neuen Daimler, eine Segelyacht oder eine Wohnung in St. Moritz gönnten, wollte sie dieses Schmuckstück an ihrer Seite. Sie gab ihrem ersten Impuls nach und erzählte ihm noch am gleichen Abend, wie sie sich ihre künftige Verbindung vorstellte.

Er musste schon schlucken, als sie ihm quasi einen Heiratsantrag machte. Im Gegenzug würde er nicht nur finanziell ausgesorgt, sondern auch sein Architektenbüro zum Leben erweckt haben. War er es nicht seinen langjährigen Mitarbeitern schuldig? Ganz bestimmt gab es Äpfel, die saurer waren als Brigitte und in die man beißen musste.

Er nahm ihre nicht mehr taufrischen Hände in seine, sah sie verliebt an und hauchte unter bohrenden Blicken aus seinen braunen Augen ein »Ja.« So verlobten sie sich noch am gleichen Abend. Am Wochenende wollten sie dieses Abkommen feierlich besiegeln. Er schlug ihr einen Theaterbesuch mit anschließendem Essen vor.

Sie bot ihm an, die darauf folgende Nacht mit ihr zu verbringen. Am anderen Morgen würde sie ihm ein fürstliches Frühstück servieren.

Bis zum Ende der Woche sollte er ihr eine Aufstellung präsentieren, wie viel Geld er zur Rettung seines Unternehmens benötigte, damit sie alles in die Wege leiten könnte. Die Vermählung sollte in vier Wochen in Las Vegas stattfinden.

Wäre sie in seinem Alter gewesen, wäre er schon an diesem Abend unter ihre Decke geschlüpft. Doch er zögerte, gab ihr einen zärtlichen Kuss auf den Mund und stieg gegen Mitternacht in ein Taxi. Es war eher der Respekt vor ihrem Alter, der ihn daran hinderte, die Verlobung nicht gleich mit einer sexuellen Vereinigung zu besiegeln, als ihre Betagtheit als solches. Wie oft war er mit Gleichaltrigen ins Bett gestiegen, die ihm Beine voller Cellulite, Hängebrüste und Wabbelbauch präsentierten. Eine gehörige Portion Wein, ein abgedunkeltes Schlafzimmer und gelöschte Lampen und es würde schon werden, sagte er sich und machte sich vor Samstag nicht ins Hemd. Schließlich musste er an seine Angestellten und deren Familien denken. Er würde endlich wieder regelmäßig Gehälter zahlen können.

Als Brigitte am anderen Morgen aufwachte, fühlte sie sich noch immer frisch und beschwingt, was nicht allein der guten Luft in Bad Sassendorf zuzuschreiben war, die sie am Vortag eingeatmet hatte. Sie war nun verlobt und das beflügelte sie. Sie schmiss sich in ihr rotes Dior-Kostüm, setzte dazu den weißen Gucci-Hut auf und schnappte sich ihre Tasche von Louis Vuitton, bevor sie sich von ihrem stirnrunzelnden Gärtner in die Stadt fahren ließ. Als sie den Juwelierladen Classen betrat, musste sie schmunzeln. Sie dachte an das Partygirl Holly aus dem Film ›Frühstück bei Tiffany‹. Sie frühstückte jedoch nicht vor dem Laden, sie kam gleich zur Sache und ging hinein. Als bekannte Kundin, die schon so manchen Euro bei Classen gelassen hatte, hofierten die Angestellten Brigitte von vorn bis hinten.

Der ältliche Chef wunderte sich, dass sie sich einen Verlobungsring aussuchte, den auch noch sie selbst bezahlte. Für ihn war jedoch nur wichtig, dass die Kasse klingelte. Das tat sie und zwar kräftig.

Sie entschied sich für einen Gelbgoldring mit 24 Diamanten, die in einem mittigen Kanal angeordnet waren. Der Spaß kostete sie 15.000 Euro.

Auf der Rückfahrt wagte der Gärtner, zu dem Brigitte nach wie vor ein besonderes Vertrauensverhältnis hatte, sie zu fragen, ob sie sich die Sache mit der Verlobung auch gut überlegt habe.

»Ach Alois, für dich wird sich nichts ändern. Du bist und bleibst mein Goldstück. Lass mich doch auch mal etwas Verrücktes tun. Dieser junge Mann tut mir ganz einfach gut.«

Alois schüttelte unmerklich den Kopf. Wenn der alte Berthold das noch mitbekäme, er würde sich im Grabe umdrehen, dachte er. Er hatte ihn am Vorabend davonfahren sehen, diesen gut aussehenden Mann, der einem Modejournal entsprungen schien. Sogleich war ihm klar, dass er nur auf ihr Geld aus sein konnte.

Alois sagte nichts mehr, fuhr seine Chefin nach Hause, zog sich um und machte sich im Garten nützlich. Bei der Gartenarbeit konnte er seinen Frust am besten loswerden.

Brigitte ging in die Küche, setzte sich einen Kaffee auf und träumte von Simon und dem neuen Ring, den sie in einigen Tagen abholen konnte.

Harald saß am Schreibtisch seines hypermodernen Büros und gab Zahlen in eine Excel-Tabelle ein. Er hatte keine Skrupel, Brigitte am Wochenende diese Aufstellung zu präsentieren. Eine andere Sache machte ihm viel mehr Sorgen. Brigitte kannte ihn nur unter dem Namen Simon von Brehden und war von seiner adeligen Abstammung überzeugt. Wenn auch verarmter Adel, aber immerhin. Wie sollte er ihr verklickern, dass er Harald Kleinschnittger hieß und aus einer Arbeiterfamilie stammte? Spätestens bei der Vermählung sah er sich mit unausweichlichen Fragen konfrontiert. Er würde ihr beichten müssen, dass er schon des Öfteren Geld von Frauen genommen, denen er dafür etwas in Aussicht gestellt hatte. Was sollte er ihr sagen? ›Schatzi, bei dir ist alles anders? Dieses Mal ist es mir ernst?‹

War es ihm ernst? Er hatte in der Nacht kaum ein Auge zugetan. Das Wort Heirat klang endgültig und hatte sich wie ins Hirn gemeißelt angefühlt. Klar, sie würde wahrscheinlich nicht mehr lange leben. Doch wusste er das genau? Wenn sie so alt wie Jopi Heesters werden würde, könnte es durchaus sein, dass er eher in die Kiste stiege als sie, überlegte er. Oder sollte er vor der Hochzeit die Knete nehmen und abhauen? Doch mit der überreichten Excel-Liste und der Maschinerie, die er damit in Gang setzen würde, würde sie ganz schnell herausfinden, wo genau sich sein Architekturbüro befand und wie der Besitzer hieß. Brigitte war zwar alt, aber nicht dumm.

Einerseits reizte ihn das tolle Leben, das er bei ihr daheim haben würde. Andererseits wäre er gefangen wie ein Vogel im goldenen Käfig. Würde er sich noch hin und wieder auf ein Nümmerchen mit seiner Sekretärin treffen können? Und was war mit Margareta?

Fragen über Fragen, die ihm durch seinen schönen Kopf gingen und auf die er keine Antwort wusste. Nur eines wusste er: Ein Leben ohne Geld war bescheiden.

5

Carolin hatte sich das erste Weihnachtsfest ohne Lambert schlimmer vorgestellt. Sie schämte sich, dass ihre Gedanken nur um Simon von Brehden kreisten. Den ganzen Morgen schon stand sie in der Küche und bereitete das Essen für den Abend vor.

Ihre Mutter, Gräfin Adelheid von Tiefsbach, freute sich, dass es ihrer Tochter endlich besser ging und sie so langsam aus dem tiefen schwarzen Loch gekrochen kam. Sie wartete gespannt darauf, diesen Simon von Brehden endlich kennenzulernen. Nur von Weitem hatte sie ihn bei seinem letzten Besuch in Augenschein nehmen können. Allein der Name gefiel ihr. Besser ein *Von* als dieser Arpad Horvat, fand sie. Arpad war fleißig, gut, das musste sie ihm lassen, doch hatte die Gräfin eine Abneigung gegen den Ungarn, der ein Auge auf ihre Tochter geworfen zu haben schien.

Nun war er gerade damit beschäftigt, Carolin in der Küche zu helfen. Er schlug wie ein Besessener Eiklar zu Eischnee. Seine dunklen welligen Haare hingen ihm dabei tief im Gesicht. Er trug ein weißes Hemd mit Stehkragen und bauschigen Ärmeln sowie eine schwarze Stoffweste.

Carolin musste schmunzeln. Diese Klamotten hatte er aus einem Heimaturlaub im letzten Sommer mitgebracht. Er musste ihr täglich beweisen, dass er ein echter Ungar war. Obwohl sie ihm zu Weihnachten frei gegeben hatte, bestand er darauf, ihr bei den Vorbereitungen für das heutige Weihnachtsmenü zu helfen. Sie wusste genau, dass er hoffte, mitessen und Simon von Brehden dabei genau unter die Lupe nehmen zu können. Dieser Narr, dachte Carolin, hoffte er noch immer, er könne bei ihr landen?

In der alten Küche, die im Westflügel des Schlosses lag, war es kalt und zugig. Obwohl vor Jahren eine Zentralheizung in diesem Trakt des Schlosses eingebaut wurde, ließen sich die Räume während der kalten Wintermonate nie mehr als bis auf 18 Grad erwärmen. Die Decken waren einfach viel zu hoch und die Mauern zu schlecht isoliert.

Carolin knöpfte sich ihre grüne Fleeceweste zu und zog den Schal ein wenig höher. Sie schaute aus dem Erkerfenster des Türmchens. Der Winter hatte in der Nacht ordentlich Neuschnee gebracht. Es kam Carolin vor, als wolle er beweisen, dass er dazu noch in der Lage war, trotz der Prophezeiungen, der Klimawandel ließe kalte Winter in Vergessenheit geraten.

Sie schaute auf die Uhr. Noch jede Menge Zeit bis zum Abend.

Im Kaminzimmer, zwei Räume weiter, war alles vorbereitet. Ihre Mutter hatte den Kamin eigenhändig angezündet, um eine wohlige Atmosphäre zu schaffen.

Die große Doppelflügeltür öffnete sich und Graf Adolf kam herein. Er wuchtete ein steifes Etwas in einer Plastiktüte auf den großen Holztisch in der Mitte der Küche.

»Hier, mein Kind, müsste jetzt aufgetaut sein«, verkündete er stolz. »Du weißt ja, wie man Reh zubereitet.«

»Danke, Papa. Ja, ich weiß Bescheid.« Liebevoll lächelte sie ihn an.

»Das Essen hätte doch auch Mama machen können, wie sonst immer.«

»Du kennst mich. Für meinen Gast möchte ich das Mahl selbst zubereiten. Was würde er sonst denken? Dass ich vielleicht eine verwöhnte Frau bin, die nicht zupacken kann?«

Graf Adolf lachte. »Dann mach du mal. Zupacken kannst du, das muss ich dir lassen.« Schlurfend verließ er mit seinen Filzpantoffeln die Küche, um in der Bibliothek zu verschwinden.

Zu dem Rehrücken sollte es Kartoffelklöße mit Rotkohl geben, vorweg eine Rindfleischsuppe, die Carolin schon vorbereitet hatte. Als Nachspeise einen stinknormalen Vanillepudding mit Eischnee.

Solch Dinge wie Soßenbinder, Würzmischungen und andere Hilfsmittel suchte man in der Schlossküche vergebens. Carolin wie auch ihre Mutter stellten alles selbst her, nach guter alter Sitte. Selbst die Kücheneinrichtung würde jeden Nichtadeligen verschrecken. Alles war von einfachster Art und die elektrischen Gerätschaften, wie Mixer oder Pürierstab, auf ein Mindestmaß begrenzt. Die Grafenfamilie lebte solide und eher bescheiden.

Überhaupt nicht weiblich, total unsexy, dachte Harald. Er saß Carolin gegenüber an der festlich gedeckten Tafel. Das Besteck erinnerte ihn an den Ramsch auf einem Trödelmarkt. Er starrte in ihren Ausschnitt. Das Kleid, was sie trug, war ein Lappen in verwaschenem Weiß, am Ausschnitt mit einer ollen Spitzenborte abgesetzt, mindestens zwei Nummern zu groß. Dabei hatte diese Frau Potenzial. Sie hatte ein feingeschnittenes Gesicht, schöne Haut und trotz ein paar Pfunden zu viel auf den Rippen eine passable Figur. Er konnte einfach nicht begreifen, wieso sie sich absichtlich hässlich machte. Dieses Teil aus dem Kleidersack des Roten Kreuzes sah alles andere als festlich aus. Da hätte sie lieber eines ihrer Öko-Outfits anziehen sollen. Was machte er überhaupt hier, am zweiten Weihnachtstag, in dieser Schmierenkomödie, fragte er sich mehr als einmal. Wenn er sich das gammelige Geschirr aus dem 17. Jahrhundert und die trüben Gläser anschaute, zweifelte er daran, dass in diesem alten Gemäuer die Lösung all seiner Probleme lag.

Ihm wurde der Platz direkt vor dem Kamin zugewiesen, weshalb er nicht – wie befürchtet – fror. Doch ein Wohlfühlgefühl kam nicht auf. Graf Adolf in seinem Anzug, aus welcher Epoche er auch immer stammte, und Gräfin Adelheid in ihrem mintgrünen Kleid, das aussah wie eine ausrangierte Theaterrequisite, wirkten ebenso fehl am Platz wie dieser Ungar in seinem schwarzweißen Ensemble, der ihn mit seinen winzigen Rosinenaugen beobachtete wie ein Luchs. Zumindest an Weihnachten hatte Harald sich Personal erhofft. Flotte, adrett gekleidete Serviererinnen, die an einer großen Tafel viele Personen bewirten würden. Dass außer ihm niemand zu Gast war, kam ihm mehr als spanisch vor.

Die Rindfleischsuppe, von Carolin persönlich aufgetragen, war eben eine Rindfleischsuppe, mehr nicht. So eine, wie sie kurz vorm Letzten eines Monats, wenn das Geld knapp wurde, in jeder Familie auf den Tisch kam. Bei Adeligen hatte er sich etwas Feineres als Vorspeise erhofft. Auch der Rehrücken konnte ihn nicht erheitern. Allein die pipidünne Soße, eher als Bratensaft zu bezeichnen, ließ ihn erschaudern. Und Knödel und Rotkohl waren ebenfalls nur mittelmäßig. Der Pudding mit dem ekeligen Eischnee und dem Himbeersirup darüber erinnerte ihn an seine Oma, die ihn genauso hergestellt hatte, immer dann, wenn er als Kind traurig war. Ein Anti-Depri-Pudding sozusagen.

Die Unterhaltung bei Tisch war äußerst interessant. Der gräfliche Adolf berichtete von seiner letzten Jagd, seine Holde von ihrer Wohltätigkeitsveranstaltung, bei der Markenklamotten reicher Damen verscherbelt worden waren. Der Ungar erzählte Anekdoten aus dem Pferdestall.

›Verzichte auf den eventuellen Geldsegen, schütze Bauchschmerzen vor und mach dich vom Acker!‹, befahl ihm eine innere Stimme. Doch ließ ihn der Blick in Carolins hoffende Augen innehalten. Er trank noch ein Gläschen trockenen Riesling aus der Pfalz und sagte sich, dass alles gut werden würde.

Wie selbstverständlich wankte er zwei Stunden später Carolin durch den gewölbeartigen Flur hinterher, als diese ihr Schlafgemach aufsuchte. Vorbei an überdimensionalen Gemälden der von Tiefsbach-Vorfahren, die ihn – wie er meinte – neugierig anblickten.

Sie nächtigte tatsächlich in einem Baldachinbett aus dem 17. Jahrhundert, das mit 1,90 Meter eine relativ kurze Länge aufwies. Auch in diesem Raum schaffte es die Zentralheizung nicht, eine wohlige Wärme zu schaffen. An den Fenstern bildete sich bereits ein bizarres Eisblumenmuster. Ohne Hemmungen – vielleicht lag es am Alkohol? – zog sie sich ihr Kleid aus und stand wenig später in Slip und BH vor ihm. Er tat es ihr nach und entledigte sich seines neuen Boss-Anzuges und streifte sein Oberhemd ab, nachdem er die rote Seidenkrawatte über einen wurmstichigen Stuhl gehängt hatte. Sein Unterhemd sowie den Slip ließ er an. Als sie auf ihn zuging und die Arme um seinen Nacken legte, ging ihm ein wohliger Schauer über den Rücken. Und als er wenig später in dem Bett lag und Carolins Hinteransicht in dem Spiegel des Baldachins über sich betrachtete, bekam er richtig Lust auf sie. Trotz Kälte und steifer Atmosphäre genoss er die leidenschaftliche Gräfin Carolin von Tiefsbach.

Obwohl er einige Abstriche machen musste, was Körperpflege und Nahrungsaufnahme betraf, genoss er das Leben auf dem Schloss. Es belustigte ihn, dass der eifersüchtige Arpad jeden Morgen in einem der großen Bäder für ihn den Badeofen anheizen musste.

Die Grafenfamilie hatte ihn aufgenommen wie einen Sohn. Bis auf Arpad hatten ihn alle schrecklich lieb. Carolin blühte auf, war verliebt wie lange nicht mehr. Auch ihre blaublütigen Eltern mochten Simon von Brehden, seine hervorragenden Umgangsformen, seine Erscheinung, einfach alles an ihm.

Hatte er vor wenigen Tagen leise Zweifel, ob er es fertigbringen würde, mit Carolin jede Nacht das Bett zu teilen, genoss er zu seiner Überraschung den Sex mit ihr. Es törnte ihn geradezu an, es mit ihr in diesem mittelalterlichen Bett zu treiben. Er schlüpfte regelrecht in die Rolle einer der Vorfahren der von Tiefsbach, was ihn zu einer enormen körperlichen Leistung anstachelte.

Er verstand sich sogar mit Carolins Pferd, dem Fuchswallach Summerdream, und verbrachte viel Zeit mit ihr in den eiskalten Pferdeställen.

Sie versprach, ihm im Frühjahr das Reiten beizubringen. Graf Adolf bot ihm an, ihm eigens dafür seinen Hengst Rainbow zur Verfügung zu stellen, damit die beiden Verliebten durch das Gelände reiten können.

Nachdem der Jahreswechsel auf dem Schloss ziemlich unspektakulär verlaufen war, packte er Anfang Januar seine Sachen und fuhr heim, Richtung Gelsenkirchen, um von da an nur noch am Wochenende auf dem Schloss zu erscheinen. Schließlich hatte er berufliche Verpflichtungen, musste neue Aufträge an Land ziehen, wenn sein kleines Unternehmen nicht gänzlich den Bach hinuntergehen sollte.

Auch für Carolin kehrte der Alltag ein. Ihr Hofcafé war wieder geöffnet und sie verrichtete mit einer nie gekannten Ausgeglichenheit ihren Job. Ihre Liebe zu Simon war so stark wie der Glaube, dass diese auf Gegenseitigkeit beruhen würde. Sie fühlte sich sicher und geborgen, nichts und niemand konnte ihr etwas anhaben. Davon war sie felsenfest überzeugt.

Das Frühjahr brach an. Nach jedem Schloss-Wochenende kam es Harald vor, als käme er aus einer anderen Welt, zurück in die Wirklichkeit. Spätestens wenn er seine Lloyd-Schuhe vom Mist des Pferdestalls befreite und den Sabber aus seinen teuren Jacketts rieb, fragte er sich, was er dort eigentlich trieb. Obwohl er Carolin mochte und gern mit ihr zusammen war, wusste er auch, dass er niemals auf dem Schloss an ihrer Seite leben konnte. Sie hatte begonnen, in letzter Zeit Anspielungen zu machen, wie schön es sein würde, wenn sie immer zusammen wären. Da war er jedoch ganz anderer Meinung. Die Wochenendausflüge in die Vergangenheit waren ganz nett, fand er, doch immer zwischen den Urahnen derer von Tiefsbach zu leben, in diesen zugigen Gemäuern, nein, das würde er nicht fertigbringen. Er brauchte, trotz seiner finanziellen Misere, den modernen Lebensstil. Alles um ihn herum musste chic, praktisch, hell und freundlich sein. Allerdings kreisten seine Gedanken unentwegt um Carolins Vermögen. Es musste eines geben, auch wenn es nicht recht zu der bescheidenen Lebensweise dieser Adeligen passte. Lag vielleicht gerade darin das Geheimnis ihres Wohlstands? Er brauchte immer dringender eine ordentliche Finanzspritze für das klamme Architekturbüro.

Carolin war nicht dumm. Sie spürte, dass ihm etwas fehlte, dass er sich allabendlich, wenn sie im Kaminzimmer Händchen haltend knisternde Musik aus dem Grammofon hörten, nach etwas anderem sehnte. So schlug sie ihm eines Abends im März vor, hin und wieder auszugehen. Sie erinnerte sich ihrer Freunde in der Düsseldorfer Szene, mit denen sie noch vor wenigen Jahren losgezogen war.

»Simon, was meinst du, sollen wir am nächsten Freitag eine Vernissage besuchen? In der Galerie Gmyrek, wo wir uns damals begegnet sind, werden Bilder von Bernd Finkeldei ausgestellt. Hättest du Lust?« Abwartend schaute sie ihn aus ihren grünen Augen an.

›Jetzt‹, sagte er sich, ›jetzt ist die Gelegenheit, ihr reinen Wein einzuschenken. Sag ihr endlich, dass hier ein Missverständnis vorliegt. Dass du gar nicht Simon von Brehden bist, weder adelig, noch vermögend.‹ Doch stattdessen sagte er: »Gerne Liebling, wenn du das möchtest. Ich verbringe die Abende aber auch gerne mit dir allein, hier draußen, mitten in der Natur.«

Genau das wollte sie hören und schmiegte sich an ihn.

Harald hatte nie ernsthaft vorgehabt, sie um finanzielle Unterstützung zu bitten. Als er jedoch an einem Freitagmorgen im April, wenige Tage vor Ostern, von der Pleite des Bauunternehmers Bichler erfuhr, brach ihm der Schweiß aus. Eine Wohnhauszeile mit 24 Wohnungen hatte er vom Entwurf bis hin zur Werk- und Detailplanung betreut, sowie die Koordination der Fachplanungen und die Bauüberwachung, einschließlich deren Kosten- und Qualitätskontrolle übernommen. Bis auf eine läppische Teilzahlung hatte er noch kein Geld gesehen und immense Summen investiert. Erst letzte Woche, bei der Endabnahme des Projekts, hatte Bichler ihn vertröstet, dass der große Scheck im Anmarsch sei. Haralds Bankberater hatte ihm noch einmal mit einem Kredit ausgeholfen, in der Hoffnung, dass der erwartete Geldsegen bald eintreffen würde. Ein weiterer Auftrag war geplatzt. Sein Telefon läutete an diesem Morgen heiß. Dabei wollte er den letzten Arbeitstag der Woche ruhig ausklingen lassen und am frühen Nachmittag nach Geldern zu Carolin fahren. Graf Adolf hatte für Samstag zur Treibjagd geladen und er sollte zum ersten Male, trotz seiner kaum vorhanden Reitkünste und ohne Besitz eines Jagdscheins, daran teilnehmen, worauf er mächtig stolz war. Zwischen all den Adeligen würde er eine gute Figur machen. Anschließend würde im großen Festsaal des Schlosses ein Abendessen stattfinden.

Doch Pustekuchen, alles war ihm vergangen. Und wenn Carolin mir helfen würde? Sie müsste mir das Geld ja nur leihen, überlegte er, während er am späten Nachmittag niedergeschlagen auf der Autobahn Richtung Geldern fuhr.

Sie hatten nie viel über seine Arbeit gesprochen. Carolin wusste zwar inzwischen, was er beruflich machte, jedoch schwieg er sich über Einzelheiten aus. Sie war PC-mäßig nicht auf dem Laufenden und kannte Suchmaschinen wie Google nicht, daher würde sie kaum versuchen, Erkundigungen über ihn einzuholen, hoffte er. Auch wo und wie er in Gelsenkirchen wohnte, hatte er ihr nicht verraten, und sie war nie auf den Gedanken gekommen, ihn einmal zu besuchen.

Noch am gleichen Abend, nach einem langen Spaziergang im Schlosspark, schüttete ihr Harald sein Herz aus, berichtete ihr von seiner finanziellen Notlage. Sie zögerte keine Sekunde. Ja, sie drängte ihn regelrecht, sich von ihr helfen zu lassen.

Seine schauspielerische Leistung war grandios. Wie er den Abwehrenden spielte, war bühnenreif.

»Nein, auf keinen Fall kann ich Geld von dir annehmen, Liebling«, beteuerte er erbost.

»Aber wieso denn nicht? Ich denke, wir lieben uns«, hielt Carolin dagegen.

»Natürlich liebe ich dich«, verkündete er zum ersten Mal seit sie sich kannten, und Carolin wurden die Knie weich.

Er liebte sie, er liebte sie, schrie alles in ihr. Dieser tolle Mann liebte sie. Dass dieser tolle Mann zu diesem Zeitpunkt auf dem besten Wege war, ein Ganove zu werden, hätte sie niemandem geglaubt.

Er liebte sie nicht, er spielte lediglich eine Rolle. Und das verdammt gut. Eine Woche später übergab sie ihm ein schwarzes Köfferchen mit 100.000 Euro in bar. Er nahm mit klopfendem Herzen diesen Schatz an sich, küsste sie und fuhr mit dem Versprechen, am Karfreitag wieder da zu sein, vom Hof. Wie einfach es doch war, dachte er schmunzelnd, während er sie winkend im Rückspiegel betrachtete.

Es war das letzte Mal, dass sie ihn sah. Spätestens als er das Geld in bar wollte, hätte sie hellhörig werden sollen. Doch Carolin glaubte an ihn und seine Liebe, hatte nicht den geringsten Zweifel, verlangte nicht einmal eine Quittung.

6

Tanja Beuker schaute träumend aus dem Fenster. Sie hörte von draußen das kräftige Bimmeln einer Straßenbahn. Krankenschwestern, Ärzte und Besucher liefen auf dem Gang geschäftig hin und her. Das Tablett mit dem schmutzigen Geschirr stand noch auf ihrem Nachttisch. Personalmangel, es war noch keine Zeit gewesen, es abzuräumen. Reis mit Huhn, dazu Bohnensalat. Sie hatte es in sich hineingestopft, als hätte sie seit Tagen nichts gegessen. Auf der Intensivstation hatte es nur flüssige Nahrung gegeben.

Ein Nachbar, der mit seinem Hund Gassi ging, hatte sie in der besagten Nacht gegen Mitternacht gefunden und den Notarzt gerufen. Total unterkühlt, mit zertrümmerter Kniescheibe rechts, wurde sie ins Krankenhaus gebracht. Hätte der Hund des Nachbarn nicht an akutem Durchfall gelitten, hätte man sie wahrscheinlich erst am anderen Morgen entdeckt, was für Tanja den sicheren Tod bedeutet hätte. Noch in derselben Nacht wurde sie operiert und hatte das Schlimmste überstanden.

Oskar Beuker hatte Tanja trotz ihres erbärmlichen Zustandes an den Schultern gepackt und geschüttelt, um zu erfahren, wer ihr das angetan hatte. Sie schwieg jedoch beharrlich. Als er sie überreden wollte, Anzeige zu erstatten, riss sie die Augen auf und schüttelte den Kopf.

»Keine Polizei«, nuschelte sie und war gleich darauf in einen tiefen Schlaf gesunken.

Auch als es ihr besser ging und sie mithilfe eines Therapeuten erste Gehversuche unternahm, wollte sie nicht damit herausrücken, wer dafür verantwortlich war. Täglich kamen die Beukers, um ihre Tochter in die Mangel zu nehmen, doch Tanja schwieg eisern. Sie hätte nicht gesehen, wer es gewesen wäre und werde keine Anzeige erstatten, ließ sie verlauten. Selbst der Pfarrer, ihr Arbeitgeber, biss auf Granit, als er ihr bei seinen Besuchen ins Gewissen reden wollte. Ihre Kolleginnen aus dem Kindergarten besuchten sie regelmäßig, ließen Blümchen oder Selbstgebackenes da, schleppten einen Tag vor Weihnachten sogar ein paar Kinder des Kindergartens mit, die sie mit dem Lied ›Es kommt ein Schiff geladen‹ beglücken sollten.

Nichts und niemand konnte Tanja aufheitern. Sie wartete auf Harald, der jedoch nicht kam. Er musste doch inzwischen wissen, was passiert war. Wenn er sie liebte, würde er sie besuchen, spätestens an Weihnachten, hoffte sie. Pure Eifersucht war es, die Susanne Mackenrodt dazu veranlasst hatte, sie zur Strecke bringen zu wollen. Harald musste Susanne erzählt haben, dass er Tanja liebte und das hatte sie nicht verdaut. Wieso sollte sie sie anzeigen? Was würde dabei herauskommen? Zu mehr als einer Geldstrafe würde sie nicht verdonnert werden, war Tanja überzeugt. Das nahm sie selbst in die Hand, schwor sie sich jede Nacht, wenn ihr schmerzendes Knie oder das Gesäge der Bettnachbarin sie nicht in den erhofften Schlaf fallen ließen. ›Lass es mir erst besser gehen, dann bekommt die Mackenrodt ihre gerechte Strafe. Ich bringe sie um. Harald gehört mir.‹

»Aber wenn es da einen Verlobten gibt, wie Sie mir erzählt haben, wieso besucht der Sie nicht?«, wollte ihre Zimmergenossin eines Tages von ihr wissen. Sie stopfte sich eine Pfeffernuss in den Mund und wartete auf eine Antwort.

»Er hat viel zu tun. Morgen, morgen am Heiligen Abend wird er kommen. Ganz bestimmt.«

»Na, wer's glaubt«, sagte die alte Frau und kicherte vor sich hin.

»Ach, halten Sie doch den Mund. Wenn Sie weiterhin so ein Blech labern, sind Sie eher beim lieben Gott als Ihnen lieb ist.«

Wieso hatte sie der alten Frau bloß von Harald erzählt?, fragte Tanja sich. Anfangs fand sie die zarte Frau noch recht sympathisch. Aus Einsamkeit und Langeweile hatte sie zu viel des Guten preisgegeben, was sie inzwischen bitter bereute.

»Wollen Sie mich etwa umbringen? Das werde ich dem Stationsarzt erzählen«, verkündete die kleine Frau giftig.

»Wer glaubt Ihnen denn? So einer dementen halben Portion, wie Sie eine sind.«

Nun war der Alten das Lachen vergangen. Wenn Sie jemand als dement bezeichnete, wurde sie wütend, da sie der Meinung war, noch alle Sinne beisammen zu haben. Ihre winzigen braunen Augen füllten sich mit Tränen. Sie zog sich die Bettdecke bis ans Kinn und zappte mit der Fernbedienung durch die TV-Programme.

Morgen war Weihnachten und morgen würde Harald kommen, hoffte Tanja.

Harald kam nicht. Am Nachmittag des Heiligen Abends betraten ihre Eltern mit Leichenbittermienen das Krankenzimmer. Noch im nach Urin und Franzbranntwein riechenden Krankenhausflur hatte Oskar zu seiner Frau seufzend gesagt, dass es vielleicht besser gewesen wäre, dieser Nachbar hätte Tanja nicht gefunden. Kriemhild sah ihn erschrocken aus tränennassen Augen an und meinte, dass er sich mit solchen Äußerungen nicht gegen sein eigen Fleisch und Blut versündigen solle.

Sein Blick, den er ihr daraufhin schenkte, sprach Bände.

Er riss die Tür zum Krankenzimmer auf und betrat forsch den Raum.

Was in der Nacht tatsächlich geschehen war, konnte er sich in etwa zusammenreimen, schließlich war er nicht dumm. Felsenfest war er davon überzeugt, dass seine Tochter den Heimweg gemeinsam mit der Mackenrodt zurückgelegt haben musste. Frech grinsend stritt die Frau es allerdings ab, als er sie daraufhin angesprochen hatte. Die Gerüchteküche blühte in der vornehmen Siedlung. Jeder Nachbar wusste, dass Susanne Mackenrodt scharf auf Harald Kleinschnittger war. Und das Schlimmste: seine Tanja ebenfalls. Ihr ganzes Zimmer hatte er auf den Kopf gestellt. Ihre Schreibtischschublade gewaltsam geöffnet und schwarz auf weiß, beziehungsweise gold auf rosa lesen können, was für einen geistigen Dünnpfiff sie diesem Kerl geschrieben hatte. Er war sich sicher, dass sie ihm einige dieser Liebesbriefe bereits hatte zukommen lassen. Tanja hatte sich da in etwas verrannt, bildete sich ein, dieser attraktive Mann liebe sie. Da seine Tochter jedoch keine Strafanzeige stellte, waren ihm die Hände gebunden. Als die Mackenrodt sich nach der Unterredung mit ihm umdrehte, sah er ihren Verband auf dem Hinterkopf. Für ihn gab es keinen Zweifel, dass es sich bei der Verletzung um ein Andenken seiner Tochter handeln musste. Schon als Kind hatte sie eine aggressive Ader und so manchen Spielkameraden, ob Mädchen oder Junge, ordentlich verprügelt. Verfluchtes Weibervolk, dachte er grimmig, als er seine im Bett sitzende Tochter betrachtete.

Dass Tanja seine leibliche Tochter war, konnte er nicht abstreiten, sah sie doch wie ein Klon von ihm aus. Leider hatte sie nichts von ihrer aparten Mutter geerbt. Weder die zarte Gestalt noch das ebenmäßige weibliche Gesicht. Die Natur war eben kein Wunschkonzert.

Während Tanja krampfhaft versuchte, ihre Enttäuschung zu verbergen und mit den Tränen kämpfte, rutschte Kriemhild Beuker auf dem Hocker neben Tanjas Bett hin und her. Es tat ihr weh, dass sie ihrer Tochter nichts schenken durfte.

»Aber, dass Susanne es nicht für nötig hielt, dich zu Weihnachten zu besuchen, ist eigenartig«, wunderte sich Tanjas Mutter. »Und sie hat nicht wenigstens angerufen? Immerhin singt sie in deinem Chor. Außerdem wohnt sie in der Nachbarschaft.«

Nicht mehr lange, wollte es Tanja über ihre Lippen kommen, stattdessen antwortete sie gespielt gleichgültig. »Ach, die soll bleiben, wo der Pfeffer wächst.« Schuldbewusst, als ahne sie, dass er Bescheid wusste, sah sie ihren Vater an.

Oskar sagte jedoch nichts, stand auf und beendete nach nur wenigen Minuten den Krankenbesuch.

Tanjas Enttäuschung wandelte sich in Wut. Wut, dass sie mutterseelenallein am Heiligen Abend im Krankenhaus liegen und in die Glotze schauen musste. Kein Händchen haltender Harald an ihrem Bett, keine Zukunftsperspektive. Ihre Bettnachbarin kaute wieder grinsend auf ihren steinharten Pfeffernüssen herum und brachte Tanja zur Weißglut. Sie fragte sich, ob Harald wohl den Abend mit Susanne verbringen würde oder ob er mit seiner kranken Mutter zu Hause hockte. Ihre Wut auf Susanne steigerte sich ins Unermessliche.

Bei der Sendung *Weihnachten auf Gut Aiderbichl* musste sie wohl vor Erschöpfung eingeschlafen sein. Als sie durch das laute Schnarchen ihrer Zimmernachbarin erwachte, stand bereits das Tablett mit dem kargen Abendessen an ihrem Bett. Zwei Scheiben Brot, Butter, Plockwurst und ein Eckchen Schmierkäse. Als Weihnachts-Highlight ein winziges Schälchen mit Kartoffelsalat. Tanja fragte sich, wo die Bockwurst war und schüttelte mit dem Kopf. Sie verspürte keinen Appetit. Mithilfe der Gehstützen ging sie zum Fenster und öffnete es einen Spaltbreit, da sie plötzlich das Gefühl hatte zu ersticken. Besser erfrieren, als in dem Mief umzukommen, sagte sie sich, als ihr Blick auf die schnarchende Bettnachbarin fiel, die auch zu Weihnachten keinen Besuch bekam, trotz ihrer fünf Kinder und sechs Enkel.

Entschlossen schritt Tanja zu ihrem Nachtschränkchen, öffnete die Schublade und entnahm ihr aus einer kleinen Dose sechs der Schlaftabletten, die sie allabendlich zugeteilt bekam. Die Tabletten machten sie taumelig und noch unsicherer beim Gehen, als sie es mit ihrer Verletzung schon war, daher verzichtete sie auf die Einnahme.

Sie ging zum Bett der alten Frau, nahm den Deckel ihres Teekännchens hoch und warf die Tabletten hinein. Mit dem Messer rührte sie das Gemisch kräftig durch. Dann rüttelte sie die Alte wach.

»Hey, Abendessen«, schrie sie ihr ins Ohr, woraufhin die kleine Frau fast aus dem Bett fiel.

»Ich habe gar keinen Hunger«, jammerte die kleine Gestalt in ihrem verschwitzten Nachthemd.

»Dann trinken Sie wenigstens den Tee. Alte Leute müssen viel trinken. Sonst bekommen Sie Alzheimer, weil das Hirn schrumpft.«

Das wirkte. Alzheimer machte ihrer Zimmergenossin Angst. Regelrecht Panik befiel sie, diese Krankheit zu bekommen.

So goss sie sich den Tee emsig in die Tasse und spülte ihn mit weit aufgerissenen Augen hinunter. Nachdem sie den gesamten Inhalt des Kännchens – drei Tassen voll – getrunken hatte, lehnte sie sich wieder in ihr Kissen zurück und seufzte.

Gegen 22 Uhr teilte die Nachtschwester Tanja mit, dass ihre Zimmergenossin verstorben sei.

»Das Herz, es war wohl ihr schwaches Herz«, meinte Tanja noch mitfühlend. »Ausgerechnet am Heiligen Abend.« Sie faltete ihre Hände und sprach grinsend ein Gebet.

Der herbeigerufene Arzt hegte keinen Zweifel, dass die Patientin eines natürlichen Todes gestorben war.

Mitte Januar wurde Tanja aus dem Krankenhaus entlassen. Ihre Reha-Maßnahme sollte im Februar in der Rosenklinik Bad Sassendorf beginnen.

Danach, so hoffte sie, würde sie ohne Gehstützen laufen und so Gott will, im April wieder den Kindergarten leiten können. Einen Tag, bevor es losgehen sollte, zog sie ihren Lodenmantel über, band den roten Schal um, schnappte die Gehstützen und machte sich auf den Weg zu Harald. Sie musste ihn sehen, bevor sie Gelsenkirchen für sechs Wochen verlassen würde. Weitere drei Briefe von ihr waren unbeantwortet geblieben. Seine Mutter war vor zwei Wochen verstorben und sie bildete sich ein, er brauche sie jetzt. Die 300 Meter bis zu seinem Haus waren für Tanja eine Qual, da ihr Knie solch einer Belastung noch nicht gewachsen war. In der Nacht hatte es geschneit. Die Gehwege waren nur notdürftig gestreut und die Straße, die sie überqueren musste, war spiegelglatt.

Ihre Eltern sahen ihr aus dem Wohnzimmerfenster hinterher. Ihre Tochter war verrückt geworden, diesem Kerl hinterherzurennen und sich lächerlich zu machen.

Schon nach einmaligem Läuten öffnete er die Tür und erschrak, als er Tanja davor stehen sah.

»Hallo Harald«, begrüßte sie ihn freundlich. Sie spürte, wie ihr Herz gegen die Brust hämmerte.

»Was willst du denn hier?« Die hatte ihm gerade noch gefehlt. Er hatte gedacht, das Thema sei längst erledigt. Doch als er vor drei Tagen wieder einen ihrer irren Briefe in den Händen gehalten hatte, wusste er, dass er falsch lag. Er zerriss ihn, wie schon die zwei letzten davor, ungelesen. Bei der Beerdigung seiner Mutter hatte er sich noch so nett mit dem Ehepaar Beuker unterhalten und sie insgeheim bedauert, mit so einer Tochter gestraft zu sein. Als er hörte, sie führe in die Reha, hatte er innerlich gejubelt. Nun stand sie vor seiner Tür.

»Willst du mich nicht hereinbitten? Ich kann nicht lange stehen.«

Mit großen Augen sah sie ihn flehend an.

»Nein, ich werde dich nicht hereinlassen. Wenn du nicht stehen kannst, dann geh nach Hause. Außerdem wüsste ich nicht, was wir zwei zu besprechen hätten.«

»Ich wollte dir Beileid zum Tode deiner Mutter wünschen.«

»Das hast du ja jetzt getan. Also, tschüss dann.« Er hatte die Tür schon fast wieder geschlossen, als Tanja eine ihrer Gehstützen dazwischen schob.

»Was soll das Tanja? Lass mich in Ruhe. Wenn du mich wieder belästigst, werde ich mit deinem Vater sprechen. Willst du das?«

»Aber Harald, ich belästige dich doch nicht. Ich liebe dich und du mich auch. Wir sind für einander bestimmt.«

»Du hast echt einen Dachschaden, Tanja. Verschwinde jetzt oder ich rufe die Polizei.« Mit seinem rechten Fuß schob er die Gehstütze aus der Tür und knallte sie anschließend zu.

Weinend machte sich Tanja auf den Heimweg. Die Mackenrodt hat ihn verhext, davon war sie überzeugt. Sie musste sie beiseite schaffen!

Aus ihrem Küchenfenster, das sich an der Hausseite, die aus der Reihe hervorsprang, befand, konnte Susanne Mackenrodt beobachten, wie Tanja mühselig mit ihren modischen Gehstützen auf Haralds Hauseingang zusteuerte. Sie musste schmunzeln. Da habe ich noch einmal richtig Glück gehabt, dachte sie, und war wirklich froh, dass Tanja den Mund gehalten und sie nicht verraten hatte.

Nun stand die wuchtige Frau namens Tanja in grünem Lodenmantel, mit roter Mütze und aquablauen Gehstützen vor Haralds Tür und winselte um Einlass. Am liebsten hätte sie ihre Haustür aufgerissen und sich auf die Frau gestürzt, um das zu vollenden, was in besagter Nacht nicht geklappt hatte. Sei friedlich, mäßigte sie sich, morgen fährt sie erst einmal für Wochen in die Reha und ist weg vom Fenster. Doch sie würde zurückkommen, nagte das schlechte Gewissen an ihr, und irgendwann würde sie jemandem erzählen, wer sie in dieser kalten Nacht niedergeschlagen hatte. Kein Mensch würde sich dann noch dafür interessieren, dass Tanja und nicht sie begonnen hatte.

Keine zwei Minuten später sah sie Tanja weinend nach Hause humpeln. Sie verspürte kein Mitleid. Wenn sie überhaupt mit jemandem Mitleid hatte, dann mit Harald, der vor wenigen Tagen seine Mutter verloren hatte. Wehmütig dachte sie an Weihnachten, wie sie zu zweit gemütlich an Heiligabend vor dem Fernseher gesessen hatten. Seine Mutter lag damals noch in der Klinik, auf der Intensivstation. Die Ärzte hatten Harald keine Hoffnung mehr machen können und ihm nahe gelegt, mit dem Schlimmsten zu rechnen. Was lag da näher, als ihn zu trösten? Sie hatte Kartoffelsalat zubereitet, Frikadellen gebraten und auch noch für einen Nachtisch gesorgt. Tiramisu aß er für sein Leben gern. Den kleinen Tannenbaum hatte sie ihm ebenfalls geschmückt, obwohl er protestiert hatte, ihn überhaupt aufzustellen. Susanne zuliebe hatte er nachgegeben.

Fast wie ein zufriedenes Ehepaar, hatte sie gedacht, als sie nach dem Essen gemeinsam vor dem Fernseher saßen und Wein tranken. Etwas enttäuscht war sie schon, dass er ihr nur ein Alpenveilchen geschenkt hat.

Noch nicht einmal beschämt war er, ihr Geschenk, einen teuren Pullover, auf drei Raten beim Otto-Versand gekauft, entgegenzunehmen. Die Lügen kamen ihr leicht über die Lippen, als er sie zum wiederholten Male regelrecht verhörte, wann sie Tanja am besagten Abend zuletzt gesehen hatte und wer ihr das wohl angetan haben könnte. Ihm ging es dabei weniger um Tanja, sondern darum, dass eventuell auf ihn ein Verdacht fallen könnte. Zum Glück besaß er für die Tatzeit ein Alibi. Ihn wunderte, dass Tanja keine Anzeige erstattet hatte und die Polizei nicht ermittelte.

Lieber wäre Harald am Heiligen Abend in irgendeine Szene-Kneipe in die Buer'sche City gegangen und hätte sich unterhalten, betrunken oder eventuell eine Frau aufgerissen für die Nacht. Stattdessen hatte er einen auf braven Freund gemacht und die Stunden mit Susanne verbracht, die ihm noch einmal mit einem Betrag von 2.000 Euro ausgeholfen hatte.

Alle Hebel hatte sie in Bewegung gesetzt, um an das Geld zu kommen. Ihr Konto war überzogen, war sie doch überzeugt gewesen, er würde ihr das geliehene Geld zu Weihnachten zurückgeben, so wie er es versprochen hatte. Doch Pustekuchen, stattdessen erbat er sich noch mehr. Ihr Onkel hatte es ihr unter wütendem Gebrummel gegeben, mit der Auflage, es spätestens zu Ostern zurückzubekommen.

Harald war sich bewusst, dass sie mehr wollte als nur gemütliche Stunden vor dem Fernseher bei Nüssen und

Wein. Er war sich auch sicher, dass er sich anstandshalber hätte opfern müssen. Doch er brachte es einfach nicht fertig, mit ihr ins Bett zu gehen. Ihm graute bereits vor dem zweiten Weihnachtstag. Da musste er sich schon unfreiwillig mit der Gräfin Carolin von Tiefsbach sexuell vereinigen. Zu dem Zeitpunkt ahnte er noch nicht, dass es ihm wider Erwarten Vergnügen bereiten würde.

So blieb es am Heiligen Abend bei ein paar kleinen Zärtlichkeiten, unter donnerndem Glockengeläut einer bayerischen Kirche. Susanne lechzte jedoch nach mehr. Als sie seinen sehnigen Arm in ihrem erhitzten Nacken spürte, klopfte nicht nur ihr Herz. Zärtlich und zugleich gierig legte sie ihre Hand auf seinen muskulösen Oberschenkel, was ihn zusammenzucken und ihre Hoffnung schwinden ließ. ›Hab Geduld‹, mahnte sie sich. ›Wie lange noch?‹, hielt die Sehnsuchtsstimme dagegen.

Harald konnte sich einfach nicht überwinden, ihr das zu geben, was sie sicherlich verdient hätte. Schließlich hatte sie ihm nicht nur Geld geliehen und sich dabei selbst verschuldet. Sie wusch und bügelte seine Hemden, nähte ihm abgerissene Knöpfe an Kleidungsstücke, versorgte seine Blumen und fegte vor seinem Haus Schnee. Ganz zu schweigen von den vielen Essenseinladungen, bei denen er sich außerdem noch an ihrer Brust ausweinen durfte. Diese Frau musste er sich einfach warm halten, sagte er sich immer wieder. Und doch brachte er es nicht fertig, sich ihr zu nähern. Der fiese Duft ihres Haarsprays, der ihm in die Nase zog, sowie der leichte Körpergeruch, der ihrer weißen Seidenbluse entwich, schreckten ihn ab. Da nützte auch keine weitere Flasche des 2005er Bordeaux Château Béard Grand Cru zu 23,80 Euro. Immerhin verabschiedete er sich gegen Mitternacht mit den Worten »Gib mit etwas Zeit« von ihr.

Und genau diese Worte richteten in Susannes Hirn Fürchterliches an. Sie stellten ihr etwas in Aussicht, was sie zwar nicht jetzt gleich, aber sicherlich sehr bald bekommen würde. Das, worauf sie schon so lange wartete und wonach sie sich Nacht für Nacht sehnte.

Weihnachten verstrich und der Alltag kehrte ein. Susanne sah mit gemischten Gefühlen zu, wie Tanja an einem kalten Januarmorgen in ein Taxi verladen wurde, um ihre Reha in Bad Sassendorf anzutreten. Sie atmete tief durch, zog die Gardine wieder zu und lenkte ihre Gedanken auf Harald. Kommt Zeit, kommt Harald, sagte sie sich seit der Heiligen Nacht täglich und übte sich in Geduld.

Jedes Wochenende war er fort, packte freitags seine Reisetasche ins Auto und fuhr vergnügt vom Hof. Auf ihre Frage, wo es denn hinginge, bekam sie keine Antwort. Er schenkte ihr lediglich ein müdes Lächeln, so als wollte er sagen, dass sie das nichts anginge.

Er hat eine andere, wurde ihr bald klar, als er auch noch im Februar und März an den Wochenenden verschwand. Wer war die Glückliche und wo wohnte sie?

Harald redete drum herum, kam nicht zum Punkt. Als es ihm zu bunt wurde, bekam sie eine barsche Antwort. Keine Rede mehr von ›Zeit geben‹.

»Was soll das, Susanne? Du bist nicht meine Mutter! Wird das hier ein Verhör?«

Schweigend ging sie daraufhin ins Haus und ließ ihren Tränen freien Lauf. Sie fühlte sich betrogen. Er lieh sich Geld von ihr, ließ sie sein Haus hüten und fuhr dann zu seiner Geliebten. Wie passte das zusammen? Sie wollte ihr Geld zurück! Wenn sie ihn schon nicht haben konnte, so sollte er wenigstens seine Schulden bezahlen. An einem Freitagnachmittag im März fasste sie all ihren Mut zusammen und sprach ihn an, gerade als er sich ins Auto schwingen wollte, um in sein Wochenende zu fahren.

»Sag mal, Harald, was ist mit meinem Geld? Ich muss es zurückhaben. Du wolltest es mir schnellstmöglich wiedergeben. Mir geht es finanziell auch nicht rosig.«

Verdutzt schaute er sie an. »Ich hab es momentan nicht, Susanne. Woher soll ich es nehmen? In der Firma …«

»Komm mir jetzt nicht damit!«, unterbrach sie ihn. »Ich muss auch sehen, wie ich klarkomme. Bis Ende nächster Woche will ich mein Geld zurück.«

Er schloss die Wagentür und ging auf sie zu. »Hey, Susanne, nun werde doch nicht zickig. Du bekommst dein Geld.« Zärtlich strich er ihr mit dem Zeigefinger über die linke Wange, kam damit aber dieses Mal nicht durch. Wütend stieß sie seine Hand weg.

»Und ich Idiotin habe auch noch deine Fenster geputzt. Also noch einmal ganz langsam, zum Mitschreiben: Bis Freitag habe ich mein Geld, die komplette Summe, sonst nehme ich mir einen Anwalt.« Für Susanne war wirklich Schluss mit lustig.

»Du kannst nichts beweisen. Hast du was Schriftliches? Außerdem hast du es mir freiwillig geben.« Schweißperlen traten auf seine Stirn. Er wusste, dass er zu weit gegangen war. Wie er das Ruder so auf die Schnelle herumreißen konnte, bevor es zu spät war, fiel ihm jedoch nicht ein.

»Ich habe dir das Geld geliehen und nicht geschenkt. Du unterschätzt mich, Harald.«

Er wusste, dass Susannes Geduld nicht unendlich war. Nun ärgerte er sich, dass er nicht doch zu Weihnachten mit ihr ins Bett gestiegen war. Dann wäre sie jetzt mit Sicherheit friedlicher, dachte er.

»Okay, bis Ende der nächsten Woche hast du dein

Geld«, sagte er mit gekränkter Stimme, stieg in seinem Wagen und fuhr davon.

Er stand auf der B 224 im Stau. Ungewöhnlich, an einem Samstagnachmittag. Dieses Stop and Go fahren machte ihn noch nervöser. ›Jetzt quäle ich mich hier bei diesem tollen Wetter bis ins tiefste Essen, um wenig später nach Gelsenkirchen ins Theater fahren zu können‹, dachte Harald genervt. Die Lust auf das Bühnenstück mit anschließendem Dinner war ihm vergangen. Außerdem musste er immer wieder an den gestrigen Abend und die Nacht mit Margareta denken. Er war erstaunt, wie toll sie sich entwickelt hatte. Hatte er sich tatsächlich in diese großmäulige Frau verliebt?, fragte er sich wieder und wieder.

Denkbar ungünstiger Zeitpunkt, musste er feststellen. Er war sich sicher, dass diese Verbindung, wollte er sie weiter pflegen, nur neue Komplikationen bringen würde. Er sollte diese arme, wenn auch süße Kirchenmaus lieber vergessen und Brigitte Hoffmann heiraten. Wenn er jedoch daran dachte, in gut drei Wochen der Ehemann dieser alten Frau zu sein, bekam er Angstzustände. Außerdem hatte sie seine Berechnung des Finanzbedarfs noch nicht abgenickt.

Die Summe, die er benötigte, sein kleines Unternehmen zu retten, würde selbst der stinkreichen Brigitte Tränen in die Augen treiben.

Dieses Ampelhopping machte ihn immer gereizter. Am liebsten wäre er zurückgefahren. Er wollte weder mit Brigitte das Wochenende verbringen, noch sie heiraten.

Als er eine ganze Stunde später vor Brigittes Haus hielt, war er schweißgebadet. Er griff nach seiner Ledermappe, die auf dem Beifahrersitz lag, setzte sein künstliches Grinsen auf und stieg aus seinem Wagen. Zum ersten Mal hasste er seine Rolle, die er seit einiger Zeit spielte. Seit der letzten Nacht mit Margareta war alles anders und er fragte sich, woher seine plötzlichen Skrupel rührten. Sollte er tatsächlich mehr für Margareta Sommerfeld empfinden als sexuelle Gelüste?

Für die Rückkehr in ein normales bürgerliches Leben war es zu spät, versuchte er sich klarzumachen, und drückte auf den imposanten Messingklingelknopf.

Fünf Tage konnten ganz schon lang werden, vor allem, wenn man etwas mit Macht herbeisehnte. Die Zeiger der Uhr hatten sich seit Montag langsamer bewegt, war Brigitte sich sicher. Sie legte die Theaterkarten auf ihre Handtasche und eilte zur Haustür, nachdem der Gong ertönt war. Den Türgriff fest in der Hand zögerte sie plötzlich. Sekunden verrannen. Plötzlich kam ihr alles so albern und unwirklich vor. Verlobung in ihrem Alter. Mit einem kleinen Heiratsschwindler, der vor ihr schon wer weiß wie viele Damen ausgenommen hatte. Doch sie würde ihn zähmen und zur Vernunft bringen. Es war ihr letzte Chance. Sie hob den Kopf, streckte sich, atmete tief durch und öffnete die Tür, um ihren grinsenden Verlobten hineinzulassen.

Seine aufgesetzte gute Laune war gänzlich dahin, als er das Kostüm betrachtete, in das sich Brigitte gehüllt hatte. Ein eitergelber Brokatstoff der übelsten Sorte war zu einem schlecht sitzenden Gewand verarbeitet worden. Dabei hatte sich Brigitte erst vor Kurzem so modisch elegant gekleidet. Sie kam ihm außerdem wesentlich älter vor als noch vor wenigen Tagen. Das Make-up schlecht aufgetragen, das ganze Gesicht stümperhaft verschlimmbessert. Es fehlte das smarte Halstuch, welches ihren faltigen Hals hätte verdecken können.

Er hatte keine Lust auf einen Theaterabend und schon gar nicht auf ein anschließendes Essen in irgendeinem piekfeinen Lokal. So fiel die Begrüßung kühl und frostig aus. Er konnte sich nicht dazu überwinden, seine Verlobte in den Arm zu nehmen und zärtlich auf beide Wangen, geschweige denn auf den Mund zu küssen.

Ihre Augen füllten sich mit Tränen. Sie spürte, dass in ihm eine Veränderung vorgegangen war. Was war passiert?, fragte sie sich und bat ihn ins Wohnzimmer, wo er sich seufzend auf das breite Sofa fallen ließ. Die Terrassentür stand auf und ließ den angenehmen Duft des Sommerflieders hinein, der in Brigittes Garten üppig blühte.

›Der Kerl wird mir nicht die Sterne vom Himmel holen‹, wurde ihr plötzlich bewusst. ›Wenn er mein Geld kassiert hat, wird er mich auf den Mond schießen. Unruhig, wie ein eingesperrtes Tier, wird er in meiner Villa umherirren und gute Miene zum bösen Spiel machen. Bis er es irgendwann nicht mehr aushält und das Weite sucht. Daran wird ihn der Trauschein nicht hindern.‹

»Ich hatte einen anstrengenden Tag«, gab er vor. »Dann die lange Fahrt hierher. Stau auf der B 224. Ich muss mich erst einmal sammeln. Wann müssen wir los?« Hastig trank er das Glas Mineralwasser leer, das sie ihm ungefragt hingestellt hatte.

»Wir müssen gar nichts, mein Lieber«, sagte sie mit gefasster, jedoch beleidigter Stimme. »Wenn du keine Lust hast, können wir den Abend auch hier verbringen. Niemand zwingt uns, ins Theater zu gehen. Ich könnte uns eine Kleinigkeit zu essen herrichten und wir machen es uns gemütlich.« Sie zwang sich, nicht zu enttäuscht zu klingen. Wie gern wäre sie mit diesem schönen Mann an ihrer Seite ausgegangen und hätte sich bewundern lassen.

Zudem hatte ihre Putzfrau Else, die auch gern mal ihre Hausdame spielte, heute frei. Sie würde Alois bitten müssen, ein paar Schnittchen zu richten.

Harald sah Brigitte an und wusste, dass es sehr unklug von ihm war, die Theater-Dinner-Geschichte nicht durchzuziehen. Schön und gut, so ein gemütlicher Abend in der Villa. Da wäre ja immer noch die Nacht, die er ihr versprochen hatte. Aus der Nummer würde er nicht mehr herauskommen, wollte er nicht auf ihr Geld verzichten.

»Das wäre mir ehrlich gesagt lieber«, kam aus seinem schönen Mund, ob klug oder nicht.

»Du entschuldigst mich einen Moment?« Brigitte schritt seufzend über die Freiheitstreppe ins Obergeschoss, um sich aus ihrem Brokatkostüm zu befreien. Ein Schlag ins Gesicht hätte nicht mehr schmerzen können als seine letzten Worte. In ihrem Schlafzimmer angekommen, wählte sie die Nummer des Gärtners, um die Schnittchen in Auftrag zu geben. Sie sah im Geiste ihre Hochzeit in Las Vegas samt anschließender Dixieland-Band-Bedudelung schwinden.

Nur wenige Minuten später – sie hatten es sich auf der Terrasse gemütlich gemacht – atmete Harald tief durch, nahm seinen gewienerten Lederkoffer auf den Schoß, räusperte sich mehrmals, öffnete ihn und entnahm ihm einige Unterlagen. Er wusste, dass das, was er hier abzog, unter aller Sau war und es kalt und geschäftsmäßig auf Brigitte wirken musste. Und doch konnte er nicht anders. In seinem Hinterkopf schwirrte Margareta. Er kam nicht dagegen an, egal wie er sich auch bemühte, sie aus dem Kopf zu verbannen.

Vier von zehn Punkten hätte Harald Alois für seine inzwischen zubereitete Schnittchenplatte gegeben. Unter gemütlich machen, inklusive kleinem Imbiss, hatte er sich weitaus mehr vorgestellt. Stattdessen sprach er ordentlich dem Whisky zu, den Brigitte ihm servierte. Und mit jedem Schluck aus dem klimpernden Glas, welches die Eiswürfel verursachten, ging es ihm ein wenig besser. Er schaffte es immerhin, Brigitte anzulächeln, nachdem sie seine Liste überflogen und auf den Teakholztisch gelegt hatte.

Sie trug einen pinkfarbenen Nicki-Hausanzug, welcher sie besser kleidete als dieses grausige Kostüm.

»Ganz schön heftig, mein Lieber. Du bist nicht billig zu haben.« Grinsend sah sie ihn an.

Harald zuckte mit den Schultern. »Was gibt es im Leben schon umsonst?« Er stand auf, lief unruhig die hölzerne Terrasse auf und ab und schaute in den Garten.

»Ist da noch etwas, was du loswerden willst?«, fragte sie ihn, als ahnte sie bereits, dass gleich ein Geständnis folgen würde. Auch sie war in den letzten Tagen nicht untätig gewesen und hatte mithilfe von Alois und seinem PC ein paar Nachforschungen angestellt, was sein Architekturbüro betraf. Der Name ›von Brehden‹ erschien nirgendwo, was Brigitte skeptisch werden ließ. Dass es sich bei diesem Schönling um einen Heiratsschwindler handeln musste, hatte sie bereits in Bad Sassendorf vermutet. »Wie heißt du wirklich?«

»Harald Kleinschnittger«, kam es wie aus der Pistole geschossen.

»Und wie viele Weiber hast du vor mir schon ausgenommen, Simon von Brehden?«

»Nicht viele. Weniger als du denkst. Der adelige Name wurde mir verpasst. Wieso soll ich mich wehren, wenn eine Dame behauptet, ich wäre Simon von Brehden und gräflicher Abstammung?«

»Und die hat dir dann auch noch Geld gegeben?«

»Ja.«

»Hat sie dich angezeigt?«

»Nein.«

»Aber du hättest mir noch erzählt, wer du wirklich bist, oder?«

»Das hatte ich heute vor. Früher oder später hättest du es sowieso erfahren, schließlich werden wir bald heiraten. Du hättest meine Adresse herausbekommen und auch wo sich mein Unternehmen befindet, das du unterstützen willst. Oder hast du es dir inzwischen anders überlegt?«

»Nein, wieso sollte ich? Du wirst mir jetzt alles haargenau erzählen, danach setzen wir einen Vertrag auf, den ich am Montag meinem Anwalt übergebe.«

Was Alkohol doch für eine Droge ist, dachte Harald, während er sich Stunden später entspannt auf dem Sofa im Wohnzimmer zurücklehnte und seine Schuhe abstreifte. ›Ich muss es durchziehen, es nützt alles nichts‹, sagte er sich und schaffte es dank des Whiskys immerhin, Brigitte verliebt anzulächeln.

Brigittes Gefühle für ihren Verlobten fuhren Achterbahn. Blanke Wut und Empörung versuchten, Unvernunft und Verliebtheit einzuholen und aus der Bahn zu werfen. Sie schafften es nicht. Die Unvernunft, einschließlich der Verliebtheit, siegte und ließen sie zum ersten Male in ihrem Leben etwas völlig Irrsinniges tun. Außerdem war sie von seiner Offenheit beeindruckt. Allerdings nahm sie sich vor, ihn an die Kandare zu nehmen, wenn sie erst verheiratet waren. Mit ihr gäbe es keine üblen Spielchen. Ihr Familienanwalt würde das ihm zur Verfügung gestellte Geld akribisch genau verwalten und jede Ausgabe gegenzeichnen. Sollten ihr irgendwelche Weibergeschichten zu Augen oder Ohren kommen, flöge er in hohem Bogen raus. Dieses machte sie ihm unmissverständlich klar, woraufhin er nur nickte.

Für so abgebrüht hatte er Brigitte nicht gehalten. Alle Punkte waren besprochen und schriftlich festgehalten worden. Nun schloss er seinen Aktenkoffer und stellte ihn seufzend neben das Sofa. Anstrengende Stunden lagen hinter ihm, das Theaterstück hätte nicht schlimmer sein können. Sein Magen knurrte, ein Großteil der Schnittchen stand unberührt auf dem Tisch. Er wusste, was nun kommen würde. Brigitte wartete auf die Besiegelung ihrer soeben beschlossenen Geschäftsvereinbarungen. Und das mit leerem Magen!

»Und, freust du dich auf den ersten September?«, fragte Brigitte ihn gegen zwei Uhr mit belegter Stimme.

»Ja, nach Las Vegas wollte ich immer schon mal«, antwortete er. Allerdings nicht, um dich zu heiraten, wollte er noch hinzusetzen, ließ es aber lieber.

»War es schön für dich?«, fragte sie ihn etwas ängstlich.

Tja, was sollte er sagen? Er blickte zu ihr herüber. Die Rollläden ihres Schlafzimmers waren nur halb heruntergelassen, sodass die Laterne im Garten den Raum ein wenig erhellte und er mehr erkennen konnte als vage Umrisse.

Sanft streichelte er ihre Pudelkrone. »Also für dein Alter bist du noch ganz schön in Form«, antwortete Harald und meinte es so, wie er es sagte. Natürlich war sie nicht mit Margareta Sommerfeld oder seiner noch knackigeren Sekretärin zu vergleichen, doch er hatte sich den Sex mit Brigitte schlimmer vorgestellt. Damit würde er leben können. Einmal im Monat musste er sich einfach dazu aufraffen.

Ein anschließendes Küsschen auf ihre Wange und ein »Schlaf schön« ließen Kommunikation und weitere ›Wie war ich?‹-Fragen im Keim ersticken. Recht zufrieden schlief er wenig später ein.

TEIL III

– ERMITTLUNGEN –

1

Sie stand am Wohnzimmerfenster im ersten Stock ihres Wohnturms und blickte hinaus. Der Regen klatschte ans Fenster, die Wipfel der alten Kastanienbäume wogten aufgebracht hin und her, als wollten sie ihr etwas mitteilen. Schräg gegenüber hielt ein schwarzer Nissan Micra direkt vor einer grau gestrichenen Haustür. Eine Mutter entfesselte wenig später ein plärrendes Kind aus einem Kindersitz und rannte mit ihm zum Eingang. So gut hatte ich es früher nicht, dachte Margareta, die bei Wind und Wetter an der Hand ihrer Mutter zu Fuß zum Kindergarten gegangen war. Hatte ihr nicht geschadet, war ihre Überzeugung. Sie setzte sich aufs Sofa und nahm Haralds Terminkalender in die Hand. Mit geschlossenen Augen sog sie den herben Geruch wieder und wieder in sich auf, hoffte, so seine Nähe spüren zu können. Seufzend öffnete sie nach einigen Sekunden die Augen und sah auf die Uhr. Gleich 13 Uhr. Wenn sie nach Geldern fahren wollte, dann musste sie bald los. Sie verrührte Kandis in ihrem Pfefferminztee und blätterte dabei in dem Kalender herum. Seit knapp zwei Tagen war dieses Teil wie ein Gebetbuch für sie. Sie kannte den Inhalt fast auswendig. Carolin von Tiefsbach und Brigitte Hoffmann erzeugten bunte Bilder in ihrem Kopf und waren zu lebenden Figuren geworden. Sie musste schmunzeln. Blauländer würde durchdrehen, wenn er von der Existenz des kleinen Buches erführe. Der Hauch eines schlechten Gewissens plagte sie, dass sie es an sich genommen hatte.

So langsam realisierte sie Haralds Tod. Wut und Trauer

ließen sie gestern den Arzt aufsuchen. Väterlich verständnisvoll hörte der Graugelockte sich ihre vorher ergoogelten Symptome an, drückte hier und dort an ihr herum, klopfte ihr mit dem Hämmerchen ordentlich den Rücken ab, um letztendlich die Diagose zu stellen, die sie sich bereits ausgesucht hatte: Fibromyalgie, Muskelfaserschmerzen.

»Sie bleiben natürlich erst einmal eine Woche zu Hause«, meinte der Mitfühlende, woraufhin Margareta sich eine Träne aus den Augen drückte und hinzufügte, dass ihre Erkrankung vielleicht mit dem Mobbing zusammenhänge, dem sie auf ihrer Arbeitsstelle ausgesetzt sei.

Damit hatte sie wohl den richtigen Nerv bei ihm getroffen. Er hielt ihr einen ausufernden Vortrag über gemobbte Patienten, änderte zum guten Schluss ihre Auszeit auf zwei Wochen ab, nahm sie kurz in den Arm und drückte sie herzlich.

In spätestens drei Wochen habe ich den Täter, dachte sie voller Überzeugung, während sie summend und hüpfend die Treppe nach unten nahm.

Bevor sie ihren Chef anrief, gönnte sie sich neben einem guten Frühstück im Dorfkrug am Dom ein eiskaltes Glas Sekt. Cheffe war natürlich wenig erfreut, dass sie wieder einmal ausfiel, und das auch noch für zwei Wochen.

Haralds Mörder zu finden hatte für sie jedoch oberste Priorität. Gerade frisch verliebt, wurde ihre neue Eroberung ermordet. Diesen Schicksalsschlag musste sie erst einmal verarbeiten.

Grob stand ihre Vorgehensweise fest, nachdem sie gestern Seite für Seite des Büchleins fast auswendig gelernt und einen Schlachtplan entworfen hatte.

Carolin von Tiefsbach stand für heute auf dem Programm. Margareta würde ihr in ihrem Schloss-Café einen

Besuch abstatten. Folgender Notizbucheintrag in dem Feld für Sonntag, den 29. Juli, hatte sie neugierig gemacht: ›Bei Caro anrufen, Entschuldigung fällig!‹

Wieso wollte er sie nach so langer Zeit anrufen und sich entschuldigen? Nach vier Monaten? Damit würde er schlafende Hunde wecken. Wenn die Gräfin ihn schon nicht angezeigt hatte, damals, als er sich mir ihrem Geld aus dem Staub gemacht hatte, würde sie es sicherlich zurückhaben wollen. Woher war die plötzliche Reue gekommen? Hatte er nun bei ihr angerufen oder nicht?

69,2 Kilometer, sagte das Navi, während Margareta auf der A 42 mit ihrem schwarzen Polo Geldern entgegensteuerte. Die dunklen Regenwolken hatten sich verzogen, die Sonne zeigte sich wieder. Nur 50 Minuten Fahrzeit brachten sie in ein grünes Paradies am Rande des Ruhrgebiets. Schon von Weitem konnte sie das Schloss mit den Wehrtürmen erkennen. Aufgeregt fuhr sie die lange Zufahrt bis zum Parkplatz vor dem Schlossgelände entlang und reihte ihr Fahrzeug zwischen einem Mercedes und einem BMW ein.

Ein herrliches Anwesen. Die gräfliche Familie bewohnte die äußere Vorburg, hatte Margareta Wikipedia entnommen. Das Café wäre ebenfalls dort beheimatet.

Im Innenhof des Schlosses waren auf der rechten Seite vor dem Eingang Sitzgruppen mit Sonnenschirmen drapiert, an denen einige Frauen in Reiterkleidung saßen und Kaffee tranken. Auf der gegenüberliegenden Seite konnte man die Pferdeställe sehen. Hier herrschte munteres Treiben, Pferde wurden hinein- und herausgeführt, Reiterinnen und Reiter unterhielten sich miteinander oder mit dem Stallpersonal.

Margareta musste schmunzeln. Für sie unvorstellbar,

dass Harald auf einem der Pferde durch die Gegend geritten war. Was machte man nicht alles, um an Geld zu kommen.

Sie streckte die Schultern durch, zog den Bauch ein und ging auf den Eingang des Cafés zu. Eine angenehme Kühle empfing sie, als sie den Raum betrat, in dem nur wenige Tische besetzt waren. Der fein herausgeputzte Ungar, von dem ihr Harald erzählt hatte, stach ihr sofort ins Auge. Kaum, dass sie sich gesetzt hatte, kam er auf sie zu, um sich nach ihren Wünschen zu erkundigen. Der Blick aus seinen fast schwarzen Augen ließ sie erschaudern. Auch seinen leichten Akzent fand sie hinreißend. Seine Kleidung, weißes Hemd mit Rüschenärmeln, rote Weste und schwarze Beutelhose waren zwar unüblich und nicht gerade der neueste Modeschrei, doch passte sie zu ihm. Bei näherem Hinsehen musste sie zugeben, dass er nicht im eigentlichen Sinne als schön zu bezeichnen war. Seine sonnengebräunte großporige Haut erinnerte von ihrer Beschaffenheit an Tilsiter. Die buschigen Augenbrauen würden jede Menge von der Stirn tropfenden Schweiß aufnehmen können. Seine Lippen waren wulstig und uneben. Und doch hatte der animalisch wirkende Kerl etwas an sich. ›Du bist nicht hier, um diesen Ungarn attraktiv zu finden, sondern ausschließlich, um Carolin von Tiefsbach in Augenschein zu nehmen‹, sagte sie sich.

Margareta bestellte ein Kännchen Tee und ein Stück Pflaumenkuchen. Inzwischen hatte sie Gräfin Carolin entdeckt, die an der laut knatternden Kaffeemaschine herumhantierte. Margareta war sich sicher, dass sie es sein musste. Nur eine Adelige bewegte sich so souverän und erhaben. Mit überheblichem Blick, als spürte sie, dass sie beobachtet wurde, wandte sie sich Margareta zu und nickte kurz.

Margareta trank einen Schluck von ihrem Tee, stocherte nervös in ihrem Kuchen herum und überlegte, wie sie vorgehen sollte. Arpad bitten, die Gräfin an den Tisch zu holen? Oder aufstehen und zur Theke gehen? Sie entschied sich für Letzteres und wankte mit zittrigen Beinen auf Carolin von Tiefsbach zu. Wieso hatte sie vor adeligen Menschen solch einen Respekt?, fragte sie sich und schaute, an der Theke angekommen, in froschgrüne Augen. Das gesträhnte mittelblonde Haar fiel Carolin lässig über die Schultern. Sie hatte ein hübsches, ungeschminktes Gesicht, und wohlgeformte Lippen. Ihr schilfgrünes Top war mindestens zwei Nummern zu groß, die Jeans hingegen saß knalleng.

»Was kann ich für Sie tun? Irgendetwas nicht in Ordnung?«, fragte Carolin sie leicht gereizt.

»Doch schon, alles in Ordnung. Ich hätte Sie gern mal gesprochen. Es dauert auch nicht lange.«

Schweigend sah die Gräfin ihr Gegenüber einige Sekunden an, taxierte Margareta von oben bis unten.

»Worum geht es?«, kam es äußerst genervt.

»Es geht um Simon von Brehden.« Nun war es heraus. Margareta war erleichtert.

»Ach«, sagte Carolin von Tiefsbach nur. »Hat er Sie geschickt? Erst ruft er hier an, will vorbeikommen, und dann lässt er sich nicht blicken. Wer sind Sie?«

»Mein Name ist Margareta Sommerfeld. Können wir uns nicht an den Tisch setzen?« Margareta blickte Carolin bittend an.

»Wozu? Was soll das bringen? Der elende Kerl hat mich genug Nerven gekostet. Sagen Sie, was Sie wollen und dann verschwinden Sie.«

»Alles in Ordnung, Caro?«, rief der feurige Ungar und warf mit seinen Augen Messer in Margaretas Richtung.

»Schon in Ordnung, Arpad«, pfiff die Gräfin ihren persönlichen Wachhund, der schon die Lefzen hochgezogen hatte, zurück. »Na gut, aber nur kurz, Sie sehen ja, ich habe zu tun.« Unwillig folgte Carolin Margareta zu deren Tisch.

»Was ist nun mit dem guten Simon? Traut er sich nicht her?« Spöttisch musterte Carolin Margareta.

»Harald Kleinschnittger wird sich nicht mehr hier sehen lassen können, da er vor ein paar Tagen ermordet wurde.« Margareta tat es sichtlich gut, der arroganten Blaublütigen diesen Satz entgegenzuschleudern.

»Ach, hieß er so? Harald Kleinschnittger? Simon von Brehden nannte er sich also nur.« Arpad brachte seiner Chefin unaufgefordert ein Fläschchen Orangina und ein Glas. Als er es vor ihr abstellte, verneigte er sich tief.

Du meine Güte, welch eine Schmierenkomödie, dachte Margareta. Er kroch ihr mit seiner Nase fast in den Ausschnitt.

»Sie selbst haben ihm eingeredet, er sei Simon von Brehden.«

»Hat er das erzählt?«, überheblich grinsend goss die Gräfin sich das kühle Getränk in ihr Glas. Die sich darin befindenden Eiswürfel gaben klimpernde Geräusche von sich. »Er wurde ermordet? Und was wollen Sie da von mir?« Es schien sie kaum zu interessieren, dass Simon nicht mehr unter den Lebenden weilte. Oder war sie durch sein Verhalten einfach nur zutiefst verletzt?

»Mich interessiert, ob er Sie am 29. Juli angerufen hat.«

»Ja, ich sagte ja schon, dass er mich angerufen hat. Ob das nun genau der 29. war, weiß ich nicht mehr. Sagen Sie, was geht Sie das eigentlich an? Sind Sie von der Kripo?«

»Nein, ich bin eine private Ermittlerin. Mein Auftraggeber hat Interesse an einer schnellen Aufklärung des Mordes.«

»Und ich bin verdächtig, oder wie? Und sind diese Befragungen nicht Sache der Polizei?« Äußerst skeptisch schaute Carolin Margareta an.

»Die Kripo weiß noch gar nichts von Ihrer Existenz, denke ich. Es interessierte mich nur, ob Harald Sie angerufen hat oder nicht.«

»Hey, Moment mal! Aber Ihr Auftraggeber weiß von meiner Existenz, oder wie? Wer soll das sein?«

Blöd angefangen, musste Margareta sich eingestehen. Vielleicht sollte ich doch eine professionelle Ausbildung zur privaten Ermittlerin in Betracht ziehen. Fragte sich bloß, wer das finanzieren sollte. Sie hatte bereits Kontakt mit der IHK Kassel aufgenommen, die solche Fachzertifikatslehrgänge durchführte. Ein sechsmonatiges Praktikum konnte sie in der Detektei Kranz in Essen sofort antreten. Bei einem Abendessen hatte sie Albert Kranz in kurzer Zeit von ihren Fähigkeiten überzeugt. Das Problem: Sie müsste unentgeltlich für ihn arbeiten. Da es sich um keinen Beruf nach dem Berufsbildungsgesetz handelte, würde das Arbeitsamt ihr keinen Pfennig zahlen.

»Okay, es gibt keinen Auftraggeber, ich ermittle auf eigene Faust. Harald war mein Schulkollege, den ich vor einiger Zeit wiedergetroffen habe.«

»Und er hat Ihnen tatsächlich von mir erzählt? Hat er Ihnen auch berichtet, dass er mich um einen großen Geldbetrag gebracht hat? Er hatte mir eine Hochzeit in Aussicht gestellt und verschwand mit dem Geld auf Nimmerwiedersehen.«

»Ja, ich kenne die Geschichte. Wieso haben Sie ihn nicht angezeigt?«

»In unseren Kreisen ist das nicht so einfach. Wir haben einen Ruf zu verlieren.« Carolin strich sich eine Haarsträhne hinter ihr rechtes Ohr und starrte auf die Tisch-platte. »Meine Eltern hätten davon erfahren und das wollte ich ihnen nicht antun.«

»Kommen wir auf den Anruf zurück«, wechselte Margareta das Thema. »Was wollte Harald von Ihnen?«

»Er wollte vorbeikommen, um sich zu entschuldigen. Es täte ihm alles schrecklich leid. Er versprach mir, das Geld zurückzugeben, sobald er wieder welches habe.«

Margareta konnte nicht fassen, dass Harald tatsäch-lich ein schlechtes Gewissen bekommen hatte und es wieder gutmachen wollte. Doch wie? Damals kannte er Brigitte noch gar nicht. Vielleicht wollte er Carolin ein-fach nur wiedersehen, weil er noch etwas für sie emp-fand? Doch war er überhaupt zu tiefergehenden Gefüh-len fähig? Oder erhoffte er sich von ihr ein zweites Mal finanzielle Unterstützung? So dumm konnte selbst er nicht gewesen sein.

»Er hat Ihnen also erzählt, dass er mich am 29. Juli ange-rufen hat, jedoch nicht, was er von mir wollte?«

»Stimmt genau.« Margareta konnte ihr unmöglich von dem Notizbuch erzählen. Was, wenn die Gräfin sich an die Kripo wenden würde?

»Simon von Brehden oder Harald Kleinschnittger, egal, für mich ist er erledigt. Er hat mir genug angetan. Sonst noch was?«

Die Gräfin war längst nicht so abgeklärt, wie sie sich gab. Margareta konnte Tränen in ihren Augenwinkeln schimmern sehen. Von ihrer Überheblichkeit war kaum noch etwas zu spüren.

»Hat er Ihnen etwa auch die Ehe versprochen?«

Margareta musste lachen. »Nein, bei mir war nichts zu holen.«

»Wieso wollen Sie dann unbedingt herausfinden, wer ihn auf dem Gewissen hat?« Gedankenverloren begutachtete Carolin ihre Fingernägel.

»Tja, wenn ich das so genau wüsste«, seufzte Margareta und schaute zu Arpad, der seine Chefin bewachte wie ein Tiger, jederzeit zum Sprung bereit.

Ihre Blicke trafen sich. Seine fast schwarzen Augen sendeten Margareta erneut warnende Blicke. Ob er mit der Sache etwas zu tun hat? Hatte er in Harald einen Konkurrenten gesehen, den es auszuschalten galt?

»Zog er diese Masche schon lange durch? Hat er viele Frauen um ihr Vermögen gebracht?«

»Nein, ganz so schlimm war er nicht. Er war in finanzieller Not und die Damen haben es ihm anscheinend leicht gemacht.«

Wenig später verabschiedete Margareta sich per Handschlag von der Gräfin.

Für Margareta stand fest, dass sie Carolin von Tiefsbach erst einmal links liegen lassen konnte. Sie rief sich auf der Heimfahrt die Unterhaltung mit ihr noch einmal ins Gedächtnis. Ihre Meinung über sie musste sie revidieren. Ihr anfängliches überhebliches Gelaber entpuppte sich als pure Unsicherheit. Dieses blaublütige Volk musste ja nicht generell schlecht sein. Arpad würde sie auf ihrer Liste mit einem roten Ausrufezeichen versehen, wohingegen Carolin mit einem grünen Haken davonkam. Auf alle Fälle würde Margaretas Weg sie noch einmal nach Geldern führen, auch auf die Gefahr hin, dass sie beim nächsten Mal im hohen Bogen vom gräflichen Anwesen fliegen würde. Sie hatte das Gefühl, mit Arpad stimmte etwas nicht. Hatte er Harald aus dem Weg geräumt?

Als sie gegen 18 Uhr ihren Wagen auf dem Stellplatz vor

ihrem Haus geparkt hatte, klingelte ihr Handy. Helmut Blauländer rief sie an, stellte sie beim Blick aufs Display überrascht fest. Der Hauptkommissar des KK 11 in Buer hatte nach so langer Zeit noch ihre Nummer.

Was wollte er von ihr? Vielleicht einen guten Ratschlag? Ahnte er, dass sie sich wieder in die Mordermittlungen einmischen würde?

»Sommerfeld«, meldete sie sich, neugierig, was er auf dem Herzen hatte.

»Blauländer hier. Frau Sommerfeld? Wie geht es Ihnen?«

»Sie rufen mich doch nicht an, um zu erfahren, wie es mir geht?«

»Nein, natürlich nicht. Ich hatte gerade so eine Eingebung. Ruf doch mal die Sommerfeld an, dachte ich. Vielleicht steckt sie ja mitten in den Ermittlungen und weiß schon mehr als wir.« Ein kehliges, verlegenes Lachen folgte.

»Da muss ich Sie enttäuschen, Herr Kommissar. Gibt es bei Ihnen vielleicht Neuigkeiten?«

»Nicht wirklich. Wir sind gerade dabei, die Nachbarn zu befragen. Die KTU hat mich eben angerufen. Kleinschnittger wurde mit einem 40 Zentimeter langen Stück verzinktem Bindedraht stranguliert. Anschließend wurde er fachmännisch verdrahtet, so wie man Zaunpfähle befestigt. Dies geschah wohl, nachdem er bereits bewusstlos war. Vermutet wird, dass man ihm mit einem stumpfen Gegenstand auf den Hinterkopf geschlagen hat. Es fanden sich keine Abwehrspuren. Der Tod trat am späten Sonntagabend ein. Er war nicht, wie ich angenommen hatte, vorher betäubt worden. Allerdings hatte er 2,0 Promille Alkohol im Blut. Außerdem frage ich mich, wieso er einen Anzug trug. Was hatte er am Sonntag vor? Sie sagten, Sie waren am Montagabend bei ihm zu Hause verabredet?«

»Er wollte am Samstagabend mit einer Bekannten ins Theater und anschließend essen gehen. Mehr weiß ich auch nicht.« Wie leicht ihr doch diese Lügen über die Lippen kamen. Oder sollte sie Blauländer erzählen, dass Harald das Wochenende mit einer alten Frau verbracht hatte, die er heiraten wollte, um an ihr Geld zu kommen? Wahrscheinlich hatte er den Anzug angelassen, als er von Brigitte heimgekommen war, und hatte seinen Kummer im Alkohol ertränkt. Hätte er Haralds Notizbuch, wäre Blauländer vielleicht schon fünf Schritte weiter. Ihr schlechtes Gewissen, dem Kommissar wichtiges Beweismaterial vorzuenthalten, plagte sie. Trotzdem verschwieg sie ihm, dass sie im Besitz dieses Büchleins war. »Wie diese Bekannte hieß und wo sie wohnt, wissen Sie nicht zufällig?«

»Ich weiß nur, dass sie in Essen wohnt.«

»Ich glaube Ihnen kein Wort, Sommerfeld.« So langsam war für Helmut Blauländer Schluss mit lustig. »Sie waren sicher eifersüchtig, dass Kleinschnittger das Wochenende mit einer anderen Frau verbracht hat, oder? Wo sie angeblich frisch verliebt waren? Sie verschweigen mir etwas. Ich warne Sie, Sommerfeld! Spielen Sie keine Spielchen mit mir.« Und schon hatte er aufgelegt.

2

Angeekelt sah Margareta sich in dem dunklen Hausflur um. Staubmäuse flogen über die Treppenabsätze, als hätten sie es eilig. Ob es eine gute Idee war, Udo Mehlhase – ihren gemeinsamen Schulfreund – in Dortmund zu besuchen, würde sich gleich herausstellen. Margareta hatte die dunkle Straße in der Nähe des Borsigplatzes schnell gefunden. Die Adresse hatte sie – wie praktisch – ebenfalls aus dem Notizbuch von Harald entnommen. Die Häuser sahen wenig einladend aus, grau in grau, keine Vorgärten, keine Bäume. Hier und da hatte ein Gesicht hinter einer Fensterscheibe hervorgelugt.

Es roch nach Mittagessen und abgestandenem Bier. Udo Mehlhase noch vor der Beerdigung aufzusuchen – was versprach sie sich davon?

Im obersten Stockwerk angekommen, klopfte sie zaghaft an die Tür, nachdem sie vergeblich einen Klingelknopf gesucht hatte. Wenig später hörte sie ein abgehacktes Husten. Langsam öffnete sich die Tür und Margareta traf fast der Schlag. Ein Kerl, der fast den ganzen Türrahmen ausfüllte, strich sich sein Doppelrippunterhemd glatt und schloss seine Jeans.

»Jaahh?«, kam es genervt aus seinem mit Bierschaum verklebten Mund. »Was ist los?«

»Udo Mehlhase?« fragte Margareta ihn zögerlich.

»Wer sonst? Steht ja hier.« Er deutete mit seiner Hand auf das Namensschild neben der Tür.

»Ich bin Margareta Sommerfeld. Na, macht es klick?«, versuchte sie es mit Humor, um sich selbst Mut zu machen.

»Sollte es?«, kam es müde aus Udos Lippen.

»Lessing-Realschule? Harald Kleinschnittger?«

Udos verbiesterte Miene wich einem Lächeln. »Mensch, die Sommerfeld. Hast dich aber ganz doll rausgemacht.« Er musterte sie kritisch von oben bis unten. Enge Jeans, rotgemusterte Bluse, die blonden Haare hochgesteckt, dezent geschminkt. Der Anblick schien ihm zu gefallen. »Na, das ist ja eine Überraschung. Was treibt dich hierher?«

»Ich möchte mit dir über Harald Kleinschnittger sprechen.«

Erstaunt schaute er sie an. »Harald? Was ist mit ihm?«

»Könnten wir das vielleicht drinnen besprechen?«

Nur widerwillig gab er den Weg in seine Wohnung frei. Eine Penthousewohnung war dieses Loch nicht gerade.

Margareta betrat das Wohnzimmer und erschauderte. Das Treppenhaus war schon schlimm, doch diese Bude toppte alles. Schlingenauslegware zu vier Euro der Quadratmeter so weit das Auge reichte, Laufstraßen, als wäre eine ganze Armee hindurchmarschiert, stümperhaft verlegt, von der Rolle gerissen und auf den Boden geworfen. Die Raufaser an den Wänden war schwimmbadgrün gestrichen, irgendwann, vor vielen Jahren. Die Türen sowie die Rahmen zeigten ein Nikotinocker. Das Wohnzimmer war äußerst minimalistisch eingerichtet. Die Schrankwand war Gelsenkirchener Barock aus den 70ern des vorigen Jahrhunderts. Hinter den Glasscheiben befanden sich güldene Kaffeetässchen, Weingläser in den schrillsten Farben und verschnörkelte Bilderrahmen mit vergilbten Schwarz-Weiß-Fotos irgendwelcher Urahnen.

»Ey, die Sommerfeld, das gibt es doch nicht.« Udo räumte Margareta einen Billigsessel von IKEA frei, indem er den darauf befindlichen Haufen getragener Kleidungsstücke einfach zusammenrollte und in eine Ecke warf.

»Setz dich doch«, forderte Udo seinen Besuch ein wenig verlegen auf. »Woher hast du meine Adresse? Was ist mit Harald?«

Margareta setzte sich vorsichtig auf die Kante des Sessels und starrte auf den überladenen Tisch. »Harald ist tot, ich habe ihn erdrosselt in seinem Heizungskeller gefunden«, sagte Margareta.

»Erzähl keinen Quatsch, ich habe letzte Woche noch mit ihm telefoniert.« Geistesabwesend schaute Udo aus dem gegenüberliegenden Fenster und grinste. »Schien ihm gut zu gehen, hatte wohl eine neue Flamme aufgetan.«

»Ich kenne Haralds sogenannte Flammen. Du kannst mir jedenfalls glauben, er ist tot.«

Wütend sprang Udo auf und lief unruhig im Zimmer auf und ab. »Dann hätte meine Mutter mich angerufen. Die ist stets auf dem Laufenden, was in Erle passiert.«

»Ist sie dann wohl dieses Mal nicht. Morgen ist die Beerdigung.« Margareta überlegte, wieso ihr Waltraud nichts über die alte Mehlhase erzählt hatte. Sie selbst hatte es gar nicht für möglich gehalten, dass sie noch unter den Lebenden weilte. Der Fernseher, der in der Ecke stand, lenkte sie ab. Es lief *KIKANINCHEN* auf dem Kinderkanal. Der behäbige Christian sprang mit den Kindern auf und ab und sang begeistert seinen Dibedibedopstopsong. Was musste mit Udo passiert sein, dass er am helllichten Tag in einer Messibude Kleinkindersendungen anschaute?, fragte Margareta sich und beobachtete, wie er nervös mit den Händen durch sein dunkelblondes Haar fuhr.

»Sag mal, was ist mit dir los? Harald hat mir erzählt, dass du deine Arbeit verloren hast. Musst du dich gleich derartig gehen lassen?«

Zornig schaute Udo sein Gegenüber an. »Du hast ja

keine Ahnung. Weißt du, wie es ist, von Hartz IV zu leben? Bestimmt nicht. Die wohlbehütete Tochter, gestylt und chic gekleidet. Hattest du schon mal finanzielle Probleme?«

»Mehr als genug«, zischte sie Udo an. »Ich war selbst arbeitslos. Habe nach einer gescheiterten Beziehung fast nichts mehr besessen. Jedoch habe ich mich aufgerappelt und neu angefangen. Mir wurde nichts geschenkt. Ich muss für mein Geld hart arbeiten.«

Mit einem benutzten Tempotaschentuch, welches er vom Tisch nahm, wischte er sich über die Stirn. »Ich hatte viel Pech im Leben. Mit den Weibern, die ich kennengelernt hab, habe ich nur Nieten gezogen. Alles verkniffene Lesben. Jede von ihnen zog mich weiter runter.«

»Ja, ja, immer die bösen Frauen.« Ein Gedanke schoss Margareta durch den Kopf. Vielleicht saß hier Haralds Mörder? Neidisch auf Harald, der trotz finanzieller Schwierigkeiten den Gentleman gab. Hatte er ihn nach einem Streit aus dem Weg geschafft. Neid als Motiv?

»Also, du bist hergekommen, um mir mitzuteilen, dass Harald umgebracht wurde. Ist das der einzige Grund?«

»Nein, ich habe mir erhofft, mehr von dir zu erfahren. Du kennst zum Beispiel Carolin von Tiefsbach. Du warst doch mit in Geldern, in ihrem Café.«

»Und die ist verdächtig, oder was? Spielst du jetzt Miss Marple? Ich soll Mister Stringer sein, wie? Und seit wann hattest du übrigens Kontakt zu Harald? Er hat mir gar nichts von dir erzählt.«

Margareta machte dicht. Sie hatte plötzlich keine Lust, diesem Typen Einzelheiten zu erzählen. Irgendetwas hinderte sie daran.

»Er hätte die Gräfin heiraten sollen. So übel war die gar nicht.«

»Mag sein«, meinte Margareta, stand von ihrem Sessel auf und ging zur Tür. »Ich schlage vor, du schmeißt dich morgen in deinen besten Anzug und kommst zur Beerdigung. Ich muss dann mal wieder.«

»Hey, ich dachte du willst mehr von mir erfahren? Wir könnten uns 'ne Pizza bestellen und reden.« Seine grünen Augen schauten sie an und suchten ihren Blick. Er wollte sie noch nicht gehen lassen.

»Lass gut sein, Udo.« Als sie den Türgriff bereits in der Hand hielt, drehte sie sich noch einmal zu ihm um. Welch eine traurige Gestalt. Dabei war er gar nicht hässlich.

»Wo ist denn das? Auf dem Hauptfriedhof in Buer? Wie viel Uhr?«

Sie gab ihm keine Antwort, knallte die Haustür zu und verschwand im dunklen Treppenhaus. Mutter Mehlhase würde ihn schon unterrichten.

Im Treppenhaus war es merkwürdig still. Mit rasanter Geschwindigkeit lief Margareta die Treppen hinunter. Bloß weg hier aus diesem Milieu, dachte sie. Ein gluckerndes Geräusch ließ sie drei Etagen tiefer plötzlich herumfahren. In einer geöffneten Wohnungstür stand ein Klotz von einem Mann, nur mit Boxershorts bekleidet. Er ähnelte einem Sumoringer, allerdings war er behaart wie ein Affe. Dämlich grinste er sie an.

»Wat wollze hier?«, brummte der Kerl unfreundlich.

»Das geht Sie gar nichts an.«

»Wo warste? Machs bloß Krach hier mit deine Stöckelschuhe.«

Die Haustür schon in der Hand, ließ sie mutiger werden. »Das geht Sie überhaupt nichts an!«

»Pass ma auf, du«, meinte der Fleischberg und machte

behäbig zwei Schritte nach vorne. »Ich komm dich gleich dahin.«

»Geh schön rein und pflanz dich vor die Glotze«, rief sie ihm noch zu. Erleichtert atmete sie auf der Straße erst einmal die frische Luft tief ein. Da hielt sie Gelsenkirchen schon für ein heißes Pflaster. Eine Schnapsidee, bis nach Dortmund zu fahren, um Udo Mehlhase in Augenschein zu nehmen, musste sie sich eingestehen.

Kaum aus Dortmund zurück, rief Margareta sofort bei ihrer Mutter an. Waltraud wusste zu berichten, dass Tante Ruth, die Schwester von Haralds Mutter, sich um alles kümmern und den Nachlass regeln würde. Das hätte sie beim Gemeindekaffeetrinken erfahren.

»Und wie geht es der alten Mehlhase?«

»Kind, die ist doch im Heim. Die weiß gar nicht mehr, was Sache ist. Die wird ihrem Udo bestimmt nicht erzählen können, wann die Beerdigung ist.«

Im vorletzten Sommer wäre noch alles okay gewesen mit ihr, dann hatte ihr der Alzheimer das Hirn erweicht. Niemanden würde sie mehr erkennen, nichts mehr wissen. Selbst ihren Lieblingssohn Udo hätte sie beim letzten Besuch nicht erkannt.

Nach genauester Berichterstattung, wie es ihr in Dortmund ergangen war, bat Margareta ihre Mutter, sich doch noch mal ein wenig in der Gysenbergstraße umzusehen.

Nur ungern willigte Waltraud ein, gegen Abend um Haralds Haus zu schleichen. Sie sah den Grund nicht ein, hielt es für völlig überflüssig.

Mit einer Tasse Kaffee setzte Margareta sich aufs Sofa und nahm Haralds Notizbuch zur Hand. Udo Mehlhase verdächtig oder nicht? Sie wusste noch keine Antwort darauf. Hätte sie nicht so schnell gehen, vielleicht doch eine Pizza mit ihm essen und sich seine Lebensgeschichte anhören sollen?

Sie strich über das kleine Buch und bekam erneut ein schlechtes Gewissen, dass sie Blauländer jegliche Möglichkeit zu recherchieren genommen hatte.

Dass er inzwischen über eine Liste verfügte, die sich in Haralds Schreibtischschublade fand, konnte sie zu dem Zeitpunkt noch nicht wissen. Grübelnd saß er in seinem Büro, las sich die teils wohlklingenden Namen immer wieder selbst vor und machte sich zu jeder Person Notizen.

Mit einem ermordeten Heiratsschwindler war er noch nie konfrontiert worden.

Bei der morgendlichen SOKO-Besprechung hatten seine Mitarbeiter sich lustig darüber gemacht und Blauländer musste seine Leute mehrmals ermahnen, den nötigen Ernst an den Tag zu legen. Gegen Ende der Sitzung hatte er die Aufgaben für die nächsten Tage verteilt. Drei seiner Leute waren eingeteilt, die Nachbarn zu verhören. Zwei andere sollten sich noch einmal in Kleinschnittgers Architekturbüro umsehen. Ein Mitarbeiter sollte überprüfen, ob es in der Vergangenheit Anzeigen von Frauen wegen Heiratsschwindel gegeben hatte. Blauländer selbst war mit seinem Kollegen Kornblum in Essen gewesen, um Brigitte Hoffmann, Haralds Verlobte, aufzusuchen. Dank Haralds akribisch genauer Notizen – wieso auch immer er sie gemacht hatte – hatten sie die tolle Villa schnell gefunden. Die alte Dame war fast in Ohnmacht gefallen, als sie von den Kriminalbeamten hören musste, dass ihr Verlobter ermordet worden war. Sie hätte sich zwar schon gewundert, dass er telefonisch nicht erreichbar war, sich aber weiter nichts dabei gedacht, wähnte ihn bei den Hochzeitsvorbereitungen. Außerdem waren sie erst wieder am Wochenende verabredet. Beruflich sei ihr Verlobter stark eingespannt, meinte Brigitte noch, was Blauländer ein weiteres Grinsen entlockte. Als er einen Tag zuvor das Architekturbüro aufgesucht hatte, war alles dort wie ausgestorben. Bis auf eine Blondine, die sich die Fingernägel lackierte, waren alle Arbeitsplätze verwaist gewesen.

Wieso verlobte sich so ein gut aussehender Mann mit einer alten Frau, mal abgesehen vom Geld? Oder konnte man davon nicht absehen? War es etwa der einzige Grund? Und wie passte die Sommerfeld ins Bild? Anscheinend hatten Kleinschnittger und sie sich verliebt. War sie nicht eifersüchtig auf diese Verlobte?, fragte er sich zum wiederholten Male und kratzte sich an seinem Hinterkopf. Diese impulsive Sommerfeld hatte eindeutig ein Tatmotiv. Mord aus Eifersucht. Außerdem besaß sie einen Schlüssel zu Kleinschnittgers Haus. Wusste sie, was ihr neuer Liebhaber getrieben hatte?

Blauländers große Hoffnung war die morgige Beisetzung. Wer wusste schon, welche der betrogenen Frauen dort auftauchen würde? Falls nicht, wollte er danach unbedingt Gräfin Carolin von Tiefsbach aufsuchen.

3

Schräg gegenüber von Haralds Hauseingang, im Berger Park, stand Waltraud, eigenartig nervös, und starrte gebannt auf die Haustür und den davor geparkten roten Vectra. Sie presste sich zwischen die Büsche, um alles genau sehen zu können. Als sie vor wenigen Minuten am Küchenfenster vorbeigegangen war, sah sie den grau gelockten Kopf einer Person, die am Herd hantierte. Sie tippte auf Haralds Tante Ruth.

Die Tür des Nachbarhauses wurde aufgerissen und Susanne Mackenrodt stürmte heraus. Um nicht von ihr erkannt zu werden, marschierte Waltraud stur geradeaus. Vielleicht hatte Haralds Nachbarin sie schon beobachtet, als sie vor einigen Minuten an der viel befahrenen Hauptstraße den Kopf durch die Kirschlorbeerhecke gepresst hatte, um in Haralds Wohnzimmer blicken zu können. Dort hatte Licht gebrannt. Die Graugelockte und zwei junge Männer saßen um den Wohnzimmertisch und diskutierten heftig. Vielleicht ihre Söhne? Waltraud suchte noch immer nach einem plausiblen Grund, hier herumzuspionieren. Ihr fiel keiner ein.

Autos fuhren auf den Parkplatz des Tennisclubs zu ihrer Linken. Es war bereits nach 20 Uhr und die Dämmerung begann einzusetzen. Nun fing es auch noch an zu regnen. Plötzlich tauchte ein Mann im dunklen Regenmantel auf, den Hut tief ins Gesicht gezogen. Was wollte er? Irgendetwas stimmte nicht mit ihm. Nervös drehte er sich um, blickte nun in Waltrauds Richtung. Ihr Vorhaben, durch die Gysenbergstraße nach Hause zu gehen, konnte sie vergessen, wollte sie diesem Kerl nicht in die Arme laufen. So entschloss sie sich, weiter in den Park hinein zu gehen, Richtung Teich, und an einer Bank abzuwarten, bis der Mann von der Bildfläche verschwunden war. Wie unter Zwang blickte sie zurück in Richtung Parkeingang. Keine 50 Meter weiter stand neben einem Baum der reglose Mann und beobachtete sie. Noch immer konnte sie sein Gesicht nicht erkennen. Was wollte der Kerl?

Für einen Augenblick erstarrte Waltraud. An ihm vorbei zu gehen, brachte sie nicht fertig. Allerdings verließ sie der Mut, den Heimweg durch den dunklen Park anzutreten.

Die Entscheidung wurde ihr abgenommen, als die dunkle Gestalt auf sie zukam. Ihre Beine waren schwer wie Blei und versagten kläglich. Mühsam setzte sie eins vor das andere, kam nur langsam voran. Sie hatte das Gefühl, der Kerl befinde sich bereits hinter ihr. War sie überhaupt in Gefahr? Oder steigerte sie sich da in etwas hinein und es handelte sich bloß um einen harmlosen Spaziergänger?

Waltraud war inzwischen völlig außer Atem, als sie sich erneut umschaute. Der Mann im Regenmantel holte auf. Der Hut mit der breiten Krempe verdeckte sein Gesicht vollständig. Die Panikstimme in ihr sagte: ›Geh einfach weiter!‹ Die Vernunftstimme hielt dagegen: ›Bleib stehen, frage ihn, was er von dir will!‹ Vielleicht hatte er nur zufällig den gleichen Weg. Doch wieso hatte er Haralds Haus beobachtet?

Wieder warf sie einen Blick zurück. Der Kerl hatte sie mit seinen Riesenschritten fast eingeholt. Als sie plötzlich stehen blieb, hielt er ebenfalls inne und wartete ab. Nirgendwo ein Spaziergänger. Alles menschenleer. Ängstlich schaute sie sich um. Sie konnte den Fremden förmlich riechen, so nah war er ihr. Pfeifentabak mit Orangenaroma assoziierte sie. Dieser Geruch kam ihr bekannt vor. Ihr Vater war ebenfalls Pfeifenraucher gewesen und sie konnte sich an genau den herben Duft erinnern.

Das Räuspern des Mannes holte sie in die Wirklichkeit zurück. Er stand ihr direkt gegenüber. Die schwach leuchtende Straßenlaterne von der unbewohnten Nebenstraße auf der linken Seite warf ein gespenstisches Licht auf den hochgewachsenen Mann, der sich kaum zwei Meter von Waltraud entfernt befand. Sie spürte seine Blicke, obwohl sie sein Gesicht nicht erkennen konnte.

»Warum laufen Sie vor mir weg?«, fragte er sie mit einer wohlklingenden Baritonstimme.

»Na, Sie sind gut!«, echauffierte Waltraud sich und baute sich vor dem Mann auf, der sie an Humphrey Bogart in dem Film ›Casablanca‹ erinnerte. »Sie jagen mich hier durch den ganzen Wald, als würden Sie mir an die Kehle wollen.«

Jetzt lachte der Mann auf. »Entschuldigen Sie, das wollte ich nicht. Ich drehe hier jeden Abend meine Runde.«

»Aber Sie haben mich ja regelrecht getrieben, hingen mir an den Fersen.«

»Es war nicht meine Absicht, Sie zu erschrecken. Mir war selbst ein wenig unheimlich. Heute bin ich nämlich spät dran. Doch ich dachte mir, so lange da noch jemand unterwegs ist, wird mich schon keiner überfallen.«

Gemeinsam gingen sie das letzte Stück des Weges bis zur gut beleuchteten Cranger Straße.

Waltrauds Herzschlag normalisierte sich wieder. Kaum an der noch recht belebten und gut beleuchteten Straße angekommen, atmete sie tief durch. Als sie in das Gesicht des Mannes blickte, musste sie feststellen, dass sie ihn vom Sehen kannte. Gefährlich wirkte er nicht mehr auf sie.

»Sie haben mir jedenfalls einen ganz schönen Schrecken eingejagt. Ich wollte eigentlich durch die Gysenbergstraße zurückgehen. Aber als ich Sie dort stehen sah, direkt gegenüber dem Haus vom Kleinschnittger, da …«

»Da kam ich Ihnen verdächtig vor und Sie bekamen es mit der Angst zu tun«, stellte er nickend fest.

»Ich bin jetzt noch ganz fertig. Wieso haben Sie das Haus von Harald Kleinschnittger beobachtet?«

»Ach, diese tragische Geschichte. Wann wird schon mal ein Nachbar ermordet? Da bin ich wohl ganz in Gedanken stehen geblieben, was gar nicht meine Absicht war. Ich wohne schräg gegenüber, in der Ritterstraße. Beuker ist mein Name. Oskar Beuker.« Ganz Kavalier alter Schule, zog er seinen Hut und gab den Blick auf eine Halbglatze frei.

»Beuker? Ich kenne eine Tanja Beuker. Sie leitet den Kindergarten und den Chor unserer Kirchengemeinde.«

»Das ist meine Tochter«, verkündete er nicht ohne Stolz.

»Ach, wie klein die Welt doch ist. Das ist Ihre Tochter?« Der Gedankenexpress in Waltrauds Hirn fuhr Achterbahn. Eine Flut von Wörtern, Sätzen und Sprüchen bezüglich Tanja Beuker, die sie seit Haralds Tod von Bekannten gehört hatte, durchströmte ihr ohnehin schon gereiztes Hirn: Die war scharf auf Kleinschnittger, hat sich sogar seinetwegen mit einer Chorkollegin geprügelt, bis zu seinem Tod hinter ihm her, ob die nicht mal was mit dem Tod zu tun hat, Mord aus Eifersucht …

»Ist Ihnen nicht gut?«, fragte Beuker.

Sie starrte ihn nur mit großen Augen an und verspürte Mitleid mit diesem groß gewachsenen Herrn. Mit so einer Tochter gesegnet zu sein, war nicht gerade ein Vergnügen, dachte sie.

»Doch, alles in Ordnung.«

»Soll ich Sie nach Hause begleiten?«, fragte Oskar Beuker sie mehr der Form halber. Nervös blickte er auf seine Armbanduhr.

»Nein, das ist nicht nötig. Ich habe es nicht mehr weit.« Das war zwar gelogen, doch Waltraud musste erst einmal Ordnung in ihre Gedanken bringen. Hastig verabschiedete sie sich von Beuker und wechselte die Straßenseite.

»Wie war noch gleich Ihr Name?«, rief er ihr noch hinterher.

Waltraud ignorierte jedoch seine letzten Worte und hastete nach Hause, um ein ernstes Wörtchen mit ihrer Tochter zu reden.

»Sag mal, geht es noch? Du weckst mich um nach 22 Uhr aus tiefem Schlaf, um mir zu erzählen, dass dir ein unheimlicher Mann hinterhergelaufen ist, den du für einen Verbrecher gehalten hast, der aber keiner war, sondern der Vater von dieser Tanja Beuker? Was soll das?«, blökte Margareta ihre völlig aufgelöste Mutter an, nachdem sie halbwegs wach geworden war.

»Was regst du dich so auf?«, erwiderte Waltraud. »Du hast mich schließlich dorthin geschickt, um zu spionieren. Der pure Wahnsinn, übrigens.« Waltraud hielt ihre Tochter für undankbar und egoistisch. Keinen Gedanken hatte sie daran verschwendet, was ihr, ihrer alten Mutter, alles hätte passieren können. Theoretisch könnte sie schon erdrosselt im Fontänenteich liegen. Und da regt sie sich auf, wenn ihre Mutter sie einmal im Leben um diese Uhrzeit weckte.

»Ja und? Hast du was herausgefunden?«, fragte Margareta völlig überreizt ihre Mutter.

»Bei dir piept's wohl, mein Mädchen. Ich könnte bereits tot sein und du fragst mich allen Ernstes, ob ich was herausgefunden habe?«

»Ich bin nicht dein Mädchen! Außerdem neigst du zu Übertreibungen. Ein harmloser Spaziergänger versetzt dich dermaßen in Angst und Schrecken. Das ist nicht normal.«

»Harmloser Spaziergänger? Wie der aussah, mit seinem Regenmantel und dem großen Hut. Furchterregend. Ständig blieb er stehen und beobachtete mich, um dann keuchend hinter mir herzulaufen. Wer rennt denn um diese Uhrzeit im Dunkeln durch den Wald?«

»Und sonst fiel dir nichts auf?« Mir nichts, dir nichts, wechselte Margareta das Thema, was Waltraud noch mehr verärgerte.

»Nein, da war nichts. Ein roter Vectra parkte vor Haralds Haus. Eine alte Frau mit grauer Dauerwelle saß mit zwei jungen Männern im Wohnzimmer und werkelte später in der Küche herum. Als Haralds Nachbarin aus ihrer Tür kam, bin ich verschwunden. Und für weitere Beobachtungen in der Gegend such dir jemand anderen. Ich stehe nicht mehr zur Verfügung.«

»Ja, das wird das Beste sein. Bevor du noch in Gefahr gerätst und auch umgebracht wirst, bleib lieber zu Hause«, erwiderte Margareta müde.

»Und du konzentriere dich mal auf die wesentlichen Dinge im Leben, statt auf Mördersuche zu gehen. Das wird noch mal böse enden mit dir.« Ihr dieses gesagt zu haben, brachte Waltraud Genugtuung, nach dem Motto: Der habe ich es aber gegeben.

»Ich nehme an, du kommst nicht mit zur Beerdigung morgen, oder?«, fragte Margareta Waltraud anstandshalber.

»Nein, geh mal schön alleine dahin und mach dich lächerlich«, meinte Waltraud und beendete das Gespräch mit einem Lächeln auf den Lippen. Sie wusste genau, wie ihre Tochter nun reagieren würde, nachdem sie ihren wunden Punkt getroffen hatte.

Wütend sprang Margareta aus dem Bett. An Schlaf war nicht mehr zu denken. Auf das Wesentliche konzentrieren? Das konnte Waltraud nicht ernst gemeint haben, dachte sie wütend und schimpfte vor sich hin. Das musste sie gerade sagen. Was hatte sie sich denn schon für Klopper geleistet? Ist in meinem Fahrwasser mitgeschwommen, während ich ermittelt habe. Hat sich eingemischt, wo es nur ging, und sich sogar jüngere Liebhaber aus meinem Umfeld geangelt. Wenn das nicht oberpeinlich war, dann wusste sie es auch nicht. Machte einen Aufstand, weil ihr ein harmloser Nachbar aus der Siedlung während seines Abendspaziergangs angeblich zu nahe gekommen war.

Nach einem Krimi, den sie sich vor lauter Aufregung angesehen hatte, versuchte sie gegen Mitternacht in den Schlaf zu finden. Zwecklos, hellwach lag sie bis in die frühen Morgenstunden auf ihrer Matratze und starrte an die Decke. Mütter!, dachte sie seufzend. Vielleicht hatte sie ihr doch zu viel zugemutet.

4

Freitagmorgen. Halb zehn. Hauptfriedhof in Buer.

»So nimm denn meine Hände und führe mich, bis an mein selig Ende und ewiglich ...« erklang das Kirchenlied durch die vollbesetzte Trauerhalle. Mit der Gemeinde im Wechsel sang nun der Kirchenchor, unter der Leitung von Tanja Beuker, die nächste Strophe dieses rührseligen Liedes.

Obwohl es ihr schwerfiel, nun hier in der düsteren Halle zu stehen, nur wenige Meter von dem mit Orchideen und Rosen geschmückten Sarg, in dem sie Harald regelrecht spüren konnte, ließ sie es sich nicht nehmen, ihm die letzte Ehre zu erweisen. Sie war schließlich Chorleiterin und würde sich keine Blöße geben, zu schwächeln oder gar loszuheulen. Während sie den Takt vorgab, schaute sie in die verweinten Augen von Susanne Mackenrodt, die in den letzten Tagen, seit dem Mord an Harald, regelrecht zusammengefallen war. Tanja spürte eine innere Befriedigung. Nun konnte sie ihn auch nicht mehr haben, freute sie sich.

»Ich mag allein nicht gehen, nicht einen Schritt: Wo du wirst gehn und stehen, da nimm mich mit.«

Der Chor gab alles. Die elf Frauen und drei Männer rissen ihre Münder geradezu auf, gaben den Blick auf restaurierte Zähne preis.

Tanja starrte Susanne unentwegt an. ›Du wirst allein gehen müssen, ohne deinen tollen Nachbarn. Nirgendwohin wird er dich mehr mitnehmen‹, dachte sie schadenfroh.

Die Münder und die Gesangbücher wurden zugeklappt, der edle Truhensarg, Modell F930 aus indischem Apfel, hochglanzpoliert, auf den Katafalk gehievt und aus der Halle gefahren. Gleich hinter ihm der Pfarrer, sich anschließend Haralds Tante Ruth mit seinen Vettern, danach das gemeine Trauervolk.

Langsam leerte sich die Halle, die bis auf den letzten Platz besetzt gewesen war. Sogar die Empore war überfüllt, sodass hinter den Stuhlreihen noch dicht gedrängt Menschen gestanden hatten.

Tanja Beuker ging mit ihren Chormitgliedern als Letzte durch das Portal. Nervös strich sie imaginäre Fusseln von ihrem blau karierten Faltenrock. Wichtigtuerisch streckte sie sich und hob den Kopf, blickte suchend nach vorne, um sich einen Überblick zu verschaffen, wer Harald die letzte Ehre erwies.

In den vorausgegangenen Wochen und Monaten hatte sie viel Zeit im Gemeindezentrum verbracht, Sonderübungsstunden für ihren Chor angeordnet, mit ihren Kindergartenkindern neue Lieder eingeübt. Sie hatte sich ganz ihren Aufgaben gewidmet.

Der Pastor und ihre Eltern atmeten nunmehr auf und waren erleichtert, dass ihr Wahn ein jähes Ende nahm, den schönen Harald zu erobern. Nun war er tot und Tanjas Eltern fiel eine zentnerschwere Last von den Schultern.

Ein Raunen ging durch das zum Grab ziehende Volk. Das Wetter schlug plötzlich um, von sommerlich klar in stürmisch verregnet. Eine Windböe fegte über Brigitte Hoffmanns verschleierten Hut hinweg, sie konnte ihn gerade noch rechtzeitig festhalten, bevor er ihr vom Kopf wehen konnte. Und schon folgte ein heftiger Regenschauer. Nur wenige Gäste hatten Schirme dabei, die sie hastig aufspannten, um Schutz vor den Wassermassen zu suchen. Alois,

Brigitte Hoffmanns Fahrer, hielt seinen wuchtigen Herrenschirm beschützend über die elegante Bekleidung seiner Chefin. Ihr schwarzes Designerkostüm sowie der riesige Hut mit dem Schleier waren einer tief trauernden verwitweten Verlobten aus gutem Hause gerade angemessen, fand Brigitte.

Alois war ihr Auftritt peinlich. Nur ungern hat er die Fahrt aus dem tiefsten Essen nach Gelsenkirchen angetreten. Es stimmte ihn jedoch zufrieden, diesen Heiratsschwindler und Betrüger, der Harald zweifelsohne für ihn war, in dem Sarg liegend zu wissen. Keine Hochzeit in Las Vegas, sein Posten war ihm weiterhin sicher.

Wegen des Regens gab es nur eine abgespeckte Beerdigungszeremonie an der Familiengruft der Kleinschnittgers auf Feld 369. Der Talar des Pfarrers war bereits total durchnässt. Sein Beffchen baumelte ihm tropfend am Hals herunter, während er bereits das Vaterunser betete.

Margareta hatte zum Glück einen Schirm dabei. Sie stand etwas abseits, in der Nähe der Gruft, die sich im neuen Teil des Friedhofs befand, und beobachtete das Geschehen. Waltraud war nicht gekommen. Wozu auch? Und was wollte sie eigentlich hier?, fragte Margareta sich. Als sie auf den in die Erde gelassenen Sarg blickte, addierte sie kurz zusammen, was der ganze Aufmarsch hier wohl kosten würde. Allein der Sarg schlug mit einem Vermögen zu Buche, obwohl es sich hier doch eigentlich um eine Sozialbestattung handeln müsste, da Harald hochverschuldet gewesen war. Wer also trug die Kosten? Seine Tante Ruth sah nicht gerade aus, als lebte sie auf Rosen gebettet, ebenso die schmächtigen Söhne, die in hässlichen Anzügen von der Stange steckten.

Für kurze Zeit machte sich bei Margareta ein Gefühl von innerer Leere breit. Aber auch Trauer verspürte sie, trotz der kurzen Zeit, die sie mit Harald verbracht hatte. Kurz, aber intensiv. Endlich hatte sie sich wieder verliebt, da wurde ihr der Liebhaber gleich genommen. Wenn er noch leben würde, säßen sie jetzt vielleicht Pläne schmiedend auf seinem Sofa. Niemals hätte er Brigitte geheiratet. Nach einer Woche mit Margareta hätte er es nicht mehr fertiggebracht. Wieso konnte ihr das Glück nicht ein einziges Mal hold sein? Vielleicht hätte sie den Mord verhindern können. Sie hätte einfach am Samstag bei ihm aufkreuzen und ihn davon abhalten müssen, zu Brigitte zu fahren. Ihr wäre da sicherlich etwas eingefallen. Das ganze Wochenende hätten sie im Bett verbracht, was natürlich sein finanzielles Problem nicht gelöst hätte.

Immer nur Pech hatte sie mit den Männern. Dennoch konnte sie nicht davon lassen, ihre Nase in Dinge zu stecken, die sie nichts angingen.

Das dachte auch Blauländer, der an der Seite von Kornblum schräg gegenüber unter einer ausladenden Tanne stand und zu Margareta herüberblickte. Mehr als ein Kopfnicken war nicht drin.

Dicht gedrängt standen die Menschen in dem schmalen Gang, in der Harald in der Familiengruft seine ewige Ruhe finden sollte. Dem Gang schloss sich eine Wiese an, auf der sich ein Großteil der Trauergäste die Füße auf dem nassen Rasen platt stand.

Nach seinem Gebet stellte der Pfarrer sich an die Seite des offenen Grabes und gab somit den Weg frei, um sich von Harald zu verabschieden. Als erstes trat seine Tante Ruth an die Familiengruft. Sie verzog keine Miene, warf ein

Moosrosensträußchen hinein. Beim Zurücktreten strauchelte sie und konnte gerade noch von einem ihrer Söhne aufgefangen werden, bevor sie fast ins Grab gestürzt wäre. Der Regen hatte dessen Umrandung aufgeweicht. Zwei der Sargträger postierten sich daraufhin so, dass sie den Trauergästen Hilfestellung beim Herantreten an das Erdloch leisten konnten.

Die genervte Ruth und ihre Söhne bauten sich neben dem Pfarrer auf, um scheinbar gleichgültig die Beileidsbekundungen entgegenzunehmen.

Als der Regen schlagartig einem strahlend blauem Himmel wich und Sonnenstrahlen bis hinunter auf den Sarg fielen, drängelte sich urplötzlich Tanja Beuker durch die Menschenmassen. »Kommt hierher«, rief sie unpassend laut ihren Chormitgliedern zu. »Wir wollen Harald Kleinschnittger noch ein letztes Lied am Grab singen.«

Nur wenig später erklang die erste Strophe des Kirchenliedes.

»Befiehl du deine Wege
und was dein Herze kränkt
der allertreusten Pflege
des, der den Himmel lenkt.
Der Wolken Luft und Winden
gibt Wege, Lauf und Bahn
der wird auch Wege finden,
da dein Fuß gehen kann.«

›Nirgendwohin wirst du mehr gehen‹, dachte Margareta und schaute sich suchend in der Menge um. Ihr Blick blieb an Carolin von Tiefsbach hängen. Sie war erstaunt, dass die Gräfin den weiten Weg auf sich genommen hatte, um an Haralds Beisetzung teilzunehmen. Beachtenswert, wo er sie so mies behandelt hatte.

Sie trug eine grüne Filzjacke, einen schwarzen halblangen Rock zu einer schwarzen Leggins. Nichts Adeliges hatte sie an sich. Ihr honigblondes Haar war zu einem schlichten Zopf zusammengebunden. An ihrer Seite hatte sie den tollkühnen Arpad. Kaugummi kauend, das schwarze Haar nach hinten geharkt, stand er in seiner dunklen Lederjacke lässig da wie ein Zuhälter. Seine Blicke aus dunklen Kohlenaugen schossen Pfeile, als er Margareta entdeckt hatte.

Selten hatte Margareta so einer großen Beerdigung beigewohnt. Eine Abordnung des Tennisclubs legte einen mit weißen Lilien und roten Nelken bestückten Kranz nieder, auf dessen meterlanger Schleife Hinz und Kunz verewigt waren. Der nächste Trupp aufgemotzter Kerle wartete schon: Golfclub, gelber Nelkenkranz mit lila Schleife.

Harald, arm wie eine Kirchenmaus und trotzdem Mitglied in jedem ortsansässigen Verein für versnobte Neureiche, dachte Margareta. Ob es tatsächlich mit ihnen gut gegangen wäre? Ihr kamen erste Zweifel.

Ruth, die auf Margareta wie die böse Heimleiterin eines Kinderheimes wirkte, schüttelte immer noch Hände, nickte und zog die Mundwinkel nach unten.

Sie hätten ihn in aller Stille beisetzen sollen. Dieses ganze Prozedere war einfach nur oberpeinlich.

Schluchzend schritt Susanne Mackenrodt, ganz in Schwarz, zum Grab, kurz dahinter, wachsam wie eine Gefängnisaufseherin, Tanja Beuker. Für einen Augenblick sah es so aus, als würde Tanja Susanne einen Schubs geben. Wäre Susanne in das Grab gestürzt, wäre es bei diesem Gedränge wohl nicht einmal nachweisbar gewesen.

Insgeheim hatte Margareta gehofft, auf dem Friedhof würde irgendetwas Spektakuläres passieren. Betrogene, von Harald sitzen gelassene Damen, die mit Stockschirmen aufeinander einprügelten, Zickenkrieg vom Allerfeinsten, Eifersuchtsdramen. Doch nichts dergleichen, alles ruhig und friedlich.

In weiter Ferne, geduckt hinter einem der prall bestückten Kranzwagen, entdeckte Margareta tatsächlich ihre Mutter Waltraud, kichernd mit einem großen Herrn, der Tanja Beuker verblüffend ähnlich sah. Zu weiteren Überlegungen kam Margareta nicht, denn sie spürte plötzlich, wie ihr jemand in den Nacken atmete.

»Na, Frau Sommerfeld, wen haben wir denn Interessantes entdeckt?«

Erschrocken drehte sich Margareta um und blickte Helmut Blauländer direkt ins Gesicht. »Haben Sie mich erschreckt!«

»Verzeihung, das wollte ich nicht.«

Margareta hatte sich schnell wieder gefangen und lächelte den Kommissar honigsüß an. »Na, was machen die Ermittlungen? Gibt es schon einen Verdächtigen?« Sie hatte noch immer ein schlechtes Gewissen wegen Haralds Notizbuch.

»Das gleiche wollte ich Sie fragen. Sie sind doch nicht ohne Grund hier.« Sein Blick blieb an ihrem dunkelblauen Kostüm hängen. Geschmack hatte sie, musste er zugeben.

»Ich habe meine neue Eroberung verloren. Ist das etwa kein Grund?«

Blauländer grinste, als mache er sich über Margareta lustig. »Mit dem Sie aber erst sehr kurz liiert waren.«

»Na und? Hängt die Teilnahme an der Beerdigung von der Dauer einer Beziehung ab?«

»Ihre Frau Mutter ist auch wieder dabei?«, wechselte Blauländer das Thema.

»Ich habe sie soeben erst entdeckt. Heute Nacht hat sie noch beteuert, nicht zu kommen.«

»Sagen Sie, haben Sie eigentlich von Kleinschnittgers Vielweiberei gewusst? Sind einige der Damen etwa hier anwesend?« Neugierig reckte Blauländer seinen Hals, um nach potenziellen Opfern des Heiratsschwindlers Ausschau zu halten.

»Vielweiberei ist ja wohl das falsche Wort. Soviel ich weiß, hatte er nie mehrere Frauen gleichzeitig. Ja, es sind zwei der geschädigten Damen anwesend. Eine davon würde ich allerdings nicht als Geschädigte bezeichnen.« Margareta deutete auf Brigitte, die gerade im Begriff war, den Ort zu verlassen. »Da vorn steht Brigitte Hoffmann, seine Exverlobte.«

»Sie sagen das so, als hätte es Ihnen nichts ausgemacht, dass er vorhatte zu heiraten. Außerdem habe ich die Dame bereits kennengelernt. Eine nette Person.«

Margareta musste schlucken. Tränen traten in ihre Augen. »Natürlich hat es mich nicht kaltgelassen. Doch was sollte ich tun? Die Zeit war zu kurz.« Sie zermarterte sich das Hirn, wie Blauländer so schnell auf Brigitte gekommen war.

»Und wer ist die andere Dame? Sie sprachen eben von zwei Geschädigten.«

»Gräfin Carolin von Tiefsbach. Sie steht dort drüben neben der Gruft.«

»Die Dame mit dem fremdländisch aussehenden Begleiter?« Eifrig zog Blauländer sein Notizbuch aus der Tasche und machte sich Notizen, obwohl der Name auch auf seiner Liste zu finden war.

»Arpad ist Ungar und arbeitet in dem gräflichen Café in Geldern.«

»Sie scheinen ja voll im Bilde zu sein. Sind Sie etwa zum Leichenschmaus eingeladen?«

»Ich weiß gar nicht, ob es einen gibt. Wenn ja, wird das bestimmt im engsten Kreis stattfinden.«

»Und, haben Sie schon mit der Gräfin gesprochen?« Blauländers wachsame Augen hingen an Margaretas Lippen. Er wusste nicht, ob er sich über diese neugierige Person ärgern sollte oder nicht. Schlussendlich entschied er sich dafür, sich mit ihr gut zu stellen, wie beim letzten Mal als sie sich in die Mordermittlungen auf dem Zechengelände eingemischt hatte. Einige brauchbare Hinweise hatte sie ihm damals liefern können. Wenn er ehrlich war, musste er zugeben, dass sie es war, die den Fall zum Abschluss gebracht hatte. Eine Schande für ihn als Hauptkommissar.

»Ja, ich habe sie besucht. Was spricht dagegen?« Margareta hatte sich vorgenommen, ihm nichts mehr vorzuspielen. Was hatte sie schließlich zu verlieren?

»Nichts, gar nichts«, erwiderte er freundlich, ließ sie stehen und drängte sich durch die Menschenmenge.

Kornblum schüttelte mit dem Kopf. »Wo will er denn nun wieder hin?«

»Was weiß ich, was Ihr Kollege vorhat.« Margareta zuckte nur mit den Schultern und schaute amüsiert in das Kindergesicht von Stefan Kornblum.

»Schrilles Teil, das Sie da anhaben«, meinte er anerkennend und deutete auf ihr gut sitzendes Kostüm. »Sie sitzen ja auch an der Quelle, als Damenoberbekleidungsverkäuferin.«

»Danke für das Kompliment. Verkäuferin werde ich allerdings nicht mehr lange sein. Ich schule um. Zur privaten Ermittlerin«, sagte sie und ließ den Blondschopf mit offenem Mund stehen. Margareta grinste in sich hinein, während sie in die Richtung lief, in der sie in weiter Ferne Udo Mehlhase entdeckt hatte. Mal sehen, wie lange es dauerte, bis Kornblum es Blauländer stecken würde. Direkt gelogen war es nicht. Würden die Finanzen stimmen, hätte sie die Ausbildung zur privaten Ermittlerin längst begonnen.

Neben Udo Mehlhase erkannte Margareta ihren alten Schulkollegen Andreas Magenburg und fand es lobenswert, dass auch er seinem Freund die letzte Ehre erwiesen hatte. Blaue Stoffhose, schwarze Windjacke, die in den Achtzigern wohl mal modern gewesen war, hellblaues Hemd mit extrem großem Kragen. Spießiger ging es nicht mehr. Der schmale Kopf mit den spärlichen blonden Haaren hatte sich seit der Schulzeit nicht verändert. Er reichte ihr schüchtern seine Hand. Sie war schmal und kalt.

»Margareta, schön dich wiederzusehen«, piepste er mit leiser Stimme.

»Ja, freut mich auch«, sagte Margareta und wandte sich nun Udo zu. »Gut, dass du gekommen bist.«

»Ehrensache«, meinte Mehlhase und starrte sie aus glasigen Augen an.

Immerhin hatte er sich seine Haare gewaschen, die Jeans und das Trachtenhemd waren sauber. Margaretas Augen hatten sich an dem gestickten Fasan an seinem Hemdkragen festgebissen. Du meine Güte, wo hatte er dieses Hemd her? Wohl ein Neuzugang in der Kleiderkammer gewesen. Das ging gar nicht. Früher die größten Maulhelden der Klasse und heute zwei Exoten.

»Und, gehst du auch mit zum Kaffeetrinken?«, wollte Udo von ihr wissen.

»Mich hat niemand eingeladen. Wo findet das denn statt?«

»Café Haunerfeld. Gleich gegenüber dem Friedhof. Ruth hat mich gebeten zu kommen.«

»Du kennst sie?« Margareta war neugierig geworden.

»Ja, ist die Schwester von Haralds Mutter. Ruth Koschlick. Musst du doch kennen! Hey, die Koschlick-Brüder! Na, klingelt es? Ihre Söhne waren damals gefürchtet.«

Margareta erinnerte sich plötzlich wieder an die Koschlick-Söhne, die sie auf den ersten Blick gar nicht erkannt hatte. Heute sahen sie aus, als könnten sie kein Wässerchen trüben. Oft genug hatten die beiden sie früher geärgert, ihr das Geld abgenommen, wenn sie von ihrer Mutter zum Metzger geschickt wurde. Ein anderes Mal wurde sie von den sommersprossigen Jungs an einen Baum gebunden. Erst als es schon dunkel wurde, befreite sie ein Nachbar aus ihrer misslichen Lage.

»Komm doch einfach mit. Andreas kommt auch.«

Begeistert starrten die beiden sie an.

»Ich weiß nicht«, erwiderte sie skeptisch. Die Neugier siegte letztendlich. Vielleicht erfuhr sie etwas. Konnte ja sein, dass der Mörder unter den Gästen war, sagte sie sich und nickte den beiden Männern zu. »Okay, ich bin dabei.«

Das Kirchengeläut war soeben verstummt, als Margareta mit ihren beiden ehemaligen Schulkollegen das Café betrat. Sie waren die letzten Trauergäste.

Ein wahrlich kleiner Leichenschmaus, dachte sie und hätte am liebsten kehrtgemacht. Sie kam sich deplatziert vor und starrte unentwegt auf die kleine Gesellschaft, die an den Tischen verteilt saß und Kaffee trank. Löffel klapperten gegen Tassen, ein Stimmengewirr vom Allerfeinsten.

Der Geruch von 4711 gepaart mit dem eines alten Kleiderschranks zog ihr in die Nase. Man nahm sie gar nicht wahr.

Vorn, am ersten Tisch, saß Ruth mit ihren Söhnen sowie Susanne Mackenrodt, der Pfarrer und das Sekretärinnenblondchen. Einen Tisch weiter Tanja Beuker mit ihren Eltern und drei Frauen aus dem Kirchenchor. Vater Beuker saß sehr aufrecht, als wäre er hier der Gastgeber. An den beiden kleineren Tischen gegenüber lamentierten einige ältere Damen mit grauen Dauerwellen und schwarzen Pullis. Ein kleiner Vierertisch in der Ecke war noch frei.

»Udo, mein Junge, kommst du doch noch? Schön. Setzt euch dahinten hin.« Ruth Koschlick zauberte tatsächlich so etwas wie ein Lächeln auf ihr Gesicht.

Anscheinend nahm niemand Anstoß daran, dass Margareta hier auftauchte.

Weder eine Abordnung des Tennis- noch des Golfclubs war zu sehen, geschweige denn Haralds Verlobte Brigitte Hoffmann. Wirklich ein äußerst kleines *Fell versaufen*, dachte Margareta enttäuscht.

Ein Bastkörbchen mit Brötchen, eine Schüssel mit Rührei, eine appetitliche Aufschnittplatte sowie Butter standen auf jedem der Tische. In weniger als drei Minuten hatten Magenburg und Mehlhase die Schale mit dem Rührei geleert und Nachschub geordert. Die Bedienung rollte mit den Augen. Mit solchen Trauergästen war kein Geschäft zu machen.

Margareta begnügte sich mit einem halben Wurstbrötchen und einer Tasse Kaffee.

Nachdem Andreas Magenburg aus seinem Postbeamtenleben berichtet und Bilder seiner beiden Söhne – schmale Halbwüchsige – herumgezeigt hatte, schwiegen sie ein paar Minuten. Kein Wort über Harald, nicht, wer der Mörder sein könnte, nichts über sein Leben als Heiratsschwindler.

Margareta schaute sich gelangweilt unter den Trauergästen um. Sie fragte sich, ob Haralds Mörder dabei war. Die Mackenrodt soll scharf auf ihn gewesen sein, ebenso die Beuker, hatte Waltraud herumposaunt. Im Kirchenkreis hätte sie es erfahren.

Udo Mehlhase wurde plötzlich unruhig, schielte immer wieder zu Susanne Mackenrodt herüber. Als sie aufstand und zur Toilette ging – der Weg dorthin führte an dem Tisch vorbei, an dem die drei saßen – erhob er sich ebenfalls und folgte ihr.

»Hat das was zu bedeuten oder ist das jetzt Zufall?«, fragte Margareta Andreas, der übers ganze Gesicht grinste.

»Zufall ist das nicht. Die beiden hatten mal was miteinander. Ist aber schon lange her. Ich glaube, der ist noch immer scharf auf sie.«

»Ach, hör auf«, meinte Margareta völlig erstaunt.

»Doch, stimmt. Haben sich bei Harald kennengelernt. Mich würde nicht wundern, wenn die den Udo heute noch abschleppt.«

»Du erzählst mir hier Märchen. Die passen überhaupt nicht zusammen. Diese Spießerin und dieser abgewrackte Typ.«

»Udo war nicht immer so«, sagte Andreas und sah Margareta böse an.

Als er sich bei der Bedienung ein Pils orderte, stand Margareta auf, um ebenfalls die Toilette aufzusuchen. Sie kam allerdings nur bis zum Vorraum, hinter dessen Tür sie schlagartig stehen blieb, nachdem sie Udos Stimme vernahm.

»Das kannst du mir glauben, Susi, die Sommerfeld war Haralds Neue. Der hat sich in sie verliebt und wollte für sie sogar sein Leben ändern. Hat mir jemand erzählt, eben auf dem Friedhof.«

Susanne Mackenrodt lachte auf. »Das glaubst du doch wohl selbst nicht. Er wollte diese alte Fregatte heiraten, um die Schulden loszuwerden. Das Geld, das ich ihm geliehen habe, kann ich nun endgültig vergessen. Wieso hast du die Sommerfeld überhaupt hergeschleppt?«

»Wieso nicht? Bist du etwa eifersüchtig?«

Wieder lachte Susanne Mackenrodt. »Auf diese Tussi? Du hast ihr doch wohl nichts erzählt?«

»Nein, wieso auch? Was ist nun? Kann ich noch auf einen Sprung mit zu dir? Alte Erinnerungen auffrischen? Wo ich schon mal das Fahrgeld investiert habe.«

»Lass gut sein, Udo, ich habe heute keinen Bock auf Sex. Mit dir erst recht nicht.« Sagte es und verließ den Vorraum, nicht ohne fast mit Margareta zusammenzustoßen. Diese erntete von Susanne einen bösen Blick.

Udo Mehlhase stand grinsend an den Zigarettenautomaten gelehnt.

»Die Mackenrodt behauptet doch tatsächlich, sie kennt den Mörder. Nur deshalb wollte ich mit zu ihr«, verteidigte er sich, da er nicht genau wusste, wie viel Margareta von der Unterhaltung mitbekommen hatte.

»Nee, ist klar«, meinte Margareta, bevor sie in der Toilette verschwand.

Als sie wenig später den Gastraum betrat, herrschte große Aufruhr. Was war passiert? Um den ersten Tisch versammelten sich unzählige Trauergäste, redeten lautstark durcheinander, gaben Weisheiten preis, fuchtelten um eine weinende, auf dem Stuhl sitzende Person herum, die Margareta erst erkannte, als sie sich dem Menschenauflauf näherte.

Tanja Beuker, die zusammengesunken auf ihrem Stuhl saß. Jemand rieb mit einem Geschirrtuch den feuerroten

Nacken, woraufhin sie noch lauter jammerte. Ihr Vater schüttelte mit dem Kopf und zischte: »Diese Weiber.«

»Halt die Klappe!«, meinte nun seine kleine zarte Frau. »Tanja hat nichts getan.«

»Ja, heute nicht«, meinte der bleich gewordene Oskar Beuker und genehmigte sich einen Bommerlunder.

»Ich habe ja immer gesagt, dass die Mackenrodt nicht ganz dicht ist. Nun habt ihr es ja gesehen«, meinte eine der Chorfrauen Beifall heischend. Dieser folgte prompt. Drei Mitglieder nickten zustimmend.

Nachdem Margareta Tanja Beuker genug begafft hatte, setzte sie sich wieder zu den Schulkollegen. »Was ist passiert?«

»Susanne hat der Chor-Alten ein Kännchen Kaffee in den Nacken gegossen. Einfach so. Ohne Vorwarnung. Die ist echt durchgeknallt. Steht auf, nimmt die Kanne und gießt sie dieser Frau in den Nacken.« Udo Mehlhase schüttelte den Kopf und konnte sich gar nicht beruhigen. »Harald ist tot und die Weiber kloppen sich noch immer um ihn. Das muss man sich mal vorstellen.«

»Woher weißt du, dass es wegen Harald war?«, wollte Magenburg wissen.

»Die waren beide scharf auf ihn. Susanne wie auch die Chorleiterin. Hat er mir doch erzählt.«

»Wo ist Frau Mackenrodt jetzt?« Margareta konnte es kaum fassen. Da ging sie kurz zur Toilette und schon passierte etwas Spannendes.

»Was weiß ich? Sie hat sich ihre Jacke geschnappt und ist rausgerannt«, meinte Udo.

Das glaubte ihr Blauländer nie, dachte Margareta, noch immer fassungslos, was soeben in ihrer Abwesenheit geschehen war.

Als die Cafébesitzerin die Polizei holen wollte, winkte Tanja jedoch ab. »Nein, keine Polizei. Bitte, keine Polizei«, stammelte sie.

Kurz darauf löste sich die Gesellschaft binnen weniger Minuten auf. Der Schock über das, was Susanne Mackenrodt Tanja angetan hatte, war zu groß. Sie wurde wenig später mit ihren Eltern in ein Taxi verfrachtet und zum Hausarzt gefahren.

5

Margareta fragte sich, wer der Mörder sein konnte. Oder handelte es sich sogar um eine Mörderin? Ihr gingen einige Bilder immer wieder durch den Kopf: die auf sie verhärmt wirkende Carolin von Tiefsbach, in ihrer schlichten Robe, die aufgetakelte Brigitte Hoffmann an der Seite ihres genervten Fahrers, die weinende Tanja Beuker, der man heißen Kaffee in den Nacken geschüttet hatte, Susanne Mackenrodt, wie sie mit Mehlhase im Toilettenvorraum diskutiert hatte, ihre Mutter Waltraud scherzend mit dem alten Beuker, das schmale Männchen Magenburg, Blauländer mit seinem stechenden Blick, der sie sicherlich für verrückt hielt.

Sie überlegte, was sie als Nächstes tun sollte, stand auf und ging zu ihrer Küchentür, an der ihr Plan hing. Die Namen Mackenrodt und Beuker bekamen ein rotes Kreuz. Sie nahm sich vor, die beiden bei der nächsten Probe am Dienstag zu kontaktieren, unter dem Vorwand, diesem kirchlichen Chor unbedingt beitreten zu wollen.

Brigitte Hoffmann stand für Montag auf dem Plan. Anschließend konnte sie in Essen einen Stadtbummel unternehmen, dachte sie vergnügt. Bei dem Gedanken daran verdüsterte sich ihre Miene schlagartig. Sich etwas zu gönnen, war nämlich gerade nicht drin. Ihr Konto war überzogen und vor nicht einmal einer Stunde brachte der Postbote ihre Heizkostenabrechnung. 335 Euro Nachzahlung forderte die Wohnungsverwaltung von ihr. Ein warmer Hintern hatte seinen Preis. Ihrer Mutter schuldete sie noch knapp 400 Euro. Das Geld hatte sie sich bei ihr für neue Autoreifen geliehen. Also, nur zu Brigitte Hoffmann und nicht in die Essener City.

Wie von einem Blitz getroffen rannte sie plötzlich ins Schlafzimmer, riss ihren kleinen Trolley aus der Ecke hinter dem Kleiderschrank und kramte anschließend ihre Geldbörse aus der Handtasche. Nachdem sie den Inhalt auf den Wohnzimmertisch geschüttet und nachgezählt hatte, musste sie erfreut feststellen, dass 187,25 Euro für ihr Vorhaben so eben reichen konnten. Doch wovon sollte sie bis zum nächsten Ersten leben? Immerhin noch 20 Tage. Sie musste Waltraud noch einmal anpumpen, beschloss sie ganz spontan und begab sich zurück ins Schlafzimmer, um einige Kleidungsstücke zusammenzupacken. Wie ein Blitz war ihr der Gedanke gekommen, eine Nacht auf Schloss Jacobs in Geldern zu verbringen. Bei ihrem Besuch dort vor einigen Tagen hatte sie das Schild ›Zimmer zu vermieten‹ gelesen. Da sie schon immer von einer Nacht in einem Schloss geträumt hatte, könnte sie das Angenehme mit dem Nützlichen verbinden und diesem äußerst verdächtigen Ungarn ein wenig auf den Zahn fühlen.

Gesagt, getan. Eine Stunde später befand sie sich auf der A 3 in Richtung Geldern, nachdem sie sich für den folgenden Abend bei ihrer Mutter zum Essen eingeladen und dem Geldautomaten der Sparkasse tatsächlich noch 100 Euro entlockt hatte. Sie seufzte. Eine Damenoberbekleidungsverkäuferin hatte es nicht leicht. Wie sollte sie mit 1.400 Euro netto im Monat ein vernünftiges Leben führen? Alle Fixkosten abgerechnet blieben ihr ungefähr 600 Euro. Ein Jammer.

»Möchten Sie ein Barockzimmer oder ein Parkzimmer?«, fragte Gräfin Carolin Margareta mit äußerst skeptischem

Blick. Sie war verunsichert. Diese nervige Frau hatte ihr gerade noch gefehlt. Schon gestern bei der Beisetzung von Simon von Brehden hatte sie Magenschmerzen bekommen, als sie Margareta wiedersah. Die Unterhaltung mit ihr vor ein paar Tagen hier in ihrem Schlosscafé stieß ihr ebenfalls noch übel auf.

»Welches ist preiswerter?«, fragte Margareta und betrachtete aufmerksam ihr Gegenüber. Wieder Klamotten aus dem adeligen Kleidersack, registrierte sie, als ihr Blick an dem giftgrünen Sommerpulli hängen blieb.

»Das Barockzimmer kostet für eine Nacht 120 Euro, das Parkzimmer 110 Euro. Dafür hat das Barockzimmer den besseren Blick, es schaut nach Süden in den Park, hat einen barocken Grundriss, wogegen das Parkzimmer wesentlich kleiner und eher minimalistisch eingerichtet ist.« Carolin fragte sich, wieso diese Frau unbedingt eine Nacht hier auf dem Schloss verbringen wollte, obwohl sie nur wenige Kilometer entfernt wohnte und ihrem winzigen Auto nach zu urteilen nicht gerade mit Reichtum gesegnet war.

»Hm«, überlegte Margareta, wobei ihre Kasse im Hirn ratterte. »Ich glaube, ich nehme das Parkzimmer. Sind denn beide Zimmer noch frei?«

»Wir haben vier Zimmer. Keines davon ist zurzeit belegt. Hierhin verirren sich eigentlich nur Gäste, wenn Golfturniere stattfinden«, meinte Carolin und reichte ihr eher widerwillig den Schlüssel. »Frühstück gibt es hier im Café. Herr Horvat wird Sie begleiten und Ihnen das Zimmer zeigen.« Sie entschuldigte sich und ließ Margareta an der Theke des Cafés stehen, um in die dahinterliegende Küche zu verschwinden.

Es saßen nur einige ältere Damen an den Tischen des

gemütlichen Raumes und tranken Kaffee. Die Terrasse davor war verwaist. Für einen sonnigen Nachmittag eher ungewöhnlich.

Kaugummi kauend mit hochgeschobenen Ärmeln seines weißen Oberhemdes trat zwei Minuten später Arpad in Aktion. Mit bösem Blick nickte er ihr zu, sprach einen kaum hörbaren Gruß, griff sich ohne zu fragen ihren Trolley und marschierte damit zur Tür hinaus.

»Hier entlang«, kommandierte er mürrisch und steuerte auf den Haupteingang des Schlosses zu. Margareta trottete hinter ihm her. Ihr Blick blieb an seinem winzigen, jedoch prallen Hintern hängen, der in einer schwarzen Stoffhose steckte.

Arpad ließ den Haupteingang links liegen und ging über holpriges Kopfsteinpflaster durch die große Durchfahrt auf einen Nebentrakt zu. Eine kleine Tür, eher für Zwerge geeignet und vom Aussehen einer Stalltür ähnlich, führte in einen dunklen Anbau. Als Arpad sich umdrehte, konnte Margareta das Weiß seiner Augen aufleuchten sehen. Schmale Fenster, bessere Schießscharten, schafften es nicht, Licht in die lange Diele zu bringen. Margaretas Herz begann zu rasen. Hätte sie gewusst, wie gruselig es hier war, hätte sie auf eine Schlossübernachtung verzichtet. Am liebsten hätte sie dem Ungarn den Trolley entrissen und wäre geflüchtet. Doch das traute sie sich nicht.

Vor dem letzten Zimmer des Ganges blieb der unfreundliche Kerl stehen, öffnete die Tür und bedeutete ihr mit seinem Arm, den Raum zu betreten.

Margareta schob sich notgedrungen an ihm vorbei, dabei konnte sie seinen Atem spüren. Seine dunklen Augen, mit denen er sie regelrecht verfolgte, flößten ihr Angst ein. Das sind Mörderaugen, war sie sich sicher. Der Kerl würde alles tun, um seine Chefin zu verteidigen. Auch morden.

Sie betrat den großen Raum mit der hohen Zimmerdecke und war überrascht. Rote Wände bildeten einen Kontrast zu der weißen Zimmertür und den Fensterrahmen. Die vier hohen Fenster ließen viel Licht in das Zimmer und machten den schäbigen Korridor wett. Die geölten Buchenmöbel wirkten harmonisch. Die Fenstervorhänge waren aus dem gleichen rotgemusterten Stoff wie der Bettüberwurf. Erschöpft nahm sie an dem kleinen Tisch in der Mitte des Raumes Platz.

Arpad stand immer noch genervt an der Tür, den Trolley hatte er abgestellt.

»Den Schlüssel haben Sie ja. Sonst alles in Ordnung?«, fragte er sie mit skeptischem Blick. Seine fast akzentfreie Aussprache verwunderte Margareta einmal mehr und sie fragte sich, wieso er so gut Deutsch sprach.

»Ja, alles okay«, erwiderte sie.

Bevor er den Raum verließ, drehte er sich noch einmal um und starrte sie einige Sekunden lang an. »Ich bin froh, wenn Sie morgen wieder verschwunden sind. Dass Sie das wissen. Lassen Sie Carolin in Ruhe. Ich warne Sie!« Ein letzter stechender Blick aus fast schwarzen Augen und er war fort.

Sie ging zum Fenster und sah ihn, wie er schnellen Schrittes auf das Café zusteuerte. Wenn er Margareta gegenüber schon so abweisend war, wie musste er erst Harald behandelt haben? Das war sicherlich für den feurigen Ungarn schwer auszuhalten gewesen, die beiden Verliebten ständig um sich gehabt zu haben. Hatte er seine Chefin gerächt, indem er Harald beseitigte? War er das als abgerichteter Kampfhund seiner Carolin schuldig gewesen? Hatte Arpad vielleicht schon ein Verhältnis mit ihr gehabt, als Harald in ihr Leben getreten war? Wie standen die beiden jetzt zueinander?

Margareta legte sich aufs Bett und starrte an die hohe Stuckdecke. Schnapsidee, diese Hotelübernachtung, die sie sich eigentlich gar nicht leisten konnte. Doch da sie einmal da war, wollte sie das Beste daraus machen. Sie sah sich in dem großen Raum um. Alles da, bis auf ein Fernsehgerät. Sie inspizierte das nostalgische Badezimmer. Peinlich sauber. Auch hier ein riesiges Fenster mit Blick auf den Park. Zur rechten Hand lag der Reitstall.

Soeben verließ Gräfin Carolin mit ihrem Fuchswallach Summerdream den Stall. Zärtlich liebkoste sie seine Nüstern, streichelte ihm sanft den Kopf, bevor sie sich elegant in den Sattel schwang und losritt.

Margareta fand es ungerecht. Sie musste sich ihren alten Polo vom Munde absparen und die Gräfin konnte sich sogar ein Pferd leisten.

Sie zog sich eine rote Bluse an, bürstete ihr Haar und verließ ihr Zimmer. In der dunklen Diele traf sie auf Arpad.

»Die Gräfin schickt mich. Ich soll fragen, ob alles in Ordnung ist. Falls Sie etwas benötigen, sagen Sie uns Bescheid.« Seine Stimme klang ein wenig freundlicher als vorhin. Es schien, als hätte er die Friedensfahne gehisst. Die Angst vor dem Mann blieb jedoch. Margareta konnte ihn nicht einordnen.

›Versuche es auf die freundliche Tour‹, sagte sie sich jedoch.

»Sagen Sie, Herr Horvat, wo wohnt die gräfliche Familie? Auch hier in diesem Trakt?«

Irritiert, dass sie ihn mit seinem Nachnamen angesprochen hatte, antwortete er: »Nein, Carolin und ihre Eltern wohnen vorne im Hauptteil des Schlosses. Hier sind die Gästezimmer und im Kellergeschoss das Büro. Nur ich wohne hier.«

Gemeinsam machten sie sich auf den Weg zum Café.

»Warum sind Sie hier?«, wollte Arpad wissen. Er konnte sich keinen Reim darauf machen, was diese neugierige Frau hier wollte.

»Tja, wenn ich das so genau wüsste. Setzen Sie sich doch zu mir«, forderte sie den jungen Mann auf, als sie die Terrasse des Cafés erreicht hatten.

»Das darf ich nicht. Carolin will nicht, dass ich mich unnötig lange mit den Gästen unterhalte.« Margareta spürte, dass er jedoch nicht abgeneigt war, mit ihr an dem sonnigen Tisch ein wenig zu plaudern. Sie konnte spüren, dass sie ihn, trotz aller Abneigung, neugierig machte.

»Vielleicht später«, sagte er und war auch schon verschwunden.

Eine junge Frau servierte ihr ein Stück Kuchen und ein Kännchen Kaffee, dessen Inhalt ihre Lebensgeister weckte. Mit frischer Energie lief sie anschließend hinüber zu den Pferdeställen und setzte sich auf eine Bank direkt davor.

Obwohl sie ihn nicht kannte, wusste Margareta sofort, dass der stattliche Herr mit dem silbergrauen Haar, der sein Pferd aus dem Stall führte, Graf Adolf, Carolins Vater, sein musste. Mit stolzgeschwellter Brust, ein strahlendes Lächeln im Gesicht, klopfte er seinem Pferd liebevoll auf den Hals.

»Na, komm, Rainbow. Nicht so lahm. So alt bist du nun auch wieder nicht. Du wirst sehen, wir werden Caro und deinen Freund Summerdream noch einholen.«

Gerade als er in den Sattel steigen wollte, entdeckte er Margareta. »Kann ich Ihnen vielleicht helfen, junge Frau?«, fragte er sie.

Sie bemerkte sofort, dass sie ihm gefiel. Er hatte wohl ein Faible für blonde schlanke Frauen, die jünger waren als seine Angetraute. »Danke, alles in Ordnung. Ich genieße den schönen Sommertag.« Margaretas Puls beschleunigte sich. Vielleicht sollte ich mich an den Alten ranschmeißen, schoss ein spontaner Gedanke in ihr Hirn. Da erfahre ich vielleicht mehr als von seiner Tochter oder diesem Postkarten-Ungarn.

»Ich dachte, Sie wollten vielleicht ausreiten.« Ganz Kavalier alter Schule nahm er die Reitkappe ab und deutete einen Diener an. »Wenn ich mich vorstellen darf? Graf Adolf von Tiefsbach. Und mit wem habe ich das Vergnügen?«

Margareta war von der Ausstrahlung des älteren Grafen angetan. Sie kam sich vor wie in einem der Sissi-Filme. Sogar seine Augen lächelten. Obwohl sie von Falten umlagert waren, machte dieses jugendliche Strahlen aus ihnen die alternde Haut drum herum wett.

»Margareta Sommerfeld. Ich habe mich in eines Ihrer Parkzimmer eingemietet, um ein schönes Wochenende zu verbringen. Reiten kann ich leider nicht.« Sie zog einen Schmollmund, stand auf und streckte ihm nicht nur ihre Hand entgegen.

Verzückt hielt er ihre Hand und starrte dabei in den Ausschnitt ihrer halbgeöffneten Bluse. »Na, ob Sie da die richtige Wahl getroffen haben? Erleben kann man hier bei uns nicht viel. Allerdings könnte ich Ihnen das Reiten beibringen.« Sein Bariton-Lachen schallte über den ganzen Hof, sodass Rainbow allmählich unruhig wurde.

»Ich muss, leider. Vielleicht sehen wir uns später noch?« Er sprang wie ein junger Spund auf sein Pferd und ritt davon.

Margareta musste schmunzeln. Sie konnte sich lebhaft vorstellen, wie der Graf auserwählten Damen Reitunterricht erteilte. Noch bevor sie im Sattel säßen, hätte er ihren Hintern getätschelt und ihnen an den Busen gegrapscht. Auf so einen Reitunterricht konnte sie verzichten.

Arpad stand auf der wenig besuchten Terrasse des Cafés und beobachtete das Schauspiel. Diese Margareta Sommerfeld war für ihn ein einziges Rätsel. Jetzt machte sie dem Grafen schöne Augen. Wo sollte das hinführen?

Sie stieg die Kellertreppe hinunter. Es roch feucht und modrig. Nur Umrisse konnte sie wahrnehmen. Die winzige Wandlampe in der schummerigen Diele beleuchtete die Treppe ein wenig mit. Unten angekommen totale Finsternis. Hier sollte der Ungar sein Zimmer haben? So ein riesiges Schloss und er ließ sich mit einem Kellerloch abspeisen? Und für ein Büro auch nicht gerade das ideale Ambiente, dachte Margareta, während ihre Augen sich langsam an die ›Fastdunkelheit‹ gewöhnt hatten und sie zwei Türen erkennen konnte.

Noch bevor der Mut sie verließ, drückte sie den Griff der ersten Tür herunter. Bingo! Das musste das Büro sein. Sie schob die Tür vorsichtig auf. Sie fluchte leise, weil sie entsetzlich knarrte. Zum Glück war es nicht Arpads Zimmer, der entweder einen Herzschlag bekommen oder sich sofort auf Margareta gestürzt hätte.

In der Ecke stand ein kleines Aquarium. Margareta war dankbar über diese winzige Lichtquelle. Magisch angezogen ging sie darauf zu und blickte dem einzigen Fisch des Beckens direkt in seine traurigen Glupschaugen. Der anklagende Blick flehte Margareta regelrecht an, ihn aus diesem Elend zu befreien. Das Wasser war trüb, an der

Scheibe klebten Heerscharen von winzigen Schnecken. Angewidert wandte Margareta sich ab.

Wie sie vermutet hatte, handelte es sich um das Büro, von dem Arpad ihr erzählt hatte. Auf leisen Sohlen steuerte sie auf den antiken Schreibtisch zu. Ein hässlicher, undefinierbarer Geruch lag in der Luft. Die Rollläden waren heruntergelassen, die Fenster verschlossen. Margareta fragte sich, wer bei diesem Gestank arbeiten konnte. Das war kein Büro, das war eine mittelprächtige Abstellkammer. In aller Seelenruhe zog sie sich ganz professionell ihre Lederhandschuhe über, um keine Fingerabdrücke zu hinterlassen, und setzte sich an den miefenden Schreibtisch.

Der PC-Bildschirm, der vor ihr stand, war ebenfalls ein Relikt aus einer anderen Epoche, ebenso der Rechner selbst. Da sie keine Taschenlampe bei sich trug, betätigte sie den Knopf an der rostigen Messing-Schreibtischleuchte. Eine 15-Watt-Birne brachte ein wenig Licht ins Dunkel. Links auf dem Schreibtisch türmte sich ein Berg von Briefen und Prospekten. Die Lederunterlage war löchrig und speckig. In einer mit Grünspan behafteten Messingschale lagen verklebte Stifte, rostige Büroklammern, benutzte Pflaster sowie angelutschte Kräuterbonbons. Ein Blick in den Tischkalender verriet ihr, dass die letzten Eintragungen im Jahre 2007 getätigt worden waren. Das war also keinesfalls das Büro der Gräfin. Es war ein zu starker Kontrast zu der modernen Caféeinrichtung. Doch wozu diente dieser Raum dann? Wurde hier vielleicht etwas verborgen?

Sie öffnete die Holztür des Schreibtisches auf der linken Seite und durchforstete in Windeseile einen darin befindlichen Ordner. Weiter hinten in dem Schrank stand ein kleines Holzkästchen, in dem sich neben benutzten Tempotaschentüchern, Briefumschlägen und einem Fläschchen mit einer undefinierbaren Flüssigkeit ein alter Taschenkalender aus dem Jahre 1999 befand. Hastig blätterte sie darin und stieß dabei auf einige merkwürdige Einträge. Noch bevor sie sich den Kalender in die Hosentasche stopfen konnte, spürte sie zwei eiskalte Hände, die sich wie ein Schraubstock um ihren Hals legten.

»Was soll das werden? Was suchen Sie hier?« Der wütende Arpad zog sie mit den Händen an ihrem Hals vom Stuhl hoch. Nur langsam lockerte er seinen Griff und gab ihr die Möglichkeit, sich umzudrehen.

Es dauerte einige Sekunden, bis Margareta wieder Luft bekam. Eine Hustenattacke schüttelte sie. Als sie sich ein wenig beruhigt hatte, schaute sie in Arpads wutverzerrte Augen.

»Was ist das für ein scheußliches Benehmen? Sich hier einquartieren und dann in den privaten Räumen der Gastgeber herumschnüffeln. Was glauben Sie, hier zu finden?« Er schüttelte mit dem Kopf, fuhr sich durch sein vom Schlaf verwuscheltes Haar und begann, unruhig im Raum hin und her zu laufen.

Margareta verschlug es die Sprache. Stumm schaute sie ihn an. Sie hatte Angst vor diesem Mann.

»Ich sollte die Polizei rufen. Oder zumindest Carolin wecken.« Arpad Horvat genoss es, dass er in der Lage war, Margareta in Angst und Schrecken zu versetzen.

Margareta erholte sich jedoch schnell von dem Schock. Die aufkeimende Wut nahm ihr die Angst.

»Ja, bitte, rufen Sie die Polizei. Am besten gleich Kommissar Blauländer, der die SOKO Harald Kleinschnittger leitet. Der kann sich hier mal umsehen und Sie gleich befragen, wo Sie am 5. August waren, an dem Tag, als Harald

ermordet wurde. Soll ich Ihnen die Nummer geben?« Sie
ging auf Arpad zu und schaute ihm direkt in die Augen.

Er wurde unsicher. Seine Augenlider begannen nervös
zu zucken. »Was habe ich damit zu tun? Nur weil ich den
von Brehden nicht leiden konnte, habe ich ihn nicht gleich
umgebracht.«

»Er war Ihnen im Weg, habe ich recht?«

»Ist das ein Wunder? Bei dem, was er Carolin angetan hat? Wollte sie heiraten, ließ sie dann sitzen. Vorher
brachte er sie noch um ein stattliches Vermögen. Sie hatte
sich kaum beruhigt, ihn fast vergessen, da ruft der sie an,
will sich aussprechen.«

»Und das wollten Sie verhindern«, sprach Margareta
mehr zu sich selbst.

Fahrig lief er in dem Kellerraum auf und ab, setzte
sich schlussendlich auf einen wackeligen Stuhl neben dem
Schreibtisch.

»Was ging Sie das eigentlich an? War das nicht die
Angelegenheit der Gräfin, mit wem sie eine Beziehung
einging? Okay, es war nicht in Ordnung, dass Harald
Carolin um ihr Geld betrogen hat. Doch wieso hat sie
ihn nicht angezeigt?« Margareta nahm wieder an dem
Schreibtisch Platz.

Arpad sprang vom Stuhl auf, stützte sich vor ihr auf der
Schreibtischplatte ab und beugte sich tief zu ihr herunter.
»Was mich das anging? Das Gleiche könnte ich Sie fragen!
Was haben Sie damit zu tun? Vielleicht haben Sie diesen
eitlen Fatzke ja umgebracht. Aus Eifersucht vielleicht?«

Margareta musste lachen. »Wäre ich dann hier? Eifersucht! Die Beziehung zu der Gräfin war außerdem längst
beendet.«

»Der Kerl hat mehrere Frauen betrogen, hat Carolin

erzählt. Vielleicht konnten Sie es nicht ertragen, eine von vielen zu sein.«

»Quatsch, als wir uns kennenlernten, hatte er seine schlimmste Zeit schon hinter sich.«

»Trotzdem kapiere ich nicht, was Sie hier wollen. Sagen Sie es mir!«

»Ich suche Haralds Mörder. Das bin ich ihm einfach schuldig.«

»Den suchen Sie ausgerechnet hier?«

»Ja.«

»Und da verdächtigen Sie mich?« Arpad wirkte kaum noch angespannt. Ganz gelassen schaute er sie an. Er konnte sich noch immer keinen Reim darauf machen, wieso sie hier herumschnüffelte. Irgendetwas an ihr faszinierte ihn jedoch.

»Ja. Ich bin nicht blind und habe sofort erkannt, dass Sie in die Gräfin verliebt sind.«

»Ich bin ihr dankbar. Mehr nicht. Sie und ihr verstorbener Mann Lambert haben viel für mich getan. Haben mich hier aufgenommen, als mein Vater mich loswerden wollte.« Wieder lief er rastlos auf und ab, blieb vor dem Aquarium stehen und starrte dem einzigen Fisch in die Augen. »Lambert hat während seines Studiums bei uns in Budapest gewohnt. Mein Vater Aron Horvat mochte ihn sehr. Wir sind Abkömmlinge des Großfürsten der vereinigten Magyarenstämme, müssen Sie wissen. Und eines Tages …«

Margareta prustete lauthals los. Sie schmiss sich regelrecht nach vorn auf die Schreibtischunterlage und lachte, bis ihr Tränen kamen. Vergessen war die Angst vor diesem Typen, der vorgab, Sprössling eines Großfürsten zu sein. »Entschuldigung, aber das hörte sich so witzig an.«

Langsam beruhigte Margareta sich wieder und wischte sich die Tränen fort.

Arpad jedoch wurde zornig. Mit weit aufgerissenen Augen und angeschwollener Halsschlagader trat er auf sie zu und streckte die Arme nach ihr aus, als wolle er nach ihr greifen. Erschrocken duckte sie sich in dem Schreibtischstuhl und machte sich ganz klein.

»Das hört sich witzig an?«, polterte er auch schon los. »Was bilden Sie sich eigentlich ein? Sie haben keinen Respekt vor anderen Menschen. Sie verhöhnen mich, machen sich über mich und meine Vorfahren lustig.« Er redete sich dermaßen in Rage, dass seine Stimme sich überschlug. Mit der rechten Hand griff er in ihr Haar und riss ihren Kopf nach hinten. Die linke legte sich vorne um ihren Hals. »Zudrücken sollte ich, Ihnen das Licht ausknipsen und Sie anschließend in den Schlossgraben werfen.«

Margareta war geschockt. Mit so einer Reaktion hatte sie niemals gerechnet. Sie war zu weit gegangen, musste sie sich eingestehen. Vielleicht war er ja wirklich ein Abkömmling dieser Großfürstensippe. Dass sein Gehirn nicht aus einem Meisenknödel bestand, verriet allein sein sprachliches Ausdrucksvermögen. Bestimmt hatte er in Ungarn studiert, vermutete sie. Sie versuchte es ein weiteres Mal mit einer Entschuldigung. »Es tut mir leid, ich habe es nicht so gemeint.«

Er ließ sie los, seufzte und machte Anstalten, fluchend den Raum zu verlassen. An der Tür drehte er sich noch einmal um.

»Ich nehme Ihre Entschuldigung nicht an. Und wenn Sie morgen nach dem Frühstück nicht verschwunden sind, kann ich für nichts garantieren. Ich warne Sie«, sprach er und verschwand auf leisen Sohlen.

Und er war doch der Mörder, stand für Margareta fest, als er ihr am anderen Morgen das Frühstück servierte. Sie hatte nach ihrem nächtlichen Zusammentreffen in diesem Kellerbüro kein Auge zugetan. Dass sie noch den Mut hatte, sich hier an den Tisch des Cafés zu setzen, um ihr Frühstück einzunehmen, wunderte sie selbst. Eine wesentliche Rolle spielte allerdings, dass es im Zimmerpreis enthalten war.

Sie bereute zutiefst, dass sie sich heute Nacht so hatte gehenlassen. Besser wäre gewesen, Interesse zu heucheln. Sie hätte mehr über Arpad, seine Geschichte und sein Verhältnis zu Carolin erfahren. Die Frage, wieso er die Gräfin zu Haralds Beisetzung begleitet hatte, brannte ihr ebenfalls unter den Nägeln. Nichtsdestoweniger stand für sie fest, dass er durchaus als Haralds Mörder infrage käme. Hatte er nur geblufft oder wäre er wirklich im Stande gewesen, sie in den Schlossgraben zu werfen, nachdem er ihr die Sprotte zugedrückt hätte?

Als wäre nichts gewesen, begrüßte er sie freundlich, jedoch distanziert, und fragte nach ihren Wünschen. Schon wieder musste sie grinsen. Ja, Wünsche hatte sie. Welche meinte er denn jetzt? Vielleicht ihre sexuellen? Wo sollte sie anfangen? Doch da fing er schon an aufzuzählen: Tee oder Kaffee, Rührei oder Spiegelei, Wurst oder Käse oder beides.

Seine sonst glatten Haare trug er heute gelockt. Wie er das wohl hinbekommen hatte? Jede Frau wäre stolz auf diese Lockenpracht. Sicherlich hatte er die Haare auf Wärmewickler gerollt, um dieses Wahnsinnsergebnis zu erzielen.

Zu einer schwarzen Stoffhose trug er eine Art Tunika aus weißem Batist. An dem Stehkragen sowie an den Trompetenärmeln war dieses Teil mit einer roten Glitzerborde versehen. Eine Knopfleiste fehlte, dafür befand sich unter dem recht kurzen Ausschnitt eine riesige Applikation, welche ein Wappen mit einem löwenähnlichen Gebilde darstellte. Sie biss sich regelrecht mit ihren Augen an diesem Emblem fest und fragte sich, ob dieses Kittelchen, das eine Schwangere bis zur Entbindung tragen konnte, wohl in Ungarn zu irgendwelchen Festivitäten angelegt wurde oder ob es der Großfürstenfamilie vorbehalten blieb, so etwas Edles zu besitzen. Arpads Verhalten war tadellos, als hätte es diesen nächtlichen Vorfall nie gegeben.

Die Angst, vielleicht doch noch im Ententeich rund ums Schloss zu landen, war allerdings noch immer so groß, dass sie ohne viele Worte mit Carolin gewechselt zu haben, ihre Rechnung beglich, ihren Trolley schnappte und eilig vom Hof fuhr. Kein ›Beehren Sie uns bald wieder‹, ›Gute Fahrt‹ oder ›Ich hoffe, es hat Ihnen bei uns gefallen‹ war dem Munde der Gräfin entwichen.

Das durfte nicht wahr sein! Nicht schon wieder so ein oller Typ!

Sie musste damit aufhören!

Margareta, die das Wochenende nach diesem miesen Schlosserlebnis bei ihrer Mutter in aller Ruhe ausklingen lassen wollte, musste sich gerade, am Küchentisch sitzend, Lobeshymnen auf Oskar Beuker anhören, den Vater der mordverdächtigen Tanja. Sie starrte ihre Mutter an, als hätte diese einen totalen Sockenschuss. Mit verklärtem Blick schwärmte Waltraud von dem alten Kerl, als handele es sich um Richard Gere persönlich. Worte wie: toller Mann, wunderbare Stimme, verständnisvolle Art prallten an ihr ab. Sie schüttelte mit dem Kopf und fragte sich, ob ihre Mutter den gleichen Mann meinte, den sie am Freitag in dem Café bei Haralds Leichenschmaus ausgiebig hatte betrachten können. Margareta fand Oskar Beuker mit seinem überdimensionalen Homer Simpson-Kopf nicht besonders attraktiv. Ein Hingucker im negativen Sinne. Groß, hager, Ledergesicht, Schlupflider, graues, fettiges Gewölle auf dem Kopf, schlechte Haltung. Bei seinem Anblick hatte sich ihre Überzeugung verstärkt, dass Eltern, bevor sie sich ein Kind anschafften, in den Spiegel schauen und sich ernsthaft fragen sollten, ob sie das überhaupt verantworten konnten. Die Beukers hätten es besser gelassen. Da rissen auch verdammt gute innere Werte, sollte die Familie über solche verfügen, nichts raus.

»Ich darf dich daran erinnern, dass der Mann verheiratet ist«, unterbrach Margareta den Redeschwall ihrer Mutter, von dem sie kaum etwas mitbekommen hatte.

»Aber unglücklich, Kind, ganz unglücklich. Seine Kriemhild ist ein echter Drachen.« Verträumt stocherte sie in ihrem Gulasch herum.

»Hat der alte Mann dir das erzählt? Du kennst ihn zwei Tage und gehst mit ihm Kaffee trinken? Das darf doch wohl nicht wahr sein. Die Leute werden über dich reden!«

»Das tun sie über dich auch, Gretchen. Und nicht zu knapp. Du tust gerade so, als hätte ich schon mit ihm im Bett gelegen. Wir haben lediglich zusammen einen Kaffee getrunken, nachdem wir uns zufällig im Berger Park begegnet sind.«

»Pah, zufällig. Wahrscheinlich bist du vor seinem Haus auf und ab gelaufen und hast ihm aufgelauert. Ich kann nur hoffen, dass sich bei dem Alten im Bett nichts mehr abspielt.«

Margareta konnte erzählen, was sie wollte, sie erreichte ihre Mutter nicht wirklich.

Ihr war der Appetit auf die deftige Mahlzeit vergangen.

»Kind, ich weiß nicht, was du eigentlich willst. Was ist schlimm daran, sich mit einem Herrn auf einen Kaffee zu treffen? Ich habe nicht die Hände über dem Kopf zusammengeschlagen bei den haarsträubenden Geschichten, die du mir erzählt hast. Habe ich dich etwa gefragt, was du mit diesem Ungarn angestellt hast?«

»Nichts habe ich mit ihm angestellt. Ich will Haralds Mörder finden, mehr nicht.«

»Ja, Gretchen, dabei will ich dir helfen. Ich habe Oskar Beuker ordentlich auf den Zahn gefühlt. Seine Tochter war unglücklich verliebt in Harald, wusstest du das?«

»Solange du ihm nur auf den Zahn fühlst, geht es ja.«

»Du siehst Gespenster. Mit Herrn Beuker und mir, das ist rein freundschaftlich. Mir ist schon bewusst, dass er verheiratet ist. Der arme Mann brauchte mal jemanden zum Reden.«

»Wenn er nur reden will, von mir aus … Ich meine es ja nur gut.«

Wenn Margareta sich von ihrer Mutter Geld leihen wollte, musste sie jetzt einen Gang zurückschalten, dessen war sie sich bewusst. So ließ sie sich zum wiederholten Male von dem gestrigen Treffen mit Oskar Beuker berichten. Vielleicht kam dabei ja eine brauchbare Information für sie heraus.

Im Gegenzug musste Margareta ihr alle Einzelheiten von dem Schlosswochenende erzählen.

Die Augen ihrer Mutter begannen plötzlich zu leuchten. »Was meinst du, sollen wir nicht mal zusammen ein Wochenende dort verbringen?«

»Das ist nicht billig«, seufzte Margareta. »Diese Übernachtung hat mein restliches Geld für diesen Monat komplett verschlungen.«

»Ach, lass das mal meine Sorge sein, Gretchen. Ich lade dich natürlich ein.« Gütig senkte Waltraud den Blick.

Wie gewitzt sie doch war, dachte Margareta schmunzelnd. Sie konnte die Nase in alles stecken, erlebte mal etwas anderes als das tägliche Einerlei und hatte ihre Tochter ein ganzes Wochenende für sich.

Es war jedoch keine schlechte Idee. So hatte Margareta die Möglichkeit, Arpad noch einmal unter die Lupe zu nehmen und vielleicht dem Grafen näherzukommen. Das Schöne daran: Keinen Cent würde sie das Ganze kosten. Da musste sie ihre Mutter schon mal in Kauf nehmen.

»Okay, machen wir das. Was hältst du vom nächsten Wochenende? Wozu auf die lange Bank schieben?« Margareta hatte Blut geleckt. Der Gedanke, mehr über Arpad und Carolin herauszubekommen, begeisterte sie. Gern würde sie noch einmal den Keller inspizieren. Sie war sich sicher, dass die Adeligen etwas zu verbergen hatten.

Wie vom Blitz getroffen stand Waltraud vom Tisch auf. »Ja, wieso nicht? Da habe ich noch nichts vor.«

Sie verschwand in ihrem Schlafzimmer, um wenig später mit einem verschmitzten Lächeln wieder in der Küche zu erscheinen. Aus ihrem Kästchen mit der eisernen Notreserve hatte sie einen 100-Euro-Schein entnommen, den sie ihrer Tochter überreichte. »Nimm nur, Kind, du kannst es gebrauchen.«

Wie wahr, dachte Margareta und konnte ihr Glück kaum fassen. Sie brauchte sich nichts zu leihen, bekam das Geld geschenkt. Und Gulasch samt Beilagen für zwei Tage wurden ihr auch noch eingepackt. Keine Schlechte, meine Mutter, musste Margareta wieder einmal feststellen.

»Und, wirst du den alten Beuker noch mal treffen?«
Margareta war schon an der Wohnungstür, als sie sich noch
einmal zu ihrer Mutter umdrehte.

»Oskar will mich heute Abend anrufen.«

»Oh nein, ihr duzt euch?«

»Gretchen, das kann für deine Ermittlungen nur von
Vorteil sein. Glaube es mir!«

Margareta war davon zwar nicht überzeugt, wollte
jedoch keinen Streit vom Zaun brechen. Sie hoffte, dass
es tatsächlich reine Freundschaft war, was die beiden verband. Für sie schwer vorstellbar, dass dieser alte Mann der
neue Geliebte ihrer Mutter werden konnte. Noch immer
hatte sie Walter vor Augen, den 20 Jahre jüngeren Exlieb-
haber ihrer Mutter, wie er sich auf dem Mohairsofa rekelte
und sich gehen ließ. Bis Waltraud diesen Schmarotzer endlich vor die Tür setzte. Zu mehr als in sämtlichen Körper-
öffnungen zu popeln und seinem Leib Geräusche flatu-
lenzlichen Ursprungs entfleuchen zu lassen, war er nicht
in der Lage gewesen. Ob der Stadtrat im Ruhestand zu
mehr fähig sein würde, wagte sie zu bezweifeln.

Vergnügt fuhr sie nach Hause, setzte sich auf ihr Sofa,
nahm Haralds Notizbuch zur Hand, um es sich noch einmal genau anzusehen. Ihre Mörder-Hitliste, die sich an
der Küchentür befand, musste nach diesem aufregenden
Wochenende dringend aktualisiert werden. Arpad war auf
den ersten Platz gerückt. Weitere Verschiebungen wollte
sie erst nach dem morgigen Besuch bei Brigitte in Essen
und der Chorprobe am Dienstag vornehmen.

Sie schaute aus dem Wohnzimmerfenster und sah in
weiter Ferne die Sonne über dem Berger Park unterge-
hen. Ein schöner Gedanke, am nächsten Tag nicht zur
Arbeit gehen zu müssen. Eine weitere Arbeitsunfähig-

keitswoche war ihr beschert. Sie musste sehen, wie weit sie ermittlungstechnisch kommen würde, dachte Margareta und setzte sich froh gelaunt vor den Fernseher. Auf den ›Tatort‹ konnte sie sich allerdings nicht konzentrieren, obwohl Maria Furtwängler die ermittelnde Kommissarin war. Nach wie vor war Charlotte Lindholm ihr großes Idol, doch identifizierte sie sich längst nicht mehr mit ihr. Vom Äußeren her war zwar eine gewisse Ähnlichkeit vorhanden, als Kommissarin hatte sie Margareta jedoch einiges voraus, musste sie sich längst ernüchtert eingestehen. Im Fernsehen sah alles einfach aus. Toughe Kommissarin, alleinlebend mit Kind, läuft jeden Tag herum wie aus einem Modemagazin entsprungen.

Margaretas Gedanken schweiften zu Arpad ab. Hatte er Harald auf dem Gewissen oder verdächtigte sie ihn zu Unrecht? Eigentlich kein unsympathischer Typ. Obwohl sie ihn beleidigt hatte, blieb er bis auf den Würgegriff fast sachlich. Oder war er gefährlicher als sie vermutete? Schon am nächsten Wochenende würde sie mehr über ihn erfahren. Sie freute sich auf eine weitere Übernachtung im Schloss. Waltraud im Schlepptau würde ihr Sicherheit vermitteln.

Sie schaltete den Fernseher aus, nahm ihr Handy und rief Kommissar Blauländer an. Schließlich hatte sie zwei Tage nichts von ihm gehört.

6

Helmut Blauländer saß an seinem Schreibtisch und schaute aus dem Fenster. Ein trüber Montagmorgen. Wabernder Nebel über Buer. Das von seiner Frau Anni total verplante Wochenende hatte wenig Erholung für ihn geboten. Zur Krönung noch der Anruf der Sommerfeld am Abend während des Krimis. Margareta gab ihm Rätsel auf. Er schüttelte den Kopf und verrührte dabei drei Würfelzuckerstückchen in seinem Kaffee. Sie hatte ihm von ihrem Schlosswochenende berichtet und war gleichzeitig scharf darauf gewesen, Neuigkeiten bezüglich Kleinschnittger von ihm zu erfahren.

Vor einem Jahr hatte sie besser ausgesehen, musste er am Freitag während der Beisetzung feststellen, als er sie genau betrachtet hatte. Falten um den Hals und um die Augen, Altersflecken, die durch das Make-up schimmerten, die blonden Haare stumpf und glanzlos. Wenn sie lächelte, wirkte sie auf ihn jedoch noch immer attraktiv. Er konnte sich nicht erklären, wieso er plötzlich negative Empfindungen bezüglich Margareta verspürte.

Sie würde ihm wieder dazwischenfunken. Würde ihn dumm dastehen lassen. Alle würden ihn belächeln, wenn sie Dinge ans Tageslicht beförderte, die er übersehen hatte. Die Morde auf dem Zechengelände Bergmannsglück. Er hatte noch genug vom letzten Jahr. Zweifelsohne hatte sie den richtigen Riecher gehabt. Dieses Mal war äußerst interessant, was sie von diesem Ungarn berichtet hatte, der für sie zu den Hauptverdächtigen zählte.

Stefan Kornblum betrat sein Büro, natürlich ohne anzuklopfen. Bei der morgendlichen SOKO-Besprechung war er völlig abwesend gewesen, hatte verträumt durch die Gegend geschaut, auf Fragen kaum geantwortet, grundlos dämlich gegrinst.

»Was war vorhin mit Ihnen los, Kornblum? Heißes Wochenende gehabt, oder was?«

Kornblum fläzte sich grinsend in den Sessel vor Blauländers Schreibtisch.

»Ja, kann man so sagen«, antwortete er gut gelaunt.

»Immer noch diese Rothaarige? Wie hieß sie noch gleich?«

»Babsi. Babsi heißt sie.«

»Was Ernstes?«

»Was heißt hier ernst? Wenn Sie wissen wollen, ob ich sie heiraten werde: Nein, will ich nicht. Wir haben auch so Spaß.«

Blauländer schüttelte wieder mit dem Kopf. »Keiner will in der heutigen Zeit mehr Verantwortung übernehmen. Spaß haben! Pah …«

Er war fast 30 Jahre mit seiner Anni verheiratet und hatte den Schritt nie bereut. Oder besser gesagt, fast nie. Da gab es Momente, in denen er sich ohrfeigen konnte, sie ein Leben lang am Bein kleben zu haben. Zum Glück waren diese Augenblicke selten.

»Wir beide werden heute nach Geldern fahren und uns diese Gräfin Carolin von Tiefsbach sowie diesen Ungarn Arpad Horvat vornehmen.«

Genervt schaute Kornblum seinen Chef an. »Wieso? Lassen Sie mich raten: Sie haben einen Tipp bekommen. Ich weiß auch von wem. Die Sommerfeld steckt dahinter, nicht wahr?«

Blauländer wunderte sich, wie gut Kornblum ihn

kannte. »Ja, sie rief mich gestern Abend an und erzählte mir einige sonderbare Dinge. Hat sich dort auf dem Schloss eingemietet und ist nachts mit Horvat aneinander geraten. Sie ist felsenfest davon überzeugt, dass er der Mörder war. Morgen oder übermorgen wären wir sowieso dorthin gefahren, wieso nicht gleich heute?«

»Dieser Sommerfeld wird irgendwann das Licht ausgeknipst. Was mischt die sich in alles ein? Hat sie noch immer nicht genug? Private Ermittlerin will sie werden, hat sie mir am Freitag erzählt. So richtig mit Schule und Prüfung.«

»Um Gottes willen! Das fehlte mir gerade noch. Die ist in ihrem Kaufhaus besser aufgehoben.«

»Werden Sie sich wieder mit ihr treffen?«

»Nein, wir telefonieren ab und an, wieso?«

»Nur so«, meinte Kornblum grinsend.

»Und wenn, dann ist das meine Sache«, brummte sich Blauländer in den Bart, bevor die beiden das Büro verließen. Ihm fielen die netten Treffen mit Margareta Sommerfeld im letzten Jahr auf der Terrasse von Schloss Berge ein, was ihm ein Schmunzeln entlockte.

»Und wenn die Sommerfeld es selbst war?« Stefan Kornblum starrte während der Fahrt aus dem Seitenfenster des Passats und machte sich so seine Gedanken.

»Wieso sollte sie das tun? Sie hat ihren Schulkollegen wiedergetroffen und sich in ihn verliebt. Er erwiderte ihre Gefühle, beichtete ihr seine Straftaten. Was sollte sie für ein Motiv gehabt haben? Was macht sie zur Täterin? Dass sie ihn tot aufgefunden hat?«

»Zum Beispiel.«

»Quatsch. Da kommen diese beiden Weiber viel eher infrage. Die Nachbarin und diese Kindergartenleiterin, die ihm Liebesbriefe geschrieben hat. Beim Leichenschmaus sollen sie aufeinander losgegangen sein.«

»Hat das auch die Sommerfeld erzählt? War die etwa dabei?«

»Was soll das Kornblum? Ich kann mein Wissen gern für mich behalten.«

Den Rest der Fahrt schwiegen die beiden Männer.

Wie ein Märchenschloss tauchte eine halbe Stunde später in weiter Ferne das Schloss mit den vier Ecktürmen vor ihnen auf.

»Mensch, wie bei Dornröschen«, meinte Kornblum mit einer Portion Sarkasmus in der Stimme. »Hoffen wir mal, dass die Königstochter zu Hause ist.«

Als sie aus dem Wagen stiegen, wandte Kornblum sich erneut an seinen leicht verschnupften Vorgesetzten. Montags hatte er immer schlechte Laune, wusste er. Trotzdem wollte er noch eins draufsetzen.

»Wieso haben Sie die Leitung der Ermittlungen eigentlich nicht mir übertragen?« Blauländers Verhalten stieß ihm schon lange übel auf. Nicht nur, dass er die gleiche Ausbildung absolviert hatte wie sein Chef, auch, dass er ihn nach den langen Jahren, in denen sie zusammenarbeiteten, noch immer siezen musste, behagte ihm ganz und gar nicht.

»Sie sind noch nicht so weit, Kornblum.« Blauländer brauchte einige Meter, um sich einzulaufen. Sein Rücken schmerzte.

Kornblum lachte auf und schüttelte mit dem Kopf.

»Das ist jetzt nicht Ihr Ernst, oder?« Am liebsten hätte er seinen Chef in den Schlossgraben gestoßen, mitten in die grüne Entengrütze. »Wann werde ich so weit sein? Wenn Sie das Zeitliche gesegnet haben? Jammern, aber alles selbst machen wollen.«

»Ich schätze Ihre Arbeit, Kornblum. Sie sind ein guter Ermittler. Doch fehlt Ihnen noch der richtige Biss, ein wenig mehr Pepp, wenn Sie verstehen, was ich meine.«

»Biss? Pepp? Ja, davon haben Sie ja reichlich. Ich darf Sie an die Morde auf dem Bergmannsglücker Zechengelände im letzten Jahr erinnern? Wer lag denn da mit seinen Vermutungen richtig?«

»Werden Sie jetzt nicht albern, Junge.«

»Junge? Ich werde nächste Woche 41 Jahre alt. Ich bin nicht Ihr Junge.«

»Kornblum, lassen Sie uns ein anderes Mal darüber sprechen.« ›Deinem Verhalten nach zu urteilen, bist du ein ganz kleiner Junge‹, hätte Blauländer ihm am liebsten gesagt.

»Das sagen Sie seit Jahren. Ich habe bald die Pappe auf.« Kornblums Augen wurden zu schmalen Schlitzen, seine Lippen hatte er fest aufeinandergepresst. Er wünschte seinem Chef, dass er mal in eine Schießerei geraten würde und er ihn los sei. Nannte ihn in Gedanken einen Despoten. Grimmig betrat er nach ihm das Café.

»Wir haben geschlossen.« Ein Blick aus funkelnden Augen, der Bände sprach, traf Blauländer, während der Ungar in seiner Hosentasche herumnestelte.

›Gleich zieht er ein Klappmesser heraus und sticht zu‹, befürchtete der Kommissar, der diesen Mann nicht so Angst einflößend in Erinnerung hatte. Bei der Beisetzung am Freitag hatte er harmloser gewirkt.

»Das mag sein. Doch hätten wir sie gerne beide gesprochen. Einen schönen guten Morgen erst einmal.« Blauländer zeigte seinen Dienstausweis. Der Gruß blieb unerwidert. »Helmut Blauländer, Kripo Gelsenkirchen. Das hier ist mein Kollege Stefan Kornblum.«

Erst jetzt blickte die Gräfin mit müdem Blick auf die beiden Männer. Ungeschminkt, die Haare auf die Schnelle mit einen Gummiband hochgebunden, glich sie einer typisch übernächtigten Kneipenwirtin an ihrem freien Tag. Der graue Jogginganzug wirkte so gar nicht adelig.

»Kripo Gelsenkirchen? Sind Sie da überhaupt hier zuständig?«, kam es müde aus ihren blassen Lippen.

Der Ungar verströmte den Duft von Pitralon, diesem uralten Rasierwasser, das sogar Adolf Hitler benutzt haben soll, um Eva Braun zu betören. Sein Gesicht sah aus, als hätte er es soeben mit Kernseife gewaschen. Die Haare waren nass nach hinten gekämmt worden.

»Wir ermitteln im Mordfall Kleinschnittger und hätten da ein paar Fragen«, kam Blauländer zur Sache und ließ die Zuständigkeitsfrage unbeantwortet. »Wäre es möglich, zuerst Sie zu befragen und anschließend den jungen Herrn?«

»Ich habe vor Herrn Horvat keine Geheimnisse.«

»Das ist schön für Sie, doch möchten wir Sie gerne getrennt befragen.« So langsam war Blauländer mit seiner Geduld am Ende. Er hatte auf ein spätes ländliches Frühstück gehofft und war wegen des Ruhetages enttäuscht. Natürlich war er froh, die beiden überhaupt anzutreffen. Ebenso gut hätten sie vor verschlossener Tür stehen können.

Ohne ein Wort von sich zu geben, verließ Arpad das Café und setzte sich trotz des nebligen Wetters auf die Terrasse.

»Nehmen Sie doch Platz.« Die Gräfin steuerte einen Tisch am Fenster an und setzte sich. »Ich würde Ihnen gern einen Kaffee anbieten, aber die Maschinen sind abgestellt. Grundreinigung. Den freien Tag muss man nutzen.« Ein

Funken Freundlichkeit huschte über ihr müdes Gesicht. »Dann schießen Sie mal los. Was wollen Sie wissen?«

»Sie waren bei der Beisetzung Kleinschnittgers anwesend, also nehme ich an, dass Sie im Thema sind, was den Mord betrifft.«

Sie starrte zuerst Blauländer an, dann wanderte ihr Blick zu Kornblum. »Woher haben Sie meine Anschrift?«

»Aus Kleinschnittgers Unterlagen.«

»Und ich dachte schon, diese durchgeknallte Sommerfeld hat was damit zu tun.«

Blauländer wollte Margareta außen vorlassen und ignorierte die Äußerung der Gräfin. Sommerfeld, überall Sommerfeld. So langsam hatte er genug von ihr. »Sie waren mit Kleinschnittger, der sich als Simon von Brehden ausgab, liiert?«

»Ja, so lange, bis er mich reingelegt hat und mit meinem Geld verschwunden ist. Einige Monate später rief er wieder hier an und wollte sich entschuldigen.«

»Warum haben Sie ihn nicht angezeigt, als er sich mit dem Geld aus dem Staub machte? Solchen Heiratsschwindlern muss man das Handwerk legen.«

»Hätte ich das tun müssen? Unser Ansehen hätte darunter gelitten. Ich wollte meine Eltern damit verschonen.«

»Haben Sie sich wenigstens eine Quittung geben lassen?«

Die Gräfin lachte auf. »Damit hätte ich mir den Hintern abwischen können – bei seinen Schulden!«

»Das wussten Sie zu dem Zeitpunkt aber noch nicht.«

»Stimmt. Da war ich noch verliebt und blöd.«

»Aber er hat Ihnen schon gesagt, was er mit dem Geld vorhatte?«

»Natürlich. Oft genug hat er mir die Ohren vollgejammert, dass sein Betrieb vor dem finanziellen Ruin steht.«

Helmut Blauländer kratzte sich am Kinn. Er hatte Mitleid mit der Gräfin. Beim Anblick des nervösen Horvat, der mittlerweile auf der Terrasse rastlos hin und her lief, fragte er sich jedoch, ob das da draußen der bessere Griff war.

Carolin schien Gedanken lesen zu können. »Arpad ist nur ein Angestellter, ein Freund der Familie. Er ist nicht mein Geliebter, auch wenn er sich oft so aufführt.«

»Ich habe nichts gesagt.«

»Aber gedacht.« Die Gräfin schaute Blauländer aus traurigen grünen Augen an. »Und nun wollen Sie wissen, wo ich zur Tatzeit war, oder? Wann wurde er genau umgebracht?«

»In der Nacht von Sonntag auf Montag, also vom 5. auf den 6. August.« Blauländer liebte intelligente Frauen, denen er nicht viel erklären musste.

»Da scheide ich als Täterin aus. Es war der Geburtstag meiner Mutter Isolde. Wir haben hier auf dem Schloss gefeiert. Lassen Sie mich nachdenken. Ja, bis nach Mitternacht wird es gewesen sein. Danach habe ich beim Aufräumen geholfen. Es war ungefähr drei Uhr morgens. Um fünf war ich schon wieder im Café, zusammen mit meinem Vater, um das Frühstück für die Übernachtungsgäste vorzubereiten. Sie können meine Eltern gerne fragen. In den zwei Stunden, die ich auf dem Sofa im Salon gedusselt habe, hätte ich es kaum bis nach Gelsenkirchen und wieder zurück geschafft. Mein Wagen war zugeparkt und ich war alkoholisiert. Damals wusste ich außerdem noch gar nicht, wo genau Harald wohnt.«

»Und jetzt wissen Sie es?« Blauländers Augäpfel zuckten. »Sie hätte einen anderen Wagen nehmen können.«

Mist, das hätte sie nicht sagen sollen, dachte Carolin,

sie durfte Arpad nicht belasten. »Ja, Herr Horvat hat mir nach der Beerdigung das Haus gezeigt.«

»Und der wusste, wo er wohnt?«

»Ich habe ein Navi in meinem Wagen. Und natürlich haben wir vor der Beerdigung recherchiert. Die Leute vom Land sind nicht dumm und kennen Google.«

»Hat Herr Horvat ein eigenes Auto?«

»Ja, hat er, doch wir fuhren mit meinem Wagen, was mir angemessener erschien, als mich in seinen Smart zu pressen.«

»War Herr Horvat auch bei der Geburtstagsfeier Ihrer Frau Mutter anwesend?«

»Ja natürlich. Ich habe jedoch nicht auf ihn aufgepasst. Irgendwann ist er mit einer jungen Frau verschwunden. Fragen Sie ihn selbst.«

»Mein Kollege ist gerade dabei«, meinte Blauländer schmunzelnd, als er Kornblum und den hitzköpfigen Ungarn durch das Fenster betrachtete. Ein kurzes Kopfnicken hatte genügt, Kornblum nach draußen zu beordern, damit er mit der Befragung beginnen konnte. Die Zeit raste und Blauländer hatte Hunger. Die Fragen, die Kornblum stellte, schienen dem jungen Mann nicht zu gefallen.

»Das war es eigentlich schon. Erlauben Sie mir noch eine letzte Frage?«

»Fragen Sie.«

»Würden Sie Herrn Horvat so eine Tat zutrauen?

Nun musste Gräfin Carolin schon wieder lachen. »Nein, auf keinen Fall. Er fühlt sich nach dem Tod meines Mannes für mich verantwortlich. Er stand meinem Mann sehr nahe. Aber das ist eine lange Geschichte.« Anscheinend war sie nicht gewillt, sie dem Kommissar auf die Nase zu binden.

Er hätte sie auch gar nicht hören wollen, denn sein Magen knurrte.

»Falls Ihnen noch irgendetwas einfällt.« Blauländer reichte der Gräfin seine Karte. »Ich wünsche Ihnen noch einen schönen Tag.«

»Ebenso«, meinte die Gräfin und begleitete den Kommissar zur Tür.

An den schwarzen BMW gelehnt wartete er auf Stefan Kornblum. Sein Magen gab noch immer urige Laute von sich. Außer einem Knäckebrot mit Erdbeermarmelade hatte er noch nichts zu sich genommen, obwohl es schon nach 13 Uhr war. Bis sie die Kantine in Buer erreicht hätten, konnte er eine warme Mittagsmahlzeit vergessen.

Er war sein Hund, dachte Stefan Kornblum. Genau wie dieser Ungar der Hund der Gräfin war, bin ich Blauländers Köter. Kannte alle Grundkommandos und hatte die Begleithundeprüfung abgelegt. Er kannte nur Befehl. Es war abgesprochen, dass sie gemeinsam die Gräfin und anschließend diesen Ungarn befragen. Befragen, nicht vernehmen, hatte der Dicke mehrmals verlauten lassen. Plötzlich überlegte er es sich anders, gab Befehl, nickte kurz und der Hund hechelte los, um sich den rastlos auf der Terrasse herumspringenden Mann vorzunehmen. Ja, so musste ein guter Hund reagieren. Und weil er brav war, bekam er nun ein Leckerchen. Herrchen hatte ihm auch so ein großes Schnitzel mit Pommes bestellt. »Friss Hund, friss deine Belohnung!«, sprachen seine Augen. Herrchens Mund war mit Mayonnaise verschmiert, er grunzte und schlürfte genüsslich von der – laut Speisenkarte – bäuerlichen Apfelschorle.

»Und? Erzählen Sie! Wie ist es gelaufen?« Zufrieden wischte sich Blauländer den Mund ab und lehnte sich zurück. Sein Teller war restlos blank, wohingegen Stefan Kornblum sich mit der Riesenportion abmühte und bis jetzt nicht mal die Hälfte davon gegessen hatte.

»Angepisst hatte er sich gefühlt, dieser Arpad Horvat. Habe ihm mehrmals erklärt, dass es sich nur um eine Befragung handelt. Er gab zu, Kleinschnittger nicht sonderlich gemocht zu haben, doch mit dem Mord hätte er nichts zu tun.«

»Sein Alibi für die Tatzeit?«

»Er amüsierte sich bei der Geburtstagsfeier der alten Gräfin. Gegen Mitternacht wäre er mit Carmen verschwunden, einer Serviererin des Cafés. Sie wäre noch mit auf sein Zimmer gekommen. Als er jedoch am späten Morgen erwachte, wäre sie schon fort gewesen.«

»Deckt sich mit dem, was die Gräfin mir erzählte. Haben Sie Namen und Anschrift dieser Carmen?«

»Notiert.«

»Gut, Kornblum. Übrigens, wenn Sie ihre Portion nicht bewältigen, dort drüben liegt Verpackungsmaterial. Können Sie mit nach Hause nehmen, Ihr Schnitzel.«

»Wozu?« Mit gerunzelter Stirn schaute Kornblum seinen Chef an.

Blauländer schüttelte nur den Kopf, bevor er sich erhob und das Lokal verließ.

Tief durchatmen und klingeln.

Margareta verließ der Mut, als sie vor der noblen Villa der Brigitte Hoffmann stand. Dass sie reich war, war ihr bewusst, doch dieses Anwesen sprengte ihre Vorstellungskraft.

Die Sprechanlage ertönte und Margareta stammelte wirres Zeug hinein, nachdem Brigittes freundliches »Ja, bitte« erklungen war.

Blöde Idee, diese weite Fahrt, um mit der Frau zu sprechen, die als Täterin womöglich gar nicht infrage kam. Was hätte sie auch für ein Motiv? Sie war scharf darauf gewesen, Harald zu heiraten. Da würde sie ihn kaum kurz vorher umbringen. Am liebsten hätte sie auf dem Absatz kehrtgemacht. Doch zu spät. Der Türöffner surrte und das weiße Gartentor gab den Weg in Brigittes Heiligtum frei.

›Was soll's‹, sagte Margareta sich und seufzte. Blamierte sie sich eben. Gerade als sie die Auffahrt zum Haus erklommen hatte, öffnete sich die breite Tür und sie stand Auge in Auge Haralds verwitweter Verlobten Brigitte Hoffmann gegenüber.

»Ach, welch eine Überraschung«, begrüßte die ältere Dame Margareta mehr als freundlich.

Das machte die Angelegenheit für Margareta nicht leichter. Sie wäre vor Scham am liebsten in das nächste Mauseloch verschwunden. Die zurechtgelegten Worte waren ihrem Hirn entschwunden. »Guten Morgen, Frau Hoffmann … Ich …«, stammelte sie.

Warmherzig lächelte Brigitte die verstörte Margareta an und zog sie regelrecht ins Haus hinein. In eine Diele, die diesem Namen nicht gerecht wurde. Empfangshalle war der angemessene Begriff für diesen Raum. »Kommen Sie doch erst einmal rein. Ich lasse uns einen Kaffee kochen.«

Sie ließ kochen, dachte Margareta und trottete mit großen Augen Brigitte hinterher. »Sie wissen, wer ich bin?«

»Aber natürlich. Ich habe Sie sofort erkannt, als ich Sie am Freitag bei der Beisetzung gesehen habe. Margareta Sommerfeld, nicht wahr? Sie haben Harald in Bad Sassendorf wiedergetroffen.«

»Bitte entschuldigen Sie, dass ich Sie so einfach überfalle …«

Resolut riss ihr Brigitte die Strickjacke regelrecht vom Leib und brachte sie zur Garderobe. »Das macht doch nichts. Kommen Sie, meine Gute.« Lächelnd hakte sie sich bei Margareta unter und schob sie in ihr lichtdurchflutetes Wohnzimmer, das einem ›Schöner Wohnen‹- Magazin entsprungen schien. Brigitte drückte die nervöse Margareta in die supermoderne Ledercouch und setzte sich ihr gegenüber in einen Sessel.

Von Trauer war bei Brigitte nichts zu spüren. Sie trug eine gelbe Seidenbluse von Louis Vuitton zu einer flotten Jeans und wirkte auf Margareta viel jünger als in Sassendorf. Hatte sie gar schon wieder eine neue Errungenschaft aufgetan, die sie so erstrahlen ließ? Dass sie so warmherzig war, hätte Margareta ebenfalls nicht vermutet.

Brigittes Allround-Girl, die Margareta als Else vorgestellt wurde, brachte einige Minuten später den Kaffee. Drapiert auf einem Tablett mit einer Etagere feinstem Gebäck.

»Vielen Dank für den Kaffee.« Sie nickte Brigitte zu und stopfte sich einen Edelkeks in den Mund.

»Ich glaube, Harald hatte sich in Sie verliebt. Kann das sein? In Bad Sassendorf hat er sich fürchterlich über Sie aufgeregt und nur geschimpft. Bei seinem letzten Besuch schaute er jedoch ganz verklärt, als er von Ihnen sprach.«

Margareta sah sie mit großen Augen an. Wie diese Frau das sagte. Er hatte von einer anderen geschwärmt, trotz der Verlobung, und sie fand das scheinbar völlig in Ordnung.

»Ja, kann sein. Ich hatte mich auch ein wenig in ihn verguckt ... Nichtsdestotrotz wollte er *Sie* heiraten.«

»Um seine Probleme zu lösen. Es hätte mir geschmeichelt, einen schönen Mann an meiner Seite zu wissen. Doch meine Vernunft sagt mir, dass es niemals gut gegangen wäre. Man kann eben nicht alles kaufen, auch wenn einem das tagtäglich suggeriert wird. Es tut mir leid, dass Harald auf so tragische Weise ums Leben kam. Ich zermartere mir den Kopf, wer das wohl getan haben könnte. Haben Sie einen Verdacht?«

»Ja, den habe ich. Eigentlich sind es mehrere Verdächtige, die infrage kämen.«

Brigitte ging zum Schrank und entnahm ihm eine Karaffe mit einer gelben Flüssigkeit sowie zwei Likörschalen.

»Weinbergpfirsich. Wird uns gut tun.« Sie schenkte die Schälchen voll und reichte eines davon Margareta, die vorsichtig an dem gut duftenden Inhalt nippte.

»Los, runter damit. Das entspannt«, sagte Brigitte. »Ich habe schon gehört, dass Sie in der Mordsache ermitteln. Wie Donnerhall eilt Ihnen Ihr Ruf als private Ermittlerin voraus. Erzählen Sie mir, was Sie bisher herausgefunden haben?«

Nur kurz grübelte Margareta darüber nach, wer Brigitte von ihr erzählt haben könnte. Sie fühlte sich geschmeichelt. Worte wie: private Ermittlerin und in der Mordsache ermitteln gingen ihr runter wie Öl. Der herrlich fruchtige Pfirsichlikör verfehlte ebenfalls seine Wirkung nicht und löste ihre Zunge.

»Und ich stehe auch auf Ihrer Verdächtigenliste?«, fragte Brigitte eher amüsiert.

»Nein, nicht wirklich. Ich wollte Sie kennenlernen und eventuell noch etwas über Harald erfahren, was mich vielleicht weiterbringt.« Nach einem weiteren Pfirsichlikör, den Brigitte ihr aufgedrängt hatte, lehnte sie sich entspannt zurück. Schön musste es sein, hier in dieser Villa im noblen Brucker-Holt-Viertel in Essen-Bredenay zu wohnen, dachte Margareta verträumt und bestaunte die Gemälde an den zartgelb getünchten Wänden. Bis heute war ihr die Existenz solcher Villenviertel im Ruhrgebiet völlig unbekannt gewesen.

»Wer ist Ihr Hauptverdächtiger?«, wollte Brigitte wissen.

»Mein Hauptverdächtiger ist ein feuriger Postkarten-Ungar. Er wohnt auf einem Märchenschloss am Rande des Ruhrgebiets.«

Brigittes Augen wurden immer größer. »Ist nicht wahr?«

»Er hat mir angedroht, mir den Hals umzudrehen und mich in den Schlossgraben zu werfen, wenn ich mich noch einmal im Schloss blicken lasse. Er hat mich erwischt, als ich dort im Keller herumspioniert habe.«

Die alte Dame, inzwischen beim vierten Likörchen angelangt, war hin und weg. »Sie waren auf einem Schloss?«

»Ja, erst vor Kurzem. Nächstes Wochenende fahre ich wieder hin. Trotz der Drohung dieses Arpad Horvats. Ich nehme meine Mutter mit.«

»Als Anstandswauwau?«

»Nee, sie zahlt.«

»Was macht dieser Ungar dort?«

»Er ist Gräfin Carolins Gehilfe. Gräfin von Tiefsbach wurde ebenfalls von Harald betrogen.«

»Du meine Güte, ist das spannend. Erzählen Sie mir davon.«

Margareta wusste nicht, woran es lag, dass sie lossprudelte und Brigitte ihr gesamtes Wissen von A bis Z vor die edlen Goldschläppchenfüße kippte. Nur unterbrochen von Else, die zwischendurch ein Süppchen und Lachshäppchen reichte, wurde alles durchgekaut.

Auch Brigitte war nicht mundfaul, fasste Vertrauen zu Margareta, deren direkte Art sie in den Bann zog. Sie berichtete ihr im Gegenzug von den Fehlversuchen, den richtigen Mann zu finden, nachdem ihr geliebter Berthold viel zu früh das Zeitliche gesegnet hatte. Von den Tagesausflügen, die nur einmal einen Typ wie Simon von Brehden hervorgezaubert hatten, erzählte sie. Vom lieben, aber arg blöden Frank mit den kariösen Karussellzähnen sowie vom 28-jährigen Gärtnersohn, sexuell eine Granate, ansonsten faul wie Brot, berichtete sie ebenfalls. Sämtliche Golf- und Bridgeclub-Bekanntschaften, miefende Mumien, denen man im Laufen die Schuhe besohlen konnte, sowie Bekannte aus dem Tennisverein und dem literarischen Kreis bekamen ihr Fett weg. Auch von alten Landgrafen, Schauspielerdoubles und Opernsängerattrappen hätte Brigitte die Nase gestrichen voll, wie sie sagte.

Nach mehr als drei Stunden rauchte den beiden Frauen – sie waren inzwischen beim Du – der Kopf. Sie hatten sich alles von der Seele geredet, sie waren wieder blitzeblank.

Lag es am Weinbergpfirsich? Selten hatte Margareta sich jemandem so offenbart.

»Nimm mich mit aufs Schloss, Margareta! Ich könnte mir den Grafen vornehmen.«

»Arpad rastet aus, wenn wir zu dritt dort aufschlagen«, überlegte Margareta laut. Von der Idee war sie jedoch angetan.

»Wir reisen natürlich getrennt an. Alois bringt mich bis knapp zum Ziel, für den Rest nehme ich ein Taxi. Das macht sich besser.«

»So machen wir es!« Margareta erhob sich. »Es wird Zeit für mich, sonst komme ich in den Feierabendverkehr.« In der Rush Hour von Essen zurück nach Gelsenkirchen zu kommen, war kein Waldspaziergang. Da konnte man im schlimmsten Fall schon mal zwei Stunden einplanen.

Die beiden ungleichen Frauen fielen sich zum Abschied in die Arme.

Margareta wollte zwar so schnell keine Freundin mehr, doch diese hier war ihr regelrecht zugeflogen und konnte äußerst nützlich für sie sein.

Tanja Beuker hatte sich gefreut, ein neues Gesicht bei der Chorprobe zu sehen, und Margareta fühlte sich freundlich aufgenommen. Sie erlebte hier in dem Proberaum des Kirchenkellers eine ganz andere Tanja und musste zugeben, dass sie die Frau unterschätzt hatte. Frau Beuker wirkte selbstbewusst, sympathisch und kannte sich in ihrem Metier aus. In ihrem Blick lag so viel Wärme, dass sie über ihr fettiges Haar und die ungeschminkte Haut gerne hinwegsah. Ja, sich sogar fragte, ob das nicht überbewertet wurde, Haare waschen und schminken.

Ob sie wüsste, was ein Kirchenchor genau mache und ob sie überhaupt schon mal in einem Chor gesungen hätte, wurde sie von Tanja gefragt. Als sie beides verneinte und der Raum sich immens schnell füllte, meinte Tanja: »Wir reden später, bleiben Sie doch nachher noch ein paar Minuten länger, wenn die anderen gegangen sind.«

»Ihr müsst mit den Lippen vögeln, Kinder, ihr müsst mit den Lippen vögeln«, fielen Margareta die Mahnungen ihres hageren Musiklehrers mit der kleinen Nase, der sie ab der siebten Klasse in Musik unterrichtet hatte, plötzlich ein. Sie sah ihn vor sich stehen, als wäre es gestern gewesen und musste schmunzeln.

Als Tanja die Anwesenden, unter ihnen Susanne Mackenrodt, begrüßt hatte, gab sie Margareta die Gelegenheit, sich selbst kurz vorzustellen. Das behagte Margareta gar nicht. Es machte sie nervös. Sie spürte, dass Susanne sie erkannt hatte. Spöttisch verzog diese die Mundwinkel. Margareta stammelte ihren Namen und gab vor, sich die Chorprobe einmal anschauen zu wollen, um dann zu entscheiden, ob sie in Zukunft mitsingen würde. Irgendwie kam sie sich vor wie in einer Selbsthilfegruppe, in der sich kaputte Typen gegenseitig outeten und ihr Leid klagten. »Hallo, ich bin die Margareta und ich bin Alkoholikerin«, hörte sie sich im Geiste sagen.

Tanja riss sie jedoch schnell aus ihren Gedanken. »Altstimme, Sie haben eine wunderbare Altstimme. Wir könnten Sie gut gebrauchen.«

Margareta schaute sich die Chormitglieder an. Sie wirkten so erotisch wie Gesangbücher und mürbe wie an Ostern zufällig entdeckte Weihnachtskekse. Nichts mit Partnerbörse Kirchenchor. Konnte sie also vergessen.

Margareta war erstaunt, dass Susanne und Tanja so freundschaftlich miteinander umgingen. Hätte ihr jemand den Nacken mit heißem Kaffee verbrüht, hätte das Konsequenzen gehabt, aber hallo!

Das Lied *Wir pflügen und wir streuen* sollte für das bald stattfindende Erntedankfest eingeübt werden, woraufhin ein Geraune durch den Raum ging und alle aufgeregt in ihren Liederbüchern blätterten, als gäbe es etwas zu gewinnen. Auf ein Zeichen von Tanja sprangen sie allesamt auf und verteilten sich um vier Notenständer. Tanja stampfte zum alten Klavier und begann wild darauf herumzuklimpern, um ihm die passenden Töne zu entlocken. Dann erhob sie sich, schnappte sich ihren Taktstock, ließ mehrmals ein lautes »Hmmmm« ihrem Mund entweichen, bevor alle gemeinsam begannen, verbal Samen über das Land zu verteilen. Irgendwann schlug Tanja mit dem Stock gegen das unschuldige Klavier und schrie hysterisch:

»So nicht! So doch nicht! Waldemar, du lagst einen Ton zu hoch, Susanne, du leierst ja heute, nicht auszuhalten.«

Doch eine Retourkutsche für den Kaffee-Angriff?

Es folgten noch die Lieder *Auf, stimmet für der Ernte Segen* und *Das Feld ist weiß*, welche mehrfach geübt wurden. Der ganze Chor gemeinsam, einzelne Stimmgruppen, einzelne Liedsequenzen, immer wieder von vorne.

Margareta war nach einer Stunde total kirre im Kopf und für sie stand fest, dass Singen in einem Chor niemals infrage käme.

Das schnatternde Chorvolk verdünnisierte sich, nicht ohne Tanja das Versprechen abzunehmen, auf ein Bier in die Kneipe an der Ecke nachzukommen, wie jeden Dienstag.

Der lange Waldemar mit dem enorm starken Bartwuchs schmachtete Margareta an. »Sie kommen doch auch noch mit, oder?«

»Mal schauen«, meinte Margareta nur.

Leider gelang es ihr nicht mehr, mit Susanne Mackenrodt ins Gespräch zu kommen, dafür kam sie gleich zum Punkt, als Tanja sich einen Stuhl heranzog und sich mit ihrer Stimmflöte in der Hand ihr gegenüber setzte. Die Lust, die Tonleiter rauf und runter zu singen, war ihr gründlich vergangen.

»Sie wollen gar nicht in unserem Chor singen, Sie kommen wegen Harald, nicht wahr?«

Tanja war nicht so dumm, wie sie vom Äußerlichen her wirkte. Irgendwie mochte Margareta diese Frau, die es im Leben bestimmt nicht immer einfach gehabt hatte.

»Nein, ich wollte Sie näher kennenlernen. Sie und auch Susanne Mackenrodt.«

»Wegen Harald?« Aus traurigen Augen sah Tanja Margareta an.

Glaubte diese Frau tatsächlich, sie hätte bei Harald jemals auch nur die kleinste Chance gehabt? Klar, es kam bei einem Menschen in erster Linie auf die inneren Werte an. Doch welcher Mann, ausgenommen einer, der selbst mit einem Riesenmakel ausgestattet war, würde sich die Mühe machen, den guten Charakter hinter ihrem wenig attraktiven Äußeren entdecken zu wollen?

»Harald hat mich geliebt. Es war ihm nur noch nicht bewusst gewesen. Die Hexe Mackenrodt hat es ihm immer wieder auszureden versucht«, kam es Tanja selbstbewusst über die Lippen.

»Aha«, sagte Margareta geschockt und war erstaunt, wie sehr Tanja von sich überzeugt war.

»Ja, er hat mir ständig Zeichen gegeben, kleine Hinweise. Ich habe ihm Briefe geschrieben, lange Briefe.«

»Und was hat er geantwortet?«

»Gar nichts, aber er hat mir Botschaften zukommen lassen, dass er sie gelesen hat. Das hat mir gereicht. Ich wusste, dass unsere Zeit kommen würde. Wer konnte ahnen, dass Harald vorher ermordet wird?«

»Stimmt, das konnte niemand wissen. Haben Sie einen Verdacht?« Ihr Gefühl sagte Margareta, dass sie es ganz bestimmt nicht gewesen war.

»Die Mackenrodt war es. Wer denn sonst? Harald wollte ihr das geliehene Geld nicht zurückgeben, hatte längst eine andere. Sie war eifersüchtig, konnte es nicht ertragen, ihn mit anderen Frauen zu teilen.«

»Aha.« Gar nicht so schlecht, diese Theorie, dachte Margareta. »Und Sie, waren Sie nicht eifersüchtig, dass Harald andere Liebschaften hatte?«

»Nein, wie gesagt, unsere Zeit war noch nicht reif.« Aus unschuldigen Kuhaugen sah Tanja Margareta an, holte ein rotzgrünes Herrentaschentuch aus ihrer Westentasche und schnäuzte sich kräftig die Nase. Benjamin Blümchens ›Törööö‹ war nichts dagegen.

»Sie glauben ernsthaft, dass es Susanne Mackenrodt war?«, fragte Margareta, als der Krach abebbte.

»Ja, sicher.« Wieder schaute Tanja Margareta lange an. »Was glauben Sie denn? Mein Vater sagte mir, dass Sie eine Art private Ermittlerin sind.«

»Das wäre übertrieben«, antwortete Margareta geschmeichelt. »Ich kenne Harald von früher. Wir sind zusammen zur Schule gegangen. Mich interessiert allerdings in der Tat, wer ihn umgebracht hat.«

Margareta wunderte sich über Tanjas Naivität. Was für Botschaften sollte er ihr gesendet haben? Sie musste mehr erfahren, unbedingt. Sie redete Tanja ordentlich nach dem Mund und gab nichts von ihrem Verhältnis zu Harald preis. Ebenfalls wollte sie ihr Brigitte und Carolin von Tiefsbach verschweigen und Tanja in dem Glauben lassen, dass auch sie von der tiefen Liebe Haralds zu ihr überzeugt war.

Tanja redete und redete. Endlich hörte ihr mal jemand in ihrem Alter zu, nahm sie für voll, interessierte sich für alles, was sie bewegte. Nach einer halben Stunde – Margareta schaute nervös auf ihre Armbanduhr – wollte sie die Unterhaltung vorsichtig beenden, da griff Tanja mit ihrer großen Hand nach Margaretas Rechten und drückte diese sanft.

»Sie sind eine so nette Frau«, flüsterte sie gerührt. »Glauben Sie mir, die Mackenrodt taugt nichts. Wenn wir beide uns mal besser kennen, erzähle ich Ihnen mehr.«

Margareta fragte sich, wie lange das wohl dauern würde. Verlegen lächelte sie Tanja an.

»Ach, da haben wir uns aber verquatscht«, meinte diese und schaute ebenfalls auf ihre Uhr. »Vielleicht können wir uns irgendwann auf einen Kaffee treffen oder Sie besuchen mich mal?« Aus großen Augen starrte sie Margareta erwartungsvoll an.

»Gerne, rufen Sie mich an.« Margareta gab ihr eine Visitenkarte und befreite sich zaghaft aus Tanjas Hand. Draußen atmete sie erst einmal tief durch und genoss die milde Abendluft. Kurz nach halb zehn war die Sonne bereits untergegangen. Langsam schlenderte sie die Cranger Straße hinunter, vorbei an dem kleinen Park vor der Kirche. Bewusst hatte sie an diesem Abend ihr Auto stehen lassen und war den Weg zu Fuß angetreten. Gerade als sie in den Gartmannshof einbiegen wollte, in die Straße, die sie direkt zu ihrer Wohnung führte, sah sie von Weitem einige Chormitglieder aus der kleinen Kneipe neben der Sparkasse strömen. Munter schnatternd blieben sie an der Kreuzung stehen und stoben wenige Minuten später auseinander. Sie entdeckte Susanne Mackenrodt und eilte zu ihr. Als Margareta sie erreichte, starrten sich beide Frauen sekundenlang an.

»Na, Aufnahmeprüfung bestanden?«, fragte Susanne sie spöttisch.

»Ja, alles erledigt«, säuselte Margareta freundlich.

»Werden Sie also bei uns im Chor mitsingen?« Hämisch verzog Susanne Mackenrodt ihren Mund, was trotz der einbrechenden Dunkelheit unschwer zu erkennen war.

»Mal schauen. Ich habe mich noch nicht entschieden.« Sekundenlanges Schweigen. Margareta sagte sich, dass es das Gescheiteste wäre, sie stehen zu lassen und heim zu gehen, doch wie gebannt blickte sie in das Gesicht der Mackenrodt, das ihr plötzlich wie ein Fratze vorkam. Den

Respekt vor der Frau hatte sie im Vorraum der Toilette des Cafés verloren, als sie das primitive Gespräch mit Udo Mehlhase belauscht hatte. Sie fragte sich, was diese beiden Weiber Mackenrodt und Beuker sich eigentlich einbildeten. Niemals hätte sich Harald für eine von ihnen entschieden.

»Sie haben gar nicht vor, unserem Chor beizutreten«, kam es gehässig aus Susannes zornigem Mund. »Von wegen singen. Schnüffeln wollen Sie, mehr nicht. Sie waren scharf auf Harald.«

»Na, wenn Sie das sagen«, meinte Margareta und zwang sich, gelassen zu bleiben, sich bloß nicht auf Susannes Niveau zu begeben.

»Udo hat mir erzählt, was Sache ist«, schrie sie regelrecht in die fast dunkle Abendluft.

Margareta grinste nur, straffte die Schultern und ließ die Frau stehen. Sie hörte Susanne Mackenrodt fluchen. »Blöde Kuh, neugieriges Luder, Miststück« waren noch die harmlosesten Bezeichnungen, die Margareta erreichten.

Sie musste schmunzeln. Ein gut aussehender Kerl ließ Frauen zu Hyänen werden. Sich mit der Dame anzufreunden, konnte sie getrost vergessen. Auf der Highscore-Liste der potenziellen Mörderinnen und Mörder stieg Susanne Mackenrodt jedoch ganz nach oben.

7

Er war so ein herrlicher Morgen, alles konnte so schön sein, wenn da nicht …

Kriemhild Beuker, 72 Jahre alt, fast ein halbes Jahrhundert mit dem geizigen Oskar verheiratet, wischte gerade den Küchentisch ab. Eine graue Haarsträhne ihres gepflegten Kurzhaarschnittes fiel ihr ins Gesicht und ließ sie jünger aussehen. Er war mit dem Frühstück fertig, hatte sie mit finsterem Blick angeschaut, sodass sie sofort aktiv geworden war, um alles wieder in seinen Urzustand zu versetzen. So wie er es gerne hatte. Er war nicht in der Lage, sich selbst ein Frühstück zu bereiten. Lieber aß er nichts. Ein halbes Jahrhundert hatte sie sich nun schon für diesen Sturkopf abgeschuftet, schließlich hatte er das Geld herangeschafft, wie er fortwährend betonte. Im Gegenzug hatte sie die gemeinsamen Kinder großgezogen, aus zwei von ihnen war etwas Anständiges geworden, wie man so schön sagte. Tanja hockte leider immer noch bei den Eltern herum. Kriemhild seufzte. Nie kamen Klagen von ihr, doch was sie gestern zu hören bekommen hatte, ging zu weit, entschieden zu weit.

Oskar habe in der Buer'schen City im Café gesessen, erzählte ihr ihre Nachbarin Henny Schubert. Ihm gegenüber eine Walküre von Frau, großbusig, laut schnatternd, mit einer mittelblonden Dauerwelle. Sehr vertraut hätten die beiden über Tanja gesprochen. So locker und gelöst habe sie ihren Nachbarn noch nie erlebt, wie ausgewechselt.

Um acht Uhr hatte er einen Termin beim Urologen, dem

er schon seit Wochen wegen der immer gleichen Beschwer-
den die Ohren volljammerte. Seine Innenschenkel schlie-
fen ständig ein, kurze Zeit später auch seine Hoden. Erst
nach längerem Laufen käme wieder Leben in die beklagten
Körperteile. Na ja, sein bestes Stück lag seit einigen Jahren im tiefen Dornröschenschlaf. Sollte nun diese Frau es
etwa schaffen, seinen schlafenden Prinzen zu erwecken?
Jedenfalls kehrte Oskar erst nach mehr als drei Stunden
von dem Arztbesuch heim und wollte gar nichts essen. Da
hätte sie bereits Verdacht schöpfen müssen. Seine Schilderung, was der gute Doktor denn dieses Mal für Untersu-
chungen an ihm mit welchen Gerätschaften durchgeführt
hatte, blieb ebenfalls aus. Erst Henny Schubert hatte ihr
die Augen geöffnet.

Als sie ihn mit der Frage konfrontierte, wer denn diese
Person in dem Café gewesen sei, hatte Oskar nur geantwortet, es handele sich um eine Frau aus der Nachbarschaft, die er vor Kurzem im Berger Park kennengelernt
hätte. Schlimm genug, dass er Frauen im Park ansprach,
meinte Kriemhild. Doch er winkte nur ab, setzte sich in
seinem mit Kopfschuppen übersäten Fernsehsessel und
starrte in den Garten.

»Wann waren wir zuletzt in einem Lokal oder in einem
Café?«, fragte Kriemhild Oskar mit traurigen Augen.

»Letzte Woche, bei der Beerdigung von Kleinschnittger«, kam es nuschelnd aus seinem Mund.

»Sag mal, willst du mich vernatzen? Das zählt ja wohl
nicht. Notgedrungen bist du mit mir und Tanja dort hin.«

»Komm, lass deine Vorwürfe. Wenn ich schon in eure
verbiesterten Gesichter sehe, vergeht mir die Lust auf alles.
Ich frage mich, was ich verbrochen habe, mit euch beiden
gestraft zu sein.«

»Und deshalb gehst du mit einer fremden Frau frühstücken?« Kriemhild konnte einfach nicht begreifen, was sie da eben aus dem Munde ihres erzkonservativen Mannes gehört hatte. Sitte und Anstand waren für ihn immer oberstes Gebot gewesen. Zählte das nun nicht mehr? Das sollte sie sich einmal erlauben, mit einem Nachbarn irgendwo einzukehren.

»Wir trafen uns zufällig auf der Hochstraße. Was ist schlimm daran, mich mit der Frau in ein Café zu setzen, um mich zu unterhalten? Sie ist so frisch und voller Eifer. Das bringt ein wenig Schwung in mein tristes Leben.«

»Und ich? Was ist mit mir?« Kriemhilds Gesicht war eine einzige Anklage. »Ich schufte von morgens bis abends, um es dir recht zu machen. Und was ist der Dank? Du gehst mit anderen Frauen frühstücken. Bestimmt war dieses Treffen nicht das erste, nachdem du sie im Wald angesprochen hast.«

»Nein, wir waren schon einmal Kaffee trinken.« Oskar griff sich die Tageszeitung, schlug sie auf und beachtete Kriemhild nicht weiter. Das Thema war für ihn erledigt.

»Und das sagst du mir so einfach ins Gesicht?« Tränen liefen über Kriemhilds sorgfältig geschminkte Wangen.

»Wohin soll ich es dir denn sonst sagen? Was anderes als dein Gesicht bekomme ich ja nicht mehr zu sehen.«

Jetzt musste Kriemhild lachen. Laut und schallend polterte sie los wie lange nicht mehr. »Du halbe Portion von Mann willst dich beklagen?«

Geschockt starrte er sie an. So eine Antwort hatte sie ihm noch nie gegeben.

»Geh doch zu dieser Frau. Pack deine Sachen und verschwinde. Lass sie für dich sorgen und sich die Hacken abrennen. Und deine durchgeknallte Mördertochter kannst du gleich mitnehmen. Was meinst du, wie gut es mir dann geht.«

»Das glaubst nur du. Das Haus kannst du vergessen. Mit dem bisschen Unterhalt, den ich dir zahlen müsste, wirst du nicht weit kommen.« Seine Augen verengten sich zu gruseligen Schlitzen. Das war die Vorstufe zu einem Tobsuchtsanfall, der diesem irren Blick meistens folgte. Schon Nichtigkeiten konnten diesen Tyrannen ausrasten lassen: wenn die Kühlschranktür seiner Meinung nach zu lange offen stand, irgendwo im Haus unnötig Licht brannte oder das warme Wasser beim Duschen angeblich nicht rechtzeitig abgestellt wurde.

Wie hässlich er doch war, dachte Kriemhild. Sein Gesicht, das sie früher markant fand, war nur noch eine große kantige Fratze. Vielleicht gar nicht so schlecht, wenn sie das Weite suchte. Sie würde auch alleine zurecht kommen, hörte sie eine beruhigende Stimme in ihrem Inneren.

»Ich bin genügsam. Das habe ich an deiner Seite lernen müssen. Eine kleine Wohnung reicht mir.«

»Und Tanja? Was bist du nur für eine Mutter, die ihr Kind nicht mehr will?«

Nun wurde Kriemhilds Stimme noch ruhiger und sicherer. »Du willst sie doch lieber heute als morgen loswerden. Wird Zeit, dass sie endlich lernt, auf eigenen Beinen zu stehen, mit ihren 45 Jahren. Du siehst doch, was aus ihr geworden ist. Sie hat sich einem Mann an den Hals geworfen, der nichts von ihr wissen wollte.«

Oskar legte die Zeitung beiseite und schaute Kriemhild an, als traute er seinen Ohren nicht. Für ihn völlig unverständlich, wieso seine Frau plötzlich aufbegehrte. Galt für sie nicht mehr das Zitat aus der Bibel ›Die Frau sei dem Manne untertan‹? Was lief hier falsch? Hatte sie es denn nicht gut?

»Deshalb ist sie doch keine Mörderin«, rief er empört in den dämmerigen Raum und suchte Blickkontakt zu seiner Gattin.

»Ich spreche nur aus, was du denkst.«

»Du meinst, sie hat Harald auf dem Gewissen?«

Kriemhild blieb ihm eine Antwort schuldig, band sich die Baumwollschürze ab und verließ das Zimmer. Oben in ihrem gemeinsamen Schlafzimmer angekommen, setzte sie sich aufs Bett und ließ ihre Ehejahre Revue passieren. Aufmerksam und liebevoll hatte er sie nie behandelt. Er gab ihr das Gefühl von Sicherheit und Geborgenheit, daran bestand kein Zweifel. Aber brauchte sie ihn wirklich?

Kriemhild betrachtete sich in dem großen Kommodenspiegel und musste feststellen, dass sie für ihr Alter noch sehr gut aussah. Kein Gramm zu viel auf den Hüften, kaum Falten in ihrem fein geschnittenen Gesicht, stets eine gepflegte Frisur.

Sie wischte sich die Tränen fort und holte sich vom Dachboden den blauen Koffer. War sie eigentlich schon einmal alleine verreist, fragte sie sich und spürte nie gekannte Abenteuerlust in sich aufkeimen. Er hatte einen Denkzettel verdient, stand für sie fest. Sie packte mit äußerster Gelassenheit einige Kleidungsstücke ein, holte ihre Geldkassette aus dem Wäschefach hervor, in der sie seit Jahren jeden Monat einen kleinen Teil ihres Haushaltsgeldes zurückgelegt hatte. Ein hübsches Sümmchen war dabei zusammengekommen. In aller Ruhe wählte sie die Nummer ihrer Schwester Almuth, die im oberbergischen Lieberhausen wohnte, und kündigte ihr ihren spontanen Besuch an. Sie wollte doch schon lange mit ihr einmal verreisen, wenn nicht jetzt, wann dann?

»Und dann war sie weg. Ist mit dem Taxi davongefahren. Bräuchte eine Auszeit, hat sie gesagt. Lässt mich und Tanja allein. Mörderin hat sie ihre eigene Tochter genannt. Das muss man sich mal vorstellen. Was mach ich denn jetzt?«

›Nachtigall, ick hör dir trapsen‹, dachte Waltraud, als sie auf die jämmerliche Gestalt blickte, die völlig verzweifelt auf ihrem Mohairsofa saß. Er besaß tatsächlich die Frechheit, hier so einfach aufzutauchen, dachte Waltraud geschockt.

»Noch nicht mal an das Kind hat sie gedacht. Wenn Tanja gleich aus dem Kindergarten kommt, findet sie noch nicht einmal eine warme Mahlzeit vor. Von mir mal ganz zu schweigen.«

»Aber erlaube mal Oskar, das ›Kind‹ ist immerhin 45 Jahre alt und kann sich selbst versorgen. Und was dich betrifft, ich hätte dir gerne etwas Warmes angeboten, doch bei mir bleibt die Küche heute kalt.«

Oskar Beuker starrte sie mit weit aufgerissenen Augen an. War das etwa auch so eine Emanzipierte?, dachte er grimmig. Bis vor wenigen Minuten noch von seiner neuen Errungenschaft total begeistert, kamen ihm nun erste Zweifel. Obendrein entsprach sie vom Äußerlichen nicht so ganz seinen Vorstellungen, doch hatte er gehofft, sie sei dagegen mit äußerst guten inneren Werten gesegnet. Das war wohl ein Trugschluss.

»Wir könnten uns eine Pizza bestellen«, schlug Waltraud besänftigend vor.

»Pizza? So einen Dreck habe ich noch nie gegessen. Von fremden Menschen zubereitet, soll ich mir die auch noch ins Haus liefern lassen? Das ist unter meinem Niveau, liebe Waltraud.« Erbost schaute er sie an, als zweifelte er an ihrem Verstand.

Waltraud kochte innerlich. Was bildete sich dieser pensionierte Stadtrat eigentlich ein?

»Was hat das mit Niveau zu tun? Auch Akademiker bestellen sich Pizza von einem Lieferservice. Das ist heute so.«

»Kriemhild hat die Mahlzeiten immer selbst zubereitet.«

»Du hast mir erzählt, dass ihr oft zum Essen ausgegangen seid. Das bereiten doch auch fremde Menschen zu.«

»Das kann man ja wohl nicht vergleichen. Wir kehren nur in ausgesuchte Lokale ein, die wir lange kennen«, kam es patzig und überheblich aus seinem Mund. Obwohl er sich eingestehen musste, dass der letzte Restaurantbesuch sehr lange zurücklag.

»Und ich nur in Frittenbuden, oder wie?«

»Das habe ich nicht gesagt.«

»Ja, aber Kriemhild ist ja nun weg. Wenn du nicht verhungern willst, musst du dir was einfallen lassen.«

»Hmm«, grunzte Oskar nur und knetete in seinem Gesicht herum. »Ich dachte, du könntest vielleicht ein paar Tage zu mir ziehen.« Wie ein Kind kurz vor der Bescherung schaute er sie erwartungsvoll an. »Wir haben uns doch so gut verstanden.«

›Er dreht durch‹, dachte Waltraud. ›Und wenn die gute Kriemhild es sich anders überlegt, kriege ich einen Tritt in den Hintern, mal ganz davon abgesehen, dass ich keine Lust habe, die Dienstmagd für diesen Pascha zu spielen. Vielleicht ist ja was Wahres dran und die psychopathische Tochter hat tatsächlich den guten Harald auf dem Gewissen. Unter einem Dach mit einer Mörderin, nein danke!‹

»Sich gut verstehen und zusammenziehen sind allerdings zwei völlig verschiedene Dinge. Das habe ich längst hinter mir: Mann nach Strich und Faden verwöhnen.

Warum sollte ich mir das antun? Wieso sollte ich dich tränken und verköstigen? Wir können uns gerne hin und wieder auf einen Kaffee treffen, doch bei dir einziehen, kein Interesse.«

»Du siehst mich enttäuscht, meine Gute.« Beleidigt schaute Oskar Waltraud an. Wut kochte in ihm hoch. Was bildete sich diese Frau ein?, fragte er sich. Jede andere wäre glücklich, bei mir einziehen zu dürfen, und wenn auch nur für ein paar Tage. Er sah sich mit abfälligem Blick in ihrem Wohnzimmer um. Wie ärmlich sie hier hauste, in dieser verruchten Gegend. Glücklich müsste sie sein, sich mal ein paar Tage in einem anderen Umfeld aufzuhalten. Eine Schönheit war sie ebenfalls nicht. Kriemhild war eine Augenweide gegen diese impertinente Kuh, von deren Fröhlichkeit und der frischen Art nichts mehr übrig war. Nach so kurzer Zeit schon zeigte sie ihr wahres Gesicht. Nicht mal etwas zu essen bereitete sie mir. Außer einem jämmerlichen Kaffee bot sie mir nichts an.

Er starrte auf den altertümlichen Zeitungsständer rechts neben sich. Oskars Hände begannen zu zittern. Er befühlte nun mit seiner rechten Hand den Griff und überlegte, was wäre, wenn er ihr mit dem Ding auf den Kopf schlagen würde. Dann würde ihr frecher Mund schweigen. Verdient hatte sie es. Doch er stand behäbig von dem Sofa auf, um mit holperigem Gang in die Diele zu tapsen. Ohne ein weiteres Wort verließ er Waltrauds Wohnung.

Waltraud verriegelte die Wohnungstür und lehnte sich schwer atmend dagegen. Sie schloss ihre Augen und seufzte vor Erleichterung. Fassungslos setzte sie sich wenig später ins Wohnzimmer und starrte auf den Zeitungsständer. Hatte er tatsächlich vorgehabt, sie damit niederzuschlagen? Welch eine kriminelle Brut, der ehemalige Stadtrat und seine Tochter. Das Weite zu suchen, war das einzig Richtige, was Kriemhild Waltrauds Meinung nach tun konnte.

Helmut Blauländer saß über dem Protokoll der SOKO-Kleinschnittger-Sitzung, die am frühen Donnerstagmorgen stattgefunden hatte. Die Sonne schien in sein kleines Büro und kündigte einen warmen Sommertag an. Sein blaues kurzärmliges Hemd klebte ihm am Rücken fest, der Schweiß rann ihm bis in die Unterhose. Es war der 16. August und das Thermometer auf seinem Schreibtisch zeigte bereits 28 Grad Raumtemperatur an. Er fluchte vor sich hin. Wut auf seinen Kollegen Kornblum ließ ihn gegen seinen Schreibtisch treten.

Nicht einen Knüppel hatte Stefan Kornblum ihm zwischen die Beine geworfen, nein, es waren mindestens die Äste eines halben Baumes, die ihn während der Sitzung in fünfminütigen Abständen trafen. Seine vor versammelter Mannschaft vorgetragenen Ermittlungserfolge – zugegeben, nichts Weltbewegendes – versuchte er zu widerlegen und niederzumachen. Am liebsten hätte er ihn rausgeworfen.

Schon mehrmals hatte er sein Handy in der Hand gehalten und Margareta Sommerfeld anrufen wollen. Dann schalt er sich einen Narren, scharf auf die Infos einer chaotischen Hobbyermittlerin zu sein. Und doch hatte sie ein feines Gespür für kriminelle Energie, wusste er. Er musste mehr über diesen Arpad Horvat erfahren. Unbedingt.

Ein Klopfen an der Tür ließ ihn zusammenzucken. Kornblum stürmte herein. Immerhin hatte er angeklopft. Er hielt seinem verdutzten Kollegen einen Eisbecher entgegen.

»Vanille und Walnuss, sechs Kugeln, mit Sahne«, strahlte Kornblum Blauländer an.

Gerührt nahm Blauländer den Becher entgegen, um ihn sich genussvoll einzuverleiben. Doch nicht so ein Schlechter, der Stefan Kornblum?

»Und diese Carmen hat diesem Horvat ein Alibi gegeben?«, wollte Blauländer von ihm wissen.

»Ja, sie wäre den ganzen Abend mit ihm zusammen gewesen und nach Mitternacht mit auf sein Zimmer gegangen. Als sie sich gegen sechs Uhr morgens anzog, hätte der Ungar noch fest geschlafen.«

»Und, wirkte sie glaubwürdig?«

»Ich denke schon. Wieso? Halten Sie diesen Arpad für den Mörder?«

»Ich bin mir sicher, dass er in der Tatnacht in Gelsenkirchen war. Dieses Gewusel auf dieser Feier war doch für ihn die ideale Gelegenheit, unauffällig zu verschwinden. Diese kleine Kellnerin wird ihm gerne aus Gefälligkeit ein Alibi gegeben haben. Der Einwand der Gräfin, ihr Fahrzeug, welches auch Horvat gelegentlich benutzt, wäre zugeparkt gewesen, halte ich für ausgedacht. Er wird mit seinem Smart gefahren sein.«

»Hmm«, Kornblum schabte mit dem Löffel in seinem Eisbecher herum. »Was meint denn die Sommerfeld dazu?«

»Tja, das wüsste ich ehrlich gesagt auch gerne.« Kein dummer Kommentar von Kornblum folgte, was Blauländer wunderte.

»Haben Sie sie schon angerufen?«

»Nein, ich habe mich noch nicht entschieden.«

»Na, schaden kann es doch nicht«, meinte Kornblum, warf seinen leeren Eisbecher in den Papierkorb und verließ fröhlich pfeifend das Büro seines Kollegen.

Das hatten wir doch alles schon, dachte Margareta, und blätterte mit Ausdauer in der Speisenkarte ihres Lieblingsitalieners, die sie bereits in- und auswendig kannte. Im Schloss Berge, wie im vorigen Jahr, wollte Blauländer sich nicht mit ihr treffen. Gut gelaunt, weil sie ihren Stammplatz erwischt hatte, lehnte Margareta sich zurück. Ihr Blick blieb an den Artischockenherzen in der Salattheke schräg gegenüber hängen, die auch schon bessere Zeiten gesehen hatten. Wer aß so etwas noch?, dachte sie beim Betrachten der runden, schuppenartigen Gammelteile. Das war jedoch der einzige Minuspunkt, den sie für dieses Lokal vergeben würde.

Gut gelaunt war sie auch deshalb, weil der Orthopäde ihr noch eine Woche Erholung per Arbeitsunfähigkeitsbescheinigung gewährt hatte. Er hatte sie begrüßt, als käme sie von einer langen Reise nach Hause, zurück an Vatis Brust. Trotz des vollen Wartezimmers nahm er sich Zeit für sie, befummelte ihren verspannten Nacken und lauschte nickend ihrem Wehklagen. Hin und wieder schüttelte er mit dem Kopf, faselte etwas von: »Ja, ja, diese Fibromyalgie«, um letztendlich besagtes Formular in den Drucker zu schieben und auszudrucken.

Okay, eine Woche war jetzt nicht der Hammer und sie wagte langsam zu bezweifeln, ob Haralds Mörder bis nächste Woche tatsächlich hinter Schloss und Riegel sitzen würde. Sie sagte sich jedoch, besser eine Woche am Ball bleiben, alles piano laufen lassen, als sich in ihrer Damenoberbekleidungsabteilung ein Bein auszureißen.

Nun freute sie sich erst einmal auf das gute Essen. Als Aperitif wählte sie einen Prosecco Aperol zu Vitello tonnato als Vorspeise, als Hauptmenü Involtini al Gorgonzola, Kalbfleischröllchen mit Gorgonzola-Käse, gefüllt mit Spinat, dazu eine Chianti-Rotweinschorle. Blauländers Augen weiteten sich. Schweißperlen bildeten sich auf seiner Stirn, was sie veranlasste, gleich die Nachspeise zu ordern. Tiramisu an frischem Obst. Tutti kompletti rund 50 Euro allein für sie. Wenn sie ihn schon an ihren Ermittlungen teilhaben lassen würde, sollte er auch dafür zahlen.

Der Kommissar schluckte, zog die Mundwinkel nach unten, wählte ein Mineralwasser und eine Portion Tagliatelle con Punte di Filetto, Bandnudeln mit Filetspitzen, beides zusammen für 14 Euro. Seufzend legte er die Speisenkarte beiseite. Bei ihr zu Hause wäre es billiger gewesen, dachte er und überlegte krampfhaft, wie er diese Ausgaben Anni erklären sollte.

»Na, dann passen Sie aber auf, dass Ihnen dieser Ungar nicht gefährlich wird«, meinte Blauländer, nachdem das Essen gebracht worden war, und schaufelte die Nudeln gierig in sich hinein. Sein Blick streifte ihre köstlich aussehenden Kalbfleischröllchen, die sie mit Genuss und Ausdauer in winzige Stücke schnitt, um sie länger genießen zu können.

»Ich habe meine Mutter dabei. Die wird schon auf mich aufpassen.« Brigitte unterschlug Margareta wohlweislich. Alles musste er schließlich nicht wissen. Als sie erwähnte, dass ihre Mutter sie begleiten würde, hatte es bereits blöde Bemerkungen gehagelt.

»Wer weiß, was da so alles abgeht in diesem Schlosskeller. Alkohol, Drogen, Sexpartys. Da wird Ihre Mutter Sie kaum beschützen können.«

Margareta wusste nicht, ob das nun ein Scherz sein sollte oder ob der Kommissar das eben Gesagte tatsächlich ernst gemeint hatte. Was hatte er bloß für eine schmutzige Fantasie?

»Ich habe Ihnen bereits erzählt, was ich dort im Keller vorgefunden habe. Da war nichts mit Drogen und Sexpartys. Meinen Sie, ich hätte das nötig, oder was?«

»Das war doch nur ein Scherz. Außerdem muss es ja nichts bedeuten, wenn es beim letzten Mal friedlich abging. Das kann beim nächsten Aufeinandertreffen alles ganz anders sein. Wenn der Ungar sich in die Enge getrieben fühlt, wer weiß, wie er dann reagiert. Bleiben Sie dem Keller besser fern. Ich werde mir diesen Horvat in der nächsten Woche noch einmal vornehmen.«

»Ach, auf einmal so besorgt um mich? Aber neugierig, was ich dort eventuell in Erfahrung bringe, sind Sie schon. Oder?«

»Ja, natürlich. Wir können uns ja Anfang der Woche noch einmal treffen«, meinte er und hoffte im Stillen, dass diese Zusammenkunft in einer Eisdiele oder bei Margareta zu Hause stattfinden würde und nicht wieder hier in diesem teuren Restaurant.

»Von mir aus«, meinte Margareta gelangweilt. Sie war überzeugt, dass er sie bereits am Sonntagabend anrufen würde, von Neugier geplagt. »Sie haben Arpad also im Verdacht, Harald umgebracht zu haben?«

»Sie doch auch. Das haben Sie mehrfach erwähnt.« Dass er überzeugt war, dass er sich in der Tatnacht in Gelsenkirchen aufgehalten hatte, erwähnte er. Auch, dass Horvat ein Alibi hatte, was er allerdings nicht für hieb- und stichfest hielt.

Mit der letzten Weißbrotscheibe, die sich noch in dem Körbchen befand, putzte er die Soße von seinem Teller, was Margareta peinlich fand.

»Verdächtig kommt er mir schon vor, so wie er seine Gräfin bewacht. Bei seinem Temperament halte ich es durchaus für möglich, dass er Harald im Affekt getötet hat. Vielleicht wollte er ihn nur zur Rede stellen?«

»Mit der Drahtschlinge erdrosseln klingt nicht nach Mord im Affekt. Das bedarf schon Vorbereitung.«

Margareta zuckte mit den Schultern. »Ja, stimmt. Übrigens, diese Tanja Beuker und die Mackenrodt sind nicht ohne.« Nun folgte Margaretas Schilderung der Chorprobe und das anschließende Aufeinandertreffen mit Haralds Nachbarin. Helmut Blauländer musste schallend lachen.

»Sie machen aber auch vor nichts halt. Auf solch eine Idee muss man erst einmal kommen. Die Beuker ist eine etwas eigenartige Person. Doch scheint sie ihre Sache, wie Sie ja selbst erlebt haben, gut zu machen. Bei der Mackenrodt hätte ich nie gedacht, dass die sich so gehen lassen würde. Die hatte was mit dem Freund vom Kleinschnittger, mit diesem Mehlhase? Unfassbar. Und die hat Ihnen tatsächlich Beleidigungen hinterhergerufen? Dann werde ich die beiden Damen noch einmal unter die Lupe nehmen und zwar gleich Anfang der Woche.«

Margareta überlegte. »Ob ich ihnen einen Mord zutrauen würde, kann ich nicht sagen. Ein Motiv hätten beide gehabt.«

»Verschmähte Liebe hat schon aus vielen Frauen Mörderinnen werden lassen«, sinnierte Blauländer gedankenverloren und dachte an seine Anni. Auch Männer, die bis aufs Blut gereizt wurden, tickten hin und wieder aus. Wie oft war er kurz davor, auszurasten und Anni eine runterzuhauen, wenn sie Dinge verlangte, die einfach nicht machbar waren. Zum Glück hielten diese Momente nicht lange an. Meistens schämte er sich hinterher seiner bösen Gedanken.

Es folgten Verhaltensregeln vom Allerfeinsten. Ginge es nach Blauländer, durfte sie sich im Schloss keine fünf Meter von ihrer Mutter entfernen, um nicht in Gefahr zu geraten. Noch lieber wäre er selbst mitgefahren. Ein Schlosswochenende mit dieser Frau in einem Parkzimmer zu verbringen, übte einen ungemeinen Reiz für einen in die Jahre gekommenen Kommissar aus. ›Träumen werde ich ja noch dürfen‹, schalt er sich, dachte an Anni und seine Schwiegermutter, die ihn an diesem Wochenende wieder zur Weißglut bringen würde. Der alten Gisela wurde nämlich das Wasser abgesperrt. Bis die Sache geklärt war und Gisela wieder den Wasserhahn aufdrehen konnte, wohnte sie natürlich bei ihrer Tochter und dem lieben Schwiegersohn. Tolle Wochenendaussichten!

Trotz allem war er gespannt, was die Sommerfeld herausfinden würde. Schließlich hatte er investiert. Beim Anblick des köstlichen Tiramisus, über das sich Margareta gerade hermachte, lief ihm nun das Wasser im Mund zusammen. Er griff noch einmal nach der Speisenkarte und schlug die Seite mit den Nachspeisen auf. Zehn Euro für so eine Süßspeise war wirklich happig.

»Göttlich, kann ich Ihnen sagen, echt göttlich«, lobte Margareta ihren Nachtisch, der auf einem riesigen Teller mit allerlei Schokoladensoßenverzierungen und Puderzucker serviert worden war.

»Ich bin auf Diät, ich lasse es lieber«, entschied er und schluckte schwer. Dass es eher sein Taschengeld war, das auf Diät war, ging Margareta schließlich nichts an. Eigentlich sollte er dieses Essen als Spesen abrechnen, doch das würde bloß Ärger geben.

Draußen vor dem Lokal verabschiedeten sich Margareta und Blauländer voneinander. Väterlich zog er sie an sich, um sie auf beide Wangen zu küssen und ihr ein schönes Wochenende zu wünschen. Sie war sichtlich gerührt und Tränen traten in ihre Augen. Als sie in ihren Wagen stieg und davonfuhr, beflügelte Margareta die Aussicht, in weniger als zwei Stunden in Richtung Geldern zu starten. Sie freute sich auf Brigitte, weniger hingegen auf ihre Mutter Waltraud, die sie die ganze Fahrt über vollquatschen würde.

8

Die tief stehende Sonne schien Margareta ins Gesicht, als sie den Gartmannshof hinauffuhr. Neben sich ihre Mutter in einem unmöglichen Sommerkleid mit tiefem Ausschnitt und überdimensionalem braunen Blumenmuster. Es schimmerte seidig. Über dem Arm trug Waltraud ihre grüne Trachtenstrickjacke, ein Mitbringsel aus einem Bergurlaub. Was für eine Kombi.

»Woher hast du dieses Kleid?«, wollte Margareta wissen. Sie war so voller Tatendrang und guter Laune, konnte sich dennoch nicht beherrschen, danach zu fragen, auch auf die Gefahr hin, dass sie die gute Stimmung damit verderben könnte.

»Meta war es zu eng geworden, da hat sie es mir verkauft. Schön, nicht wahr? Es sitzt wie angegossen.« Voller Stolz streckte Waltraud ihren Busen heraus.

»Du hast dafür bezahlt? Für so einen alten Mist? Das ist doch mindestens 20 Jahre alt. Das trägt kein Mensch mehr.« Margareta schüttelte über die Dreistigkeit von Waltrauds Nachbarin, dafür auch noch Geld zu nehmen, nur den Kopf.

»16 Jahre wäre es alt, meinte Meta. Aber da ist doch noch nichts dran. Und ich dachte, wo wir auf ein Schloss fahren, muss es schon etwas Besonderes sein, was ich trage«, meinte Waltraud keineswegs beleidigt.

Während Waltraud nun damit anfing, ihre Tochter über Brigitte auszufragen, steuerte Margareta auf der übervollen Autobahn voller Sehnsucht Geldern entgegen. Sehnsucht wonach eigentlich? War sie tatsächlich so sensationsgierig? War ihr Leben so langweilig, dass sie sich immer wieder

Abwechslung verschaffen musste, indem sie die Nase in Dinge steckte, die sie überhaupt nichts angingen? Wieso musste sie sich immer wieder in Gefahr begeben? Hätte sie statt des Orthopäden vielleicht lieber einen Psychiater aufsuchen sollen?

Blöde innere Warnstimme. Um sich abzulenken und der inneren Stimme keine weitere Chance zu geben, berichtete sie ihrer Mutter von dem Mittagessen mit Blauländer.

»Der arme Mann. Du hast ihn ganz schön ausgenommen.«

»Ach, Waltraud, was gibt es im Leben schon umsonst?«

»Na, da bist du wenigstens mal wieder zu deinem Lieblingsessen gekommen.«

Arpad war der Täter, glaubte Margareta zu wissen. Sie war von Blauländers Theorie, dass er die günstige Gelegenheit genutzt hatte, überzeugt. Mag ja sein, dass er Harald nur zur Rede stellen, ihn bitten wollte, Gräfin Carolin in Ruhe zu lassen. Möglich, dass sein feuriges Wesen ihm einen Streich gespielt hatte. Doch ob Harald sich das Umlegen der Drahtschlinge einfach so hatte gefallen lassen? Er wurde vorher niedergeschlagen und konnte sich vielleicht nicht mehr wehren.

Sie konnte allerdings nicht glauben, dass Harald diesen Ungarn so mir nichts dir nichts ins Haus gebeten hatte. Der Tatort war der Kellergang gewesen. Was hatten sie im Keller zu suchen?

Waltrauds Verzückungsschreie rissen Margareta aus ihren Gedanken. Vor ihnen tauchte das imposante Schloss Jacobs auf. Die Terrasse davor war bis auf den letzten Platz besetzt. Bunt schnatterndes Volk läutete bei Kaffee und Kuchen das sommerliche Wochenende ein.

Als die beiden Frauen, Margareta mit ihrem Trolley und

Waltraud mit ihrer nostalgischen Reisetasche, das Café betraten, sahen die beiden am Tresen stehenden Personen sie an, als hätten sie ein Gespenst gesehen. Gräfin Carolin und Arpad, eben noch in ein Gespräch vertieft, verstummten schlagartig. Arpads dunkle Augen fielen beim Anblick Margaretas fast aus den Höhlen, seine Mundwinkel klappten nach unten. Hüstelnd machte er sich an der Kaffeemaschine zu schaffen. Notgedrungen begrüßte Gräfin Carolin ihre Gäste.

»Klar, Sommerfeld, da hätte ich drauf kommen müssen. Ich dachte an eine zufällige Namensgleichheit. Dass ich erneut die Ehre habe, Sie hier auf dem Schloss begrüßen zu dürfen, darauf wäre ich nie gekommen. Trotzdem einen schönen guten Tag«, sprach sie zu Margareta gewandt. Sie hatte sich schnell wieder gefasst.

Eine gute Idee, Waltraud das Zimmer buchen zu lassen, fand Margareta und freute sich über die verblüffte Carolin. Hämisch grinsend straffte Margareta die Schultern. Sie wusste, dass ihr das rote Leinenkleid ausgezeichnet stand und auch ihr Friseur auf die Schnelle ganze Arbeit geleistet hatte. Beides zwar noch nicht bezahlt, aber durchaus wert, sich für so ein perfektes Aussehen zu verschulden.

»Einmal Barockzimmer«, sprach die Gräfin angespannt und griff nach einem Schlüssel, der neben den anderen am Brett hinter der Theke an der Wand hing.

»Schön haben Sie es hier«, kam es laut und freundlich aus Waltrauds Mund. »Ist unsere Bekannte, Frau Hoffmann, schon angekommen?«

Arpad schnappte sich sein Tablett und stürmte ohne ein Wort auf die Terrasse. Es hatte ihm die Sprache verschlagen. Noch nicht einmal zu einem Gruß für die beiden Damen reichte es.

»Nicht gerade freundlich, Ihr Kellner. Ja, ja, das Personal kann man sich heutzutage nicht immer aussuchen.« Waltraud schaute Arpad mehr als auffällig hinterher.

»Er ist im Stress, eine Bedienung ist ausgefallen.« Carolin zwang sich, freundlich zu sein, das war unschwer zu erkennen. »Frau Hoffmann kam vor einer halben Stunde an. Ich habe sie eben noch vor den Pferdeställen gesehen. Soll Herr Horvat Sie zu Ihrem Zimmer begleiten oder finden Sie sich alleine zurecht?« Die Frage war an Margareta gerichtet, die nickte und den Schlüssel entgegennahm.

»Nun haben wir ihr das Wochenende verdorben«, meinte Margareta grinsend, als sie den engen Flur zu ihrem Zimmer passierten.

Das Barockzimmer erwies sich als deutlich komfortabler als das Parkzimmer, welches Margareta am letzten Wochenende bewohnte. Sie freute sich über die Großzügigkeit ihrer Mutter, sich dafür entschieden zu haben.

»Wow! Das Zimmer ist ja spitzenmäßig«, stellte Waltraud fest, ging zu dem breiten Doppelbett mit der roten Seidentagesdecke und prüfte die Matratze, indem sie sich darauf setzte und ein paar Mal auf und ab wippte. »Und diese Aussicht! Ein herrliches Anwesen.«

»Trotzdem sollten wir Brigitte nicht zu lange warten lassen. Ich denke, wir packen später aus und gehen erst einmal zum Reitstall. Oder willst du dich noch frisch machen?« Ein fetter Spritzer Versace Yellow Diamond aus ihrer Anstaltsflasche und schon stürmten sie aus dem Zimmer.

Noch bevor Waltraud und Margareta den Pferdestall erreicht hatten, hörten sie Gelächter und eine sonore Männerstimme. Sekunden später, als sie hinter der Ligusterhecke hervortraten, sahen sie Brigitte, ganz in Gelb, auf der Bank sitzen. Vor ihr stand Graf Adolf, die Arme in die ausladenden Hüften gestemmt. Er kam Margareta in seinem Reiterdress plötzlich ziemlich albern vor. Ganz anders als am vorigen Wochenende. Da hatte Adolf sie noch tief beeindruckt. Jetzt erschien er ihr wie ein Relikt aus einem kitschigen Mantel-und Degenfilm.

»Ahhh«, rief er theatralisch und ging auf Margareta zu. »Die charmante junge Dame von letzter Woche.« Nun drückte er ihr auch noch einen Kuss auf die Hand, die sie ihm notgedrungen reichen musste. »Wen haben Sie denn da mitgebracht? Ihre Schwester?« Er stürzte sich auf Waltraud, ergriff ihre Rechte, um ihr ebenfalls einen Schmatzer aufzudrücken.

Wie auf Knopfdruck fing Waltraud an zu kichern wie ein überdrehter Teenager, und streckte ihm ihre Brust entgegen. Vor Scham wäre Margareta am liebsten in den nächsten Gulli gekrochen. Wie konnte ihre Mutter nur auf so ein Gesülze abfahren? Gerade als Margareta den Mund öffnen und dem alternden Grafen mal ordentlich den Kopf waschen wollte, schüttelte Brigitte kaum merklich verneinend den Kopf und zwinkerte ihr zu. Margareta atmete tief durch. Sie hatte die Botschaft verstanden. ›Lass ihn, wir können den Alten noch brauchen‹, wollte ihr Brigitte mitteilen.

»Das ist meine Mutter, Waltraud Sommerfeld«, säuselte Margareta übertrieben süß und lächelte ihn an.

»Ihre Mutter? Ach, hören Sie doch auf, Blabla …«, ergoss der Graf sich in seinem Geschwätz.

Margareta zwang sich, den Dialogen ihrer Mutter und des Grafen nicht weiter zu folgen. Sie begrüßte stattdessen Brigitte mit einer herzlichen Umarmung und den obligatorischen Küsschen links und rechts.

Brigitte sah trotz ihres Alters fantastisch aus in ihrem

gelben Kostüm und dem passenden Hut. Gelb schien ihre Lieblingsfarbe zu sein. Sie war zwar ordentlich mit Gold behangen und ähnelte einem Christbaum, doch es passte zu ihr. Graf Adolf hatte sicherlich schon gemerkt, aus welchem Stall die Gute kam.

Waltrauds Schlichtheit schien ihm hingegen viel mehr zu gefallen, denn er konnte sich gar nicht von ihr loseisen, überhäufte sie mit fragwürdigen Komplimenten, die ihre Mutter mit peinlichen Lachern zu würdigen wusste.

Während Graf Adolf und Waltraud zum Pferdestall schlenderten und dort verschwanden, setzten sich Brigitte und Margareta auf die Bank, um ihren Schlachtplan zu besprechen.

»Was riecht denn hier so übel?« Margareta sah sich schnuppernd um.

Brigitte deutete mit ihrem Kinn auf die Reitkappe, die Graf Adolf auf der Bank vergessen hatte. »Ich glaube, der penetrante Geruch kommt daher.«

»Diese gräfliche Kappe riecht irgendwie nach getragenen Socken. Das haben wir gleich«, meinte Margareta, stand auf und kickte die Kappe mit einem gezielten Schuss in die dahinterliegenden Sträucher. »Ich werde mir doch nicht meine Hände schmutzig machen.«

»Meine Liebe, das ist aber gar nicht nett«, tadelte Brigitte ihre jüngere Freundin, bevor die beiden in schallendes Gelächter ausbrachen.

»Für Mitte August und diese Uhrzeit haben wir noch ein herrliches Wetter«, meinte Brigitte und lehnte sich in dem bequemen Stuhl auf der Terrasse des Cafés zurück. »Immerhin zeigt das Thermometer noch 20 Grad im Schatten und es ist bereits nach 19 Uhr.«

»Ja, eine tolle Idee, dieses Schlosswochenende«, erwiderte Waltraud und schaute sich suchend nach ihrem betagten Galan um, der ihr gehörig den Kopf verdreht hatte.

Dieser war in einer lautstarken Unterhaltung, die mehr einem Streitgespräch glich, mit seiner Tochter vertieft. Satzfetzen drangen durch die offenstehende Tür nach draußen: »Wir … längst Feierabend, was soll das? … Mutter davon?«, kam es von Gräfin Carolin.

Sie solle sich nicht so haben, es wären doch nette Leute, es gehe auf seine Rechnung, waren die Worte des Grafen.

Der miesepetrige Arpad schleppte in dem Moment eine Gelderländer Bauchspeckplatte nach draußen, die Margaretas Launepegel schlagartig sinken ließ. So etwas Ekeliges hatte sie noch nie serviert bekommen. Mit den Worten: »Ein Gruß des Grafen« knallte Arpad die Platte lieblos auf den Tisch. Übrigens der einzige Tisch, der um diese Uhrzeit noch besetzt war. Dazu wurden ein Körbchen mit Brot und eine Schale Butter gereicht.

Margareta konnte dankbar sein, dass sie so fürstlich zu Mittag gespeist hatte, denn dieses fette Zeug würde sie mit Sicherheit nicht anrühren.

»Stell dich nicht so an«, meinte Brigitte, die Margaretas entsetzten Blick bemerkt hatte. »Mit ordentlich Alkohol lässt sich das herunterspülen.«

Graf Adolf kam mit einem Tablett Gläser an den Tisch und setzte sich zu den Frauen. »Ich habe mir erlaubt, den Damen ein Gläschen Wein einzuschenken, einen trockenen 2011er Dornfelder, der passt gut zu unserem Gelderländer Bauchspeck.«

Kostet höchstens drei Euro, stellte Margareta nach einem Blick auf das Etikett fest, passte tatsächlich zu diesem Bauchspeck.

Nun setzte der Graf sich an den Tisch neben Waltraud und versank mit seiner Nase in dem Ausschnitt ihres unmöglichen Blumenmusterkleids. Ihm schien es zu gefallen, das Kleid sowie sein Inhalt.

Alles lief außerplanmäßig und nicht wie Margareta und Brigitte besprochen hatten. Brigitte sollte sich des Grafen annehmen, ihn bezirzen, um ihn ordentlich auf den Zahn zu fühlen. Doch der Graf interessierte sich offenbar nur für Waltraud. Mit Carolin Freundschaft zu schließen, konnte Margareta ebenfalls vergessen, so abweisend, wie die Gräfin sich verhielt. Sie kam an den Tisch, warf ihrem Vater den Schlüssel hin. »Du schließt dann ab, wenn ihr fertig seid. Einen schönen Abend noch.« Und schon rauschte sie davon.

»Du kannst Feierabend machen, Arpad«, rief sie dem in der Tür stehenden Ungarn zu. »Mein Vater räumt auf und schließt ab.«

Ein hämisches Grinsen zog über Arpads Antlitz. »Ist in Ordnung, Carolin.«

Arpad verschwand in seinem weißen Puffärmel-Hemd mit der schwarzen Samtweste in dem Trakt des Schlosses, in dessen Keller sich sein Zimmer befand.

Margareta fragte sich, was er jetzt wohl dort trieb. In ihrer Vorstellung lebte er seinen Testosteron-Schub mit der kleinen Kellnerin Carmen aus, die mit ihrem winzigen, stets offenstehenden Mund ein wenig dümmlich aussah.

Nach zwei Gläsern Dornfelder war Margareta tatsächlich dazu in der Lage, sich drei Scheiben des fettigen Bauchspecks, samt einer Scheibe Brot, einzuverleiben. Gar nicht mal so übel, war ihr Urteil.

So lauschten die drei Damen bis in den späten Abend hinein den etwas eigenartigen Anekdoten des Grafen

Adolf von Tiefsbach und amüsierten sich köstlich. Am interessantesten waren für Margareta seine Äußerungen in Bezug auf Arpad. Kein gutes Haar ließ der Graf an dem Ungarn. Nichtsnutz, Erbschleicher, Widerling waren noch die harmlosesten Bezeichnungen für den Mann, den seinerzeit sein Schwiegersohn – Gott hab ihn selig – angeschleppt hatte. Angeblich wollte er sogar seiner Gemahlin an die Wäsche und einem Mord traute er ihm allemal zu. Gegen 22 Uhr – fünf Mal hatte die Gräfin inzwischen auf Adolfs Handy angerufen – erhob er sich endlich, um wankend den Heimweg zu seiner Angetrauten anzutreten. Ein letzter Blick auf Waltrauds Ausschnitt, ein letzter Lippenlecker und weg war er. Er räumte weder das Geschirr weg, noch verschloss er das Café.

Mit einer weiteren Flasche Dornfelder, die sie dem Grafen abgeluchst hatten, ließen die Frauen den Abend in Brigittes Zimmer auf einem roten Sofa ausklingen. Das hieß, Brigitte lag wie eine Diva in einem aprikosenfarbenen Kimono direkt gegenüber auf dem Baldachin-Bett und kicherte wie ein pubertierendes Mädchen. Waltraud träumte von Adolf und war kaum mehr ansprechbar. Ihr Blick ging Richtung Decke und blieb an der kunstvollen Freskenmalerei hängen, auf der eine Horde langhaariger Engel die Arme vergeblich nach dem Lieben Gott reckte.

»Ach ist das herrlich hier, ein richtiger Graf, mit blauem Blut. So einen Mann wollte ich schon lange kennenlernen«, seufzte Waltraud.

»Ihr scheint vergessen zu haben, wieso wir eigentlich hier sind«, mahnte Margareta, der es ebenfalls äußerst schwerfiel, sich auf das zu konzentrieren, was auf dem Plan stand. Ständig schweiften ihre Gedanken zu Arpad ab, den sie als Mann noch nicht einmal sonderlich attraktiv fand. Arpad nackt in seinem dunklen Zimmer mit Carmen auf seinem Bett wälzend, Arpad in allen möglichen Posen. Diese Bilder ließen sich einfach nicht aus ihrem Kopf vertreiben.

»Wir haben eine Mission zu erfüllen. Licht ins Dunkel wollen wir bringen. Den Mörder von Harald finden. Ich fahre nicht eher nach Hause, bis ich Arpads Geständnis habe.«

Gegen vier Uhr morgens erwachte Margareta und konnte vor lauter Schmerzen ihren Kopf gar nicht anheben. Sie konnte sich beim besten Willen nicht daran erinnern, wie Waltraud und sie in ihr Zimmer gelangt waren. Waltrauds maskulines Schnarchen trieb sie aus dem Bett. Margareta zog den roten Vorhang ein klein wenig auf und blickte hinüber zum Pferdestall. Die nostalgischen Laternen tauchten den Platz davor in ein angenehmes Licht. Da an Schlaf nicht mehr zu denken war, schlüpfte sie in Jeans und T-Shirt und verließ ihr Zimmer. Sie huschte durch den unheimlichen Flur. Die Tür nach draußen war nicht verschlossen. Sie atmete noch auf der Treppe stehend die angenehme kühle Luft ein. Diese Ruhe war einzigartig. Ihre Kopfschmerzen ließen langsam nach. Kein Autoverkehr, auch nicht in weiter Ferne, nur das leise Zirpen der Grillen war zu hören, das wie Musik in ihren Ohren klang. Wie anders war es doch in der Großstadt. Da gab es solche Nächte nicht. Irgendwo hupte ein Auto, ein Motorrad raste vorbei, Schnapsdrosseln verließen die gegenüberliegende Kneipe und unterhielten sich lautstark.

Sie schlenderte zum Pferdestall, an dessen Mauer Kletterrosen in voller Blüte standen. Der Pavillon in der Gartenanlage vor dem Stall war verwaist, ebenso die weiß gestrichenen Bänke. Überall standen Kübel mit üppig blühenden Hortensien und Dahlien. Ein richtiges Paradies, sogar bei Nacht. Die Gartenlaternen spendeten ausreichend Licht. Das Tor zum Pferdestall stand offen. Auf dem Land war das wohl so üblich. Sie betrat den Stall, hörte hier und da das Schnauben eines Pferdes oder das leichte Hufscharren im Heu, welches ein leises Knistern vernehmen ließ. Vor der ersten Box blieb sie stehen und schaute in die dunklen Augen eines Pferdes.

»Was suchst du hier?«

Erschrocken fuhr Margareta herum.

Arpad, in Unterhemd und Jeans, stand vor ihr. Das Weiß seiner Kohlenaugen leuchtete auf.

»Ja, was suche ich hier? Das weiß ich selber nicht so genau. Meine Mutter hat so geschnarcht, da konnte ich nicht mehr schlafen.«

»Was schnüffelst du schon wieder herum? Schleppst auch noch diese alten Weiber mit. Könnt ihr nicht woanders Urlaub machen?«

»Wir machen keinen Urlaub. Wir wollen Licht ins Dunkel bringen. Eine der alten Damen ist Haralds Verlobte gewesen. Auch sie ist interessiert daran, wer sein Mörder war.«

»Dafür gibt es die Polizei.«

»Manchmal macht die aber nicht genug.«

»Ach, und dann kommst du und hilfst nach, oder wie?«

»So ungefähr.«

Er kam näher. Sie konnte seinen Atem spüren. Er roch angenehm, nicht übertrieben nach Parfum. Sie ging einen Schritt zurück und noch einen, bis sie die Wand der Box an ihrem Rücken spürte.

»Florin Gold, der neue Hengst von Graf Adolf, mag es gar nicht, wenn ihm jemand zu nahe kommt, insbesondere nachts.«

Arpad machte einen weiteren Schritt nach vorn und keilte Margareta regelrecht ein, indem er die Arme an der Box abstützte.

»Ich habe nicht vor, mich ihm zu nähern.« Sie spürte, wie das Tier hinter ihr nervös wurde und anfing, mit den Hufen zu scharren.

»Wieso suchst du den Mörder deines Heiratsschwindlers ausgerechnet hier?« Seine Stimme war wütend und heiser.

»Intuition. Vielleicht war Harald dir im Weg. Eifersucht spielte bestimmt eine Rolle. Du hattest Wut, weil er sich plötzlich wieder gemeldet hat. Hattest Angst, es käme zur Aussprache zwischen Carolin und Harald. Die beiden würden sich annähern, erneut verlieben. Das wolltest du verhindern.«

»Ich habe ihn nicht umgebracht«, zischte er leise.

»Aber du hattest es vorgehabt. Gib es zu! Man hat dich in der Tatnacht in Gelsenkirchen gesehen.«

»Das hätte der Kommissar erwähnt.«

Bingo, jubilierte Margareta innerlich. Er war vielleicht doch in Gelsenkirchen gewesen. War er der Mörder?

Arpad sah sie lange an, kam noch ein Stück näher, sodass sie befürchtete, er würde sie gleich küssen. Sie hatte ihn in die Enge getrieben. Kurioserweise hatte sie keine Angst und blieb völlig ruhig.

»Du warst bei Harald. Hast an seiner Tür geklingelt. Wolltest ihn zur Rede stellen, ihn vielleicht warnen, die Finger von Carolin zu lassen. Dann ging dein Temperament mit dir durch und du hast ihm die Drahtschlinge um den Hals gelegt und zugezogen. War es so?«

»Ja, ich trage immer Drahtschlingen mit mir herum. Soll ich dir eine zeigen?« Wutschnaubend löste er seine Arme von der Box und trat einen Schritt zurück. »Ich wollte ihn zur Rede stellen. Doch er war schon tot. Die Haustür war nur angelehnt. Ich sah noch, wie eine große Frau die Straße hinaufging. Ich rief ihn, doch er war nicht da. Der Fernseher lief. Ich suchte ihn, fand ihn im Keller. Er lag zusammengekrümmt im Gang vor dem Heizungsraum. Da bin ich geflüchtet.«

Seine Hände zitterten. Sein Blick war verzweifelt.

»Du bist ein Mörder. Ich glaube dir kein Wort.«

»Er war schon tot, du blöde Ziege«, schrie er in die Stille der Nacht.

Florin begann zu schnauben. Arpad fühlte sich mehr und mehr von Margareta bedroht und fragte sich, was er mit ihr machen sollte. Sie könnte ihm Unannehmlichkeiten bereiten. Blitzschnell schien er eine Lösung gefunden zu haben. Er schob den Riegel der Boxentür auf, öffnete sie und schubste Margareta zu Florin hinein.

»Florin wird es dir zeigen. So schnell kommst du nicht wieder her.« Er lachte hämisch und verließ den Stall.

Margareta fiel ins Stroh, Florin direkt vor die Vorderbeine. Ihr Herz begann zu rasen. ›Er trampelt mich tot‹, dachte sie und kroch auf allen Vieren rückwärts, bis sie die Holzwand der Box spüren konnte. Sie setzte sich in die Ecke und versuchte sich zu beruhigen. Was tun? Laut schreien? Das würde Florin noch wütender machen. Beruhigend sprach sie mit sanfter Stimme auf ihn ein. Trotzdem legte er die Ohren an, riss seinen Kopf hoch und machte Anstalten zu steigen.

Wie kam sie bloß hier raus, fragte Margareta sich und presste ihren Rücken in die Ecke der Box. »Ist doch schon gut, Florin«, versuchte sie erneut, den Hengst zu beruhigen. Bis zur Tür waren es ungefähr zwei Meter und aufstehen musste sie auch noch. Würde der Hengst sie vorbeilassen? Sein zorniges Schnauben beantwortete ihre Frage. Nun kehrte Florin ihr sein Hinterteil zu und begann mit den Hinterbeinen auszuschlagen.

Ganz langsam stand Margareta jedoch auf, wobei sie sich weiterhin flach wie eine Flunder in die Ecke presste. Florin hatte sich inzwischen wieder gedreht. Hatte Arpad nur geblufft? War Florin am Ende gar nicht gefährlich? Wenn er gewollt hätte, hätte er sie längst zu Tode trampeln können. Sie nahm allen Mut zusammen und bewegte sich Zentimeter für Zentimeter nach links, Richtung Tür. Neugierig schaute Florin sie an, gab aber keinen Laut mehr von sich. Durch die schmalen Fenster an der Rückwand der Box drang langsam das Licht der aufgehenden Sonne.

Nach einigen Minuten, die Margareta wie Stunden vorkamen, hatte sie es geschafft, die Box zu entriegeln. Langsam öffnete sie die Schiebetür ein wenig und schob sich vorsichtig hindurch. Geschafft! Ein Blick auf ihre Uhr sagte ihr, dass es bereits sechs Uhr durch war.

Als sie den beiden Frauen beim Frühstück – das übrigens genauso minimalistisch wie beim letzten Mal ausfiel – die haarsträubende Geschichte der letzten Nacht erzählte, lachten diese zuerst nur, wollten ihr kein Wort glauben, meinten, sie hätte vom Wein schlecht geträumt. Als sie jedoch Margaretas feucht schimmernde Augen sahen, waren sie bestürzt und hörten ihr gebannt zu.

Arpad, der ihnen mehr als freundlich das Frühstück servierte, schien sich köstlich zu amüsieren. Jedes Mal, wenn er Margareta anschaute, musste er sich das Lachen verkneifen. Rausgeputzt, in alberner ungarischer Landestracht – blaues Seidenhemd mit Trompetenärmeln, dazu eine passende bestickte Samtweste und schwarze Pluderhose –, schien er wie verwandelt.

Margareta kamen Zweifel. War er tatsächlich der Mörder? Eine große Frau war die Straße hinaufgegangen, hatte Arpad erzählt. Könnte es Tanja gewesen sein? Hatte Tanja Harald die Schlinge um den Hals gelegt und zugezogen? Ein Motiv hatte sie auf alle Fälle.

Den weiteren Tag auf dem Schloss hätten die Frauen sich sparen können. Die gesamte Adelssippe ließ sich nicht blicken. Graf Adolf musste wahrscheinlich für den Abend, den er außerhäusig verbracht hatte, Abbitte bei seiner Holden leisten. Gräfin Carolin hielt sich angeblich in Düsseldorf bei Freunden auf. Arpad verrichtete am Samstag noch seinen Dienst im Café, um dann in seinem Kellerloch zu verschwinden. Das Frühstück am Sonntag servierten Gräfin Adelheid und eine spindeldürre Dorfmaus. Die Freude war groß, als die drei Damen gegen Mittag endlich vom Hof fuhren.

Nach einem ausgiebigen Frühstück – ihre Mutter hatte ihr Brötchen an die Tür gehängt –, bei dem sie das Wochenende noch einmal Revue passieren ließ, griff sie endlich zu ihrem Handy, um Blauländer anzurufen. Irgendwie brauchte sie ihn nach dieser Nacht voll quälender Albträume. Immer wieder hatte sie Arpad vor sich gesehen, seine Hände um ihrem Hals gespürt. Schweißgebadet war sie aufgewacht, um irgendwann in den nächsten qualvollen Traum abzugleiten. Sie spürte die Tritte eines Pferdes auf ihrer Brust und wachte nach Luft schnappend auf. Hatte der Kerl wirklich in Erwägung gezogen, sie umzubringen oder ihr nur Angst einjagen wollen? Fakt war, dass der Ungar in der Tatnacht nach Gelsenkirchen gefahren war und sich bei Harald im Haus aufgehalten hatte. Hatte er ihm wirklich nichts getan? Wollte dieser Hitzkopf tatsächlich nur reden?

Helmut Blauländer war von Margaretas Anruf wenig begeistert. Dabei hatte sie gehofft, dass er es vor lauter Neugier kaum aushalten würde.

Deutlicher Unwille lag in seiner Stimme. »Was gibt es, Frau Sommerfeld?«

Enttäuscht wollte sie schon das Gespräch wegdrücken. Ihr Trotz obsiegte jedoch. »Sind Sie denn gar nicht gespannt, wie mein Wochenende war? Ich dachte, Sie brennen darauf, Neuigkeiten von mir zu erfahren.«

»Ich bin ein wenig im Stress. Schießen Sie schon los. Aber nur, wenn es sich tatsächlich lohnt.«

Sie fühlte sich im falschen Film und musste schlucken. »Wie soll ich beurteilen, ob es sich für Sie lohnt, zu erfahren, was mir passiert ist? Ich kann mein Wissen auch für mich behalten. Sie sollten sich freuen, dass ich überhaupt anrufe. Ich könnte längst tot sein.«

Pause. Dann ein Seufzer. »Na gut, treffen wir uns oben in dem Café in der Markthalle. In einer halben Stunde.«

Warum war er heute so schroff und unfreundlich? Sie wusste nicht, was sie davon halten sollte, bestieg wenig später ihren Polo und fuhr Richtung Buer-Mitte. Ausgerechnet in der Markthalle wollte er sich mit ihr treffen, auf dem Buer'schen Präsentierteller. Sie hatte Glück und fand einen Parkplatz gleich vor der Tür. Mit müden Beinen stieg sie die Stahltreppe nach oben, anstatt den gläsernen Fahrstuhl zu benutzen. Kaum oben angekommen, entdeckte sie ihn auf der Empore vor dem Café an einem kleinen Zweiertisch sitzend. Der winzige Korbsessel gab bei jeder seiner Bewegungen ächzende Geräusche von sich. Margareta machte sich schon Gedanken, ob er jemals ohne fremde Hilfe aus diesem Sesselchen herauskommen würde.

Hektisch blickte er auf seine Armbanduhr und bedeutete ihr, sich zu setzen.

»Soll ich Ihnen auch ein Frühstück bestellen?«, fragte er sie, während er sich ein knuspriges Brötchen seines kleinen Marktfrühstücks zu fünf Euro durchschnitt.

»Nein, danke, ich hatte schon. Ein Tee würde mir reichen.«

Irgendwie tat er Margareta leid. Er sah aus, als hätte er große Sorgen, wirkte äußerst ungepflegt und gehetzt. Vergessen war die Wut auf ihn. Sie lächelte ihn liebevoll an und fragte ihn mit mitfühlender Stimme: »Was ist passiert? Geht es Ihnen nicht gut? Sie sehen ja furchtbar aus.«

Ein winziges Lächeln huschte über sein Gesicht. »Ach, das ist ein anderes Thema. Ich hatte ein schlimmes Wochenende.«

»Wollen Sie mir davon erzählen?«

»Kommen wir lieber zur Sache. Was gab es in Geldern?«

Während sie in ihrem Tee herumrührte, berichtete sie dem Kommissar von Arpads Aktion im Pferdestall, schmückte die Geschichte richtig schön aus. Nicht nur die Sache im Stall bekam er zu hören, auch der Umtrunk mit dem alten Grafen und Arpads Geständnis, dass er in Haralds Wohnung gewesen war, kamen auf den winzigen Tisch der Empore.

»Er war tatsächlich bei Kleinschnittger? Er wollte mit ihm reden? Dafür ist er knapp 70 Kilometer gefahren? Mitten in der Nacht? Also für mich ist die Sache längst klar. Sein Temperament ist mit ihm durchgegangen und er hat ihn umgebracht. Nach der SOKO-Kleinschnittger-Besprechung heute Morgen, bei der noch mal alle – wenn auch dürftigen – Fakten zusammengetragen wurden, war mir eigentlich schon klar, dass nur der Ungar es gewesen sein kann. Ihre Geschichte passt hervorragend dazu. Wahrscheinlich haben Sie ihn zu sehr in die Enge getrieben. Er bekam Angst, wollte sie loswerden. Vielleicht sollte ich gleich mit dem Staatsanwalt sprechen und ihn in U-Haft nehmen lassen. Dort können wir ihn richtig weichkochen.«

Margareta bekam ein schlechtes Gewissen. Vielleicht hätte sie die Sache mit dem Hengst nicht so verschärft darstellen sollen.

»Was ist mit seiner Behauptung, eine große Frau wäre die Straße hinaufgelaufen? Klingt irgendwie nach Tanja Beuker, oder nicht?«

»Warum sollte sie den Mann, den sie über alles liebte, plötzlich umbringen? Das ergibt für mich keinen Sinn.«

»Vielleicht wurde ihr bewusst, dass sie ihn nie bekommen würde und dachte sich, wenn nicht ich, dann keine.«

»Die Theorie mit dem Ungarn klingt besser.«

»Aber gleich verhaften?« Margareta kam ins Schwitzen.

»Ich denke, er wollte Sie umbringen? Und nun haben Sie Bedenken?«

Margareta druckste herum. Sie wollte kein Fass aufmachen. »Vielleicht wollte er mir nur einen Denkzettel verpassen.«

»Indem er Sie zu einem wilden Hengst in die Box stößt?«

»Kann ja sein, dass er nur geblufft hat.«

»Also, Frau Sommerfeld, ich kann Ihnen nicht folgen. War es vielleicht nur ein Pony, zu dem Sie auch noch freiwillig in die Box gingen?« Er lächelte bitter, hatte wohl echt einen schlechten Tag, der alte Junge.

»Nein, es war ein wilder Hengst, kein Pony.«

Lange sah er sie an, kratzte sich sein unrasiertes Kinn. »Was, wenn Sie selbst Kleinschnittger umgebracht haben? Aus Eifersucht? Oder aus reiner Sensationslust? Sie hatten einen Schlüssel zu seinem Haus. Ihre Schlossbesuche, Ihre Verdächtigungen, alles nur Ablenkungsmanöver?«

»Jetzt gehen Sie zu weit. Auch ein beschissenes Wochenende rechtfertigt nicht, mich so zu behandeln.«

Kreidebleich sprang sie aus ihrem Korbsessel auf, warf zwei Euro auf das Tischchen und rauschte davon, ehe Blauländer sie aufhalten konnte.

Rosa Ranunkeln gebunden mit zartrosa Rosen sollten sie friedlich stimmen. Ein Kommissar, der einer – ja was eigentlich? – kleinen Hobbykommissarin Blümchen schenkt, nachdem er sich in seiner Wortwahl grob vergriffen hatte? Er hielt Margareta das Sträußchen entgegen und senkte den Blick. »Es tut mit leid. Ich habe es vorhin nicht so gemeint.«

Was blieb ihr anderes übrig, als ihn hineinzubitten? Richtig wäre es gewesen, ihm die Tür vor der Nase zuzuknallen.

»Ich habe Herrn Horvat morgen früh ins Präsidium vorgeladen«, meinte Blauländer und setzte sich ungefragt aufs Sofa. »Vielleicht doch besser, als ihn gleich zu verhaften.«

Margareta fläzte sich ihm gegenüber in einen Sessel, die Beine lässig über die rechte Lehne geschlagen. Sie sagte nichts, starrte nur auf Haralds Notizbuch, das auf dem Tisch lag.

Blauländers Blick blieb ebenfalls an dem ledernen Büchlein hängen, doch er sagte nichts. Ob er vermutete, dass es sich um Haralds Notizbuch handeln könnte? Falls ja, ignorierte er es.

Nachdem Margareta ihm ein Glas eiskaltes Mineralwasser und Kekse serviert hatte, begann er von seinem Wochenende zu erzählen. Margareta lernte seine Schwiegermutter Gisela kennen, die am vergangenen Wochenende den gesamten Blauländer-Haushalt kirre gemacht hatte. Dazu noch seine dominante Anni, das wäre einfach zu viel gewesen, von zwei Frauen so herumgestoßen zu werden. Jeder Versuch, das Gespräch noch mal auf den Mordfall zu lenken, scheiterte an den ›Neverending-Gisela-Storys‹.

Irgendwann war dieses Thema jedoch durch, Blauländer ließ einige tiefe Seufzer los, stärkte sich mit Waffelröllchen und schaute Margareta dankbar an. »Aber das muss unter uns bleiben.«

»Klar doch«, meinte Margareta lächelnd. Wen interessierten schon solche Familiengeschichten? Immerhin wusste sie jetzt, wieso er vorhin so reagiert hatte.

»Was war eigentlich mit diesem Schlosskeller? Konnten Sie erfahren, was das blaue Blut da verbirgt?«

»Nein, im Keller war ich dieses Mal nicht. Und ich glaube auch kaum, dass ich jemals wieder das Schloss besuchen werde.«

Geschickt lenkte sie anschließend das Thema auf Susanne Mackenrodt, die seit den bösen Beschimpfungen an der Ampel bei Margareta auf der Verdächtigenliste ganz oben rangierte.

Blauländer wollte davon jedoch nichts wissen, winkte ab; Mackenrodt sei nur eine harmlose Durchgeknallte. Wenn er sich da mal nicht täuschte.

»Und wie beurteilen Sie das Verhältnis von Arpad zu Graf und Gräfin?«

»Nun, der Graf ließ kein gutes Haar an ihm«, war Margaretas Antwort auf Blauländers Frage, bevor er sich erhob und verabschiedete.

Eigenartiger Mann, dachte Margareta, als sie vom Küchenfenster aus beobachtete, wie er davonfuhr, heim zu seiner angeblich so schrecklichen Anni.

Für Helmut Blauländer war der Fall sonnenklar, als er zufrieden die Cranger Straße in Richtung Buer fuhr. Arpad war der Mörder von Harald Kleinschnittger. Wer hätte ein besseres Motiv gehabt? Nur um Kleinschnittger ins Gewissen zu reden, wäre der Ungar wohl kaum während der gräflichen Geburtstagsfeier über 60 Kilometer gefahren. Und das mitten in der Nacht. Er musste alles gut vorbereitet haben. Die Feier sowie die Serviererin Carmen dienten ihm als Alibi. Die Drahtschlinge in der Tasche und vielleicht eine kleine Hantel hatten ihm Sicherheit gegeben, um das zu tun, was er geplant hatte. Ihm waren beim letzten Schlossbesuch die muskulösen Arme des ansonsten kümmerlich gebauten Ungarn aufgefallen. Diese ausgeprägten Unterarmmuskeln hatte er sich durch Hanteltraining aufgebaut, war er sich sicher.

Da man keinen anderen stumpfen Gegenstand am Tatort gefunden hatte, mit dem Kleinschnittger niedergeschlagen worden sein könnte, konnte der Ungar sie bei sich gehabt haben. Wieso Blauländer sich auf eine Hantel versteifte, konnte er selbst nicht sagen.

In die Enge wollte er ihn am anderen Morgen treiben, so lange auf ihn einreden, ihn mit den Tatsachen konfrontieren, bis er einbrechen und endlich gestehen würde. Er würde ihm weismachen, dass die Sommerfeld wegen des nächtlichen Vorfalls im Reitstall Anzeige erstattet hatte. Ja, wieso hatte sie das eigentlich nicht getan? Sicherlich hatte sie maßlos übertrieben, die kleine Wichtigtuerin. Was sollte es? Ihm diente es als Mittel zum Zweck.

Seine Vorgehensweise stand fest. Wenn alle Stricke rissen und der Ungar sich stur stellte, könnte er ihn immer noch vorläufig festnehmen. Dann hatte er 48 Stunden Zeit. Zu Hause angekommen, warf er sich in den Fernsehsessel, legte grinsend die Beine hoch und griff nach dem Schnittchenteller zu seiner Linken. Geviertelte Bauernbrotscheiben mit Butter und Bauernmett, obenauf einige gefächerte Gürkchen. Wie zahm seine Anni heute wieder war. Sie einige Stunden mit Verachtung zu strafen, half bei seiner harmoniesüchtigen Frau immer noch am besten.

9

Nebelschwaden über Geldern. Arpad stand mit heller kurzer Hose und schwarzem T-Shirt im Pferdestall und mistete Boxen aus. Zwei Leute waren ausgefallen und so hatte man ihn dazu verdonnert, im Stall zu helfen. Maik, ausgebildeter Pferdewirt und Chef der Stallanlage, mochte Arpad, da er ordentlich zupacken konnte. Die Beine des Ungarn erinnerten an die Hinterläufe eines Feldhasen. Dünn, behaart, aber äußerst schnell.

Von Arpads Kummer merkte an diesem Morgen niemand etwas, weder Carolin beim gemeinsamen Frühstück noch Maik bei der Stallarbeit.

Arpads Vater, Aron Horvat, hatte ihn gestern Abend zum wiederholten Male angerufen, um ihn zurück nach Budapest zu beordern. Lange genug wäre er jetzt in Deutschland, meinte er, über zwei Jahre schon. Nun sei es an der Zeit, sich zu Hause seinen Pflichten zu stellen, da er ja wohl inzwischen zur Vernunft gekommen wäre.

Oh, wie Arpad dieses Thema hasste. Was dem folgte allerdings weit mehr: Wie stolz doch die Ungarn waren, dass König Stephan der Heilige den ungarischen Staat vor tausend Jahren auf feste Grundlagen gestellt und das Vaterland zum Glied des christlichen Europas gemacht hätte und so weiter und so fort. Sein Vater ergoss sich jedes Mal in Lobhudelei, dass Arpad schlecht wurde. Stolz? Pah! Was konnte er sich dafür kaufen, dass er angeblich ein Abkömmling des Großfürsten der vereinigten Magyarenstämme war? Nichts, gar nichts.

Arpad wollte auf keinen Fall zurück in die alte Tretmühle. Wie viel besser hatte er es hier auf dem Schloss getroffen! Er hatte geregelte Arbeitszeiten, bekam ein gutes Gehalt und ein Auto zur Verfügung gestellt. Und da war Carolin.

Gegen Mittag kam auch noch dieser Anruf des Kommissars, Arpad möge sich am nächsten Tag um zehn Uhr auf dem Polizeipräsidium melden. Gar nicht freundlich war er gewesen.

Hatte die Sommerfeld ihn etwa angezeigt? Es war ihr doch überhaupt nichts passiert. Sie hatte einen kleinen Denkzettel verdient, fand er. Florin war zwar etwas stürmisch, eine ernsthafte Gefahr ging jedoch nicht von ihm aus.

Mittags saß Arpad auf der Bank vor dem Pferdestall und grübelte. Die Sonne konnte sich noch immer nicht dazu entschließen, hinter den dichten Wolken hervorzutreten. Was wollte der Kommissar von ihm? Würde man ihn vielleicht gleich verhaften? Verzweifelt strich er sich durchs Haar und seufzte.

»Wenn du im Stall fertig bist, kannst du frei machen, Arpad. Heute ist doch Ruhetag. Fahre in die Stadt, unternimm etwas«, versuchte Carolin, die sich zu ihm gesetzt hatte, ihn ein wenig aufzuheitern.

»Ich muss morgen aufs Präsidium, nach Gelsenkirchen. Der Kommissar hat mich angerufen.« Er musste mit jemanden darüber sprechen. Wenn nicht mit Carolin, mit wem dann?

»Oh Mann, echt? Wieso so plötzlich?« Carolin schien betroffen.

»Ich habe die Sommerfeld zu Florin in die Box gestoßen. In der Nacht von Freitag auf Samstag. Sie schnüffelte im Stall herum. Ich hatte Wut auf sie. Sie will mir den Mord an Harald anhängen. Verwickelte mich in Fragen, diese listige Schlange. Das konnte ich nicht zulassen.« Wütend sprang er von der Bank auf und lief aufgeregt auf und ab.

»Du machst aber auch Sachen. Ihr ist aber nichts passiert, oder? Wieso hat sie es mir nicht erzählt? Sie ist doch ansonsten sehr mitteilsam.«

»Was weiß ich?« Er schaute Carolin aus seinen dunklen Augen an. Seine Blicke sprachen Bände, baten, ihm doch zu helfen, irgendwie. »Dann ruft mein Vater dauernd an. Er will, dass ich zurückkomme.«

»Du kannst jetzt nicht hier weg«, echauffierte sich Carolin. »Ich brauche dich, Arpad.« Sie bekam Angst, in Zukunft auf ihren treuen Gefährten verzichten zu müssen. Er war nach Lamberts Tod ihr ganzer Halt gewesen. Auch als Harald sich aus dem Staub machte, stand er ihr zur Seite. Nicht einen einzigen Gedanken verschwendete sie daran, dass Arpad eventuell Haralds Mörder sein könnte.

»Das sieht mein Vater anders.«

»Wir werden es verhindern, Arpad. Das verspreche ich dir.« Sie stand von der Bank auf und reichte ihm einen Stapel Briefe, den sie in den Händen hielt. »Bist du so lieb und bringst meinem Vater die Post ins Schloss?«

Ohne ein Wort griff er nach den Umschlägen und machte sich auf den Weg. Wie in Trance lief er über den breiten Kiesweg zum Haupteingang des Schlosses, wo Graf Adolf um diese Zeit meistens in seiner Bibliothek anzutreffen war. Er kümmerte sich nicht um sein Aussehen. Der mit Standesdünkel behaftete Graf würde einen Wutanfall bekommen, wenn Arpad in kurzer Hose und T-Shirt seine Gemächer betrat.

Selbst nach mehrmaligem Klopfen an der riesigen Tür erfolgte keine Aufforderung, die Räumlichkeiten zu betreten. So drückte Arpad den Türgriff herunter, zog die

schwere Tür auf und schaute in den Raum. Vom blaublütigen Grafen jedoch keine Spur. Er ging auf den imposanten Schreibtisch zu und legte die Post darauf ab. Als er den
Raum wieder verlassen wollte, blieb sein Blick an dem
gegenüberliegenden Waffenschrank hängen. Magisch angezogen, schritt er darauf zu und blieb fasziniert davor stehen. Die Tür war unverschlossen und der Schlüssel steckte.
Arpad blickte auf neun Langwaffen, ein Fach war leer. Ob
Graf Adolf zur Jagd war und eins der Gewehre mitgenommen hatte? Doch hätte er den Schrank in dem Fall nicht
wieder verschlossen? Der winzige Tresor stand ebenfalls
offen. Auch dort steckte der Schlüssel. In dem Fach befanden sich mehrere Kurzwaffen und jede Menge Munition.
Wieso waren der Waffenschrank sowie der Tresor nicht
verschlossen? War Graf Adolf vielleicht gestört worden?

Arpads Augen begannen zu leuchten. Er griff vorsichtig
in das kleine Fach und nahm eine Waffe, die ganz vorne
lag, heraus. Eine Walther P 7, die gegenüber den anderen
Modellen recht neu wirkte. Er hielt sie in der Hand.

Peng!

›Abdrücken und deine Sorgen sind vorbei‹, dachte
er. Kein nerviger Vater mehr, der drängte, zurück nach
Ungarn zu kommen, um auf der Farm wieder geknechtet
und gedemütigt zu werden. Keine Kripo im Nacken, die
dich für etwas zur Verantwortung ziehen will, was du gar
nicht getan hast. Justizirrtümer kamen schließlich alle Tage
vor. Was, wenn sie ihn einsperrten? Sein Vater würde ausrasten. Auch er besaß Waffen. Spätestens dann würde er
sich eine an den Schädel halten und abdrücken. Sein Sohn
im Gefängnis. Diese Schande. Das könnte er mit seinem
ungarischen Stolz nicht vereinbaren. Schließlich waren sie
Abkömmlinge eines Großfürsten.

Mit der Waffe in der Hand ging er zu einem der hohen Fenster und schaute hinaus in den gepflegten Schlosspark. Weit und breit nichts vom Grafen zu sehen. Er würde sich ganz schön ärgern, wenn er ihm seine heiligen Gemächer versauen würde. Wenn er sich in den Mund schösse, platzte sein Kopf wie eine Wassermelone. Graf Adolf konnte ihn noch nie leiden, doch dann wäre die Wut auf ihn unermesslich. Er hielt sich die Walther an die Schläfe. Ob Carolin traurig wäre, wenn es mich nicht mehr gäbe? Klar, traurig einen Freund und treuen Diener zu verlieren. Mehr hatte sie nie in unserer Verbindung gesehen. Als Mann war ich für sie nicht existent. Schade. Seine Hände zitterten. Der schmerzloseste Tod sei der Schuss durch den Mund gleich in den Hirnstamm. Ob es stimmte? Er setzte sich in den riesigen Sessel an Graf Adolfs imposanten goldbeinigen Schreibtisch. Er dachte wieder an die Vorladung ins Präsidium. ›Nein, ich gehe nicht ins Gefängnis für etwas, das ich nicht getan habe. Und zurück auf die elende Rinderfarm will ich auch nicht. Dort habe ich keine Perspektive.‹ Tränen rannen über seine Wangen. Von Weitem hörte er Carolin seinen Namen rufen. Wieder und wieder. ›Verzeih mir, Carolin‹, war sein letzter Gedanke. Er setzte die Waffe an seinen Mund, schloss die Lippen um den Lauf der Walther P 7 und drückte ab.

10

Margareta schaute von der höher gelegenen Terrasse in den großen Garten der Beukers, der tadellos gepflegt war. Von rechts hörte sie Vogelgezwitscher und Hundebellen des nahegelegenen Berger Parks. Von links das monotone Surren der Autos auf der Schnellstraße. Wenn sie den Hals reckte, konnte sie Haralds Haus entdecken. Wenn er noch leben würde, säßen sie jetzt vielleicht gemeinsam in seinem Garten, dachte Margareta seufzend.

Hier bei den Beukers hatte ein Gärtner seine Hand im Spiel, war sie sich sicher. Die Terrassenstühle, edles Holz, waren keine Baumarktware. Die Auflagen in Kirschrot waren dick wie Matratzen. Eine Schnapsidee, Tanjas Einladung anzunehmen. Lieber wäre Margareta gewesen, sie hätten sich irgendwo in einem Café getroffen. Ach, am liebsten hätte Margareta ganz auf das Treffen verzichtet. Ihr war nicht nach Small Talk zu Mute, nach allem, was Blauländer ihr heute Morgen am Telefon mitgeteilt hatte.

Arpad war tot. Er hatte sich in den Kopf geschossen. Der Fall war für Blauländer erledigt, sein Selbstmord sei ein unzweideutiges Schuldeingeständnis. Richtig erleichtert hatte er geklungen. Ihre Einwände, dass sein Freitod nicht unbedingt heißen musste, dass er der Mörder war, wischte er lapidar beiseite.

Völlig geschockt hatte sie das Gespräch beendet. Unruhig war sie von Zimmer zu Zimmer gelaufen. Sie fühlte sich mitschuldig an Arpads Tod. Hätte sie nicht andauernd in Geldern herumgeschnüffelt und den Kommissar mit der Nase auf den Ungarn gestoßen, könnte er vielleicht noch leben. Hatte er sich tatsächlich umgebracht, weil er Haralds Mörder war? Sie konnte nicht recht daran glauben. Das war zu einfach. Da musste noch etwas anderes geschehen sein.

Kurz darauf hatte Tanja Beuker angerufen. Die hatte ihr gerade noch gefehlt. Doch als sie die Einladung zu einer Tasse Kaffee bei ihr zu Hause aussprach, war Margareta froh, den Nachmittag nicht alleine verbringen zu müssen.

Nun saß sie hier, aß Apfelkuchen mit Sahne und trank viel zu starken Kaffee. Tanjas Mutter war verreist und ihr Vater bei Bekannten. Tanja selbst saß ihr in einem erdbeerfarbenen Sommerkleid gegenüber, das ihr sehr gut stand. Sie war stolz, Margareta als Gast bei sich zu haben. Tanjas Frisur lag ausnahmsweise gut. Zur Feier des Tages hatte sie Rouge und Lippenstift aufgelegt. Sie beobachtete jede Bewegung Margaretas und hing an deren Lippen.

»Schmeckt Ihnen mein Kaffee nicht? Sie trinken ja kaum davon!«

»Doch, er schmeckt gut. Ich bin mit meinen Gedanken bei diesem Mann, von dem ich Ihnen erzählt habe. Tut mir leid.«

»Ja, das ist echt eine traurige Sache mit diesem Ungarn. Aber wieso hätte er sich umbringen sollen, wenn er nicht Haralds Mörder gewesen ist?« Mit großen Augen schaute Tanja Margareta an.

»Ja, das wüsste ich auch gerne. Er hat bestritten, Harald getötet zu haben. Nur mit ihm reden habe er gewollt, als er in der Tatnacht hier in Gelsenkirchen war. Er sei jedoch schon tot gewesen.«

»Vielleicht war es so, vielleicht auch nicht. Was spielt das noch für eine Rolle? Beide sind tot und ob wir uns jetzt die Köpfe heiß reden oder nicht, davon werden sie auch nicht wieder lebendig.«

»Interessiert es Sie denn nicht mehr, wer Haralds Mörder ist? Sie haben ihn doch geliebt, haben Sie mir beim letzten Mal erzählt.« Margareta konnte nicht fassen, wie leichtfertig Tanja über Haralds Tod sprach. Sie konnte sich ihren Sinneswandel überhaupt nicht erklären.

»Ach, ist doch alles vergänglich. Morgen können wir beide ebenfalls tot sein. Wer weiß? Auch die Liebe ist vergänglich. Eine Liebe stirbt, eine neue erwacht.«

Margareta wurde hellhörig. »Gibt es da etwa einen neuen Mann in Ihrem Leben?«

Tanja spürte Margaretas verwunderten Blick und grinste. »Und wenn es so wäre? Soll ich etwa mein Leben lang um Harald trauern?« Sie goss sich aus einer Glaskaraffe einen Pfirsichlikör in eine kleine Glasschale. »Wollen Sie auch einen? Schmeckt lecker!«

»Nein, danke. Darf ich fragen, wer der Glückliche ist?«

»Ach, das ist noch nicht spruchreif. Ich habe mich am Wochenende mit Waldemar aus meinem Chor getroffen. Wir sind ins Kino gegangen, anschließend schön essen. Dann waren wir hier und haben Wein getrunken. Klar, er sieht nicht so gut aus wie Harald ausgesehen hat, aber er ist warmherzig und sehr unterhaltsam. Und er mag mich, was ich bei Harald manches Mal bezweifelte.« Verträumt schaute Tanja in den Garten und schenkte sich erneut nach.

Sollte sie tatsächlich von ihrem Harald-Wahn geheilt sein? Ein neuer Mann war in ihr Leben getreten. Deshalb ihr verändertes Aussehen, dachte Margareta. Sie sah den unerotischen Waldemar vor sich, der während der Chorprobe versucht hatte, sich auch an Margareta ranzumachen. Wahrscheinlich war er so verzweifelt, dass ihm egal war, mit wem er sich abgab. Hauptsache weiblich. ›Werde jetzt nicht gemein‹, tadelte sie sich. Zu Tanja passte Waldemar hervorragend.

»Wissen Sie, ich habe meine Einstellung inzwischen geändert. Die große Liebe! Die gibt es doch gar nicht. Schauen Sie mal meine Eltern an. Ich dachte, sie führen eine ideale Ehe, voller Harmonie. Pustekuchen! Meine Mutter hat sich aus dem Staub gemacht und mein Vater treibt sich mit irgendeiner Alten aus der Gemeinde rum. Und das kurz vor der goldenen Hochzeit. Ist das etwa Liebe?«

Margareta musste schlucken und hätte ihr am liebsten erzählt, dass die Alte aus der Gemeinde ihre Mutter war.

Tanja goss sich einen weiteren Likör ein und trank ihn genussvoll in winzigen Schlückchen. Sie schien mit sich und der Welt zufrieden. Plötzlich stand sie auf, ging durch die breite Schiebetür ins Wohnzimmer und stellte den CD-Player an.

Semino Rossis ›Bella Romantica‹ erklang in voller Lautstärke und beschallte nicht nur die große Terrasse, sondern gleich den ganzen Garten.

Oh nein, was für eine furchtbare Musik. Margareta sah den aus Argentinien stammenden Sänger mit der Ringellocken-Frisur vor sich.

Summend kam Tanja beschwingt aus dem Wohnzimmer und drehte sich auf der Terrasse zur Musik im Kreis. »Zu diesem Song habe ich mit Waldemar getanzt. Einfach wunderbar war das.«

Roter Wein und dunkles Kerzenlicht, ein warmer Wind, der uns zum Träumen bringt …

Tanja schloss die Augen und tanzte zu der Schlagermusik. Sie schien weit weg zu sein. Bei Waldemar, um in seinen Armen Wange an Wange zu tanzen.

Nur du und ich, du bist alles für mich. Wenn die Sonne untergeht, Bella Romantica …

Margareta musste schmunzeln, wenn sie an Waldemar

dachte. Unwohl wurde ihr, wenn sie sich vorstellte, was die beiden nach der Tanzerei getrieben hatten, fernab von Stimmflöte und Liederheftchen. Sie wurde diese Bilder einfach nicht mehr los.

Wenn ein Engel am Sternenzelt wacht ...

Semino gab alles, um von der Natur vernachlässigte Menschen wie Tanja und Waldemar aus der Realität zu locken und in eine schmalzige Welt abtauchen zu lassen.

»Schön, nicht wahr?« Völlig erschöpft ließ Tanja sich in den Stuhl plumpsen.

»Na ja«, meinte Margareta, »ist nicht so ganz mein Musikgeschmack.«

Was hatte Tanja bloß so verändert? Konnte das einzig und allein an dieser neuen Verbindung liegen? Besser den Spatz in der Hand? Die Taube war ja nun tot und hatte außerdem niemals etwas von ihr wissen wollen. Blieb der Spatz, er schien ihr zu bekommen. Sie selbst hatte sich den Nachmittag allerdings anders vorgestellt. Sie wollte mehr über Harald, Mackenrodt und Mehlhase erfahren, anstatt nur verliebtes Geplänkel von Tanja und Liebeslieder von Semino Rossi zu hören.

Auf Margaretas Wunsch stellte Tanja etwas verstimmt die Musik leiser.

»Warum essen Sie den Kuchen nicht? Haben Sie vielleicht Angst, er sei vergiftet?« Tanja lachte ein irres Lachen. »Aber ich würde Ihnen doch nie etwas antun. Obwohl das ganz schnell geht, jemanden um die Ecke bringen, meine ich. Da war die Alte im Krankenhaus. Ich kann Ihnen sagen. Die ging mir so was von auf den Keks.« Wieder folgte eine nicht enden wollende Lachsalve. Und wieder goss sie sich einen Likör in den Hals. Sie hatte einen ganz schönen Zug. »Der habe ich einige meiner Schlaftabletten, die ich gesammelt hatte, in ihren Tee getan. Die hat mich nämlich geärgert, hat mich verspottet, hat sich über Harald lustig gemacht. Dabei kannte sie ihn gar nicht. Außerdem war sie schmutzig und hat gestunken. Danach hatte ich jedenfalls Ruhe. Himmlische Ruhe. Plötzlicher Herztod, sagten die Ärzte. Das ging ganz schnell. Glauben Sie mir etwa nicht?«

Margareta war geschockt. Hatte Tanja tatsächlich ihrer Bettnachbarin das Leben ausgehaucht? Oder wollte sie sich wichtig tun? Einmal im Leben prahlen. Und sei es damit, jemanden umgebracht zu haben.

Der Appetit auf den Apfelkuchen war ihr nun restlos vergangen. Sie stellte den Teller beiseite. Vielleicht hatte der Alkohol solch eigenartige Auswirkungen auf Tanja. Vielleicht hatte sie unter Alkoholeinfluss auch Harald umgebracht? Arpad hatte eine große Frau die Straße hinaufgehen sehen. War es Tanja?

Margareta musste es einfach wissen. »Sagen Sie, in der Mordnacht, sind Sie da bei Harald gewesen? Arpad hatte eine Frau wahrgenommen, die die Straße hinaufging.«

Tanja wich das Grinsen aus dem Gesicht. Ernst und irgendwie ertappt sah sie Margareta an, während sie sich einen weiteren Likör einschenkte.

»Ja, ich war bei ihm, doch er war schon tot. Er lag im Keller vor dem Heizungsraum. Da konnte er doch nicht so liegen bleiben. Da bin ich nach Hause, habe mein Gesangbuch geholt, um ihm ein Abschiedslied zu singen. Aus dem Garten schnitt ich noch eine rote Rose ab. Dann bin ich zurück und habe ihn im Heizungskeller aufgebahrt. Richtig schön. Gekämmt habe ich ihn auch noch.«

Margareta schnappte nach Luft. Das durfte doch nicht wahr sein. Was erzählte die Frau da?

»Die Tür war unverschlossen, nur angelehnt. Der Mörder muss sie offen gelassen haben.«

»Aber wie ist er reingekommen? Arpad fand die Tür auch angelehnt vor und behauptete ebenfalls, dass Harald schon tot war. Wer kann es gewesen sein? Haben Sie nichts bemerkt?«

»Nein. Harald muss seinem Mörder selbst die Tür geöffnet haben.«

»Was wollten Sie so spät bei Harald?«

»Es war noch nicht spät, erst nach 22 Uhr. Das ist doch nicht spät.« Mit wirrem Blick und verschmiertem Lippenstift sorgte sie dafür, dass die Likörkaraffe sich weiter leerte.

»Na ja, um jemanden zu besuchen, finde ich diese Uhrzeit schon reichlich spät.«

Tanja gähnte plötzlich, ihre Augen fielen ihr fast zu. »Ist ja auch egal. Er ist tot und basta.«

Margareta sprang voller Panik aus ihrem Stuhl auf. Was, wenn sie hier nicht mehr lebend wegkam?, fragte sie sich. Die Frau hatte die Hacken ab. Gestand ihr einen Mord und erzählte locker, dass sie den toten Harald aufgebahrt hatte. Ging's noch? Plötzlich waren es zwei Personen, die Harald tot angetroffen haben wollten. War das möglich?

»Aber wieso haben Sie dem Kommissar nichts davon erzählt? Er hat Sie doch mehrfach befragt.«

Jetzt wurde Tanja wütend und stand ebenfalls auf, um wankend von der Terrasse die Stufen hinunter in den Garten zu stampfen. »Ach lasst mich doch alle in Ruhe. Was hätte das denn gebracht? Mein Vater wollte, dass ich den Mund halte. Habe ich zwar auch nicht verstanden, aber es war so. Als die Mackenrodt mich niedergeschlagen hatte, damals nach der Chorprobe, sollte ich der Polizei unbedingt erzählen, wer es war, aber bei Harald, da sollte ich den Mund halten. Wer soll denn da noch durchblicken?«

»Die Mackenrodt hat Sie niedergeschlagen?«, fragte Margareta leise. Oh Mann, was kam noch? Der Vater wusste vom toten Harald und schwieg ebenfalls. Er hielt es nicht für nötig, die Polizei zu verständigen. Diese Familie war doch krank. Weg hier, bloß weg hier.

»Ich glaube, es ist besser, Sie legen sich jetzt hin. Der Likör scheint Ihnen nicht bekommen zu sein. Wir unterhalten uns ein anderes Mal, okay?«

Tanja nickte nur, ließ sich von Margareta ins Haus führen und fiel wie ein nasser Sack aufs Sofa. Sekunden später war sie, halb liegend, halb sitzend, eingeschlafen. Margareta zog die Tür hinter sich zu und trat mit klopfendem Herzen den Heimweg an.

Ein letzter Blick zurück auf das frei stehende Backsteinhaus mit dem herrlichen Vorgarten, in dem üppige Hortensienbüsche in den schönsten Farben blühten. So ein wunderschönes Wohnviertel und doch, wie man so schön sagte: unter jedem Dach ein Ach, auch bei den besser Betuchten.

Sollte sie Blauländer anrufen? Ihn davon in Kenntnis setzen, dass auch die Beuker Harald tot vorgefunden hatte? Er würde ihre Zweifel beiseite wischen. Na und, würde er sagen. Hat die Beuker ihn eben gefunden, nachdem Arpad ihn umgebracht hatte. Aus Angst wird sie nichts unternommen haben. Ja, so würde er es abtun. Und was war mit der Bettnachbarin, die angeblich von Tanja vergiftet wurde? Auch da würde er eine Erklärung finden. Geltungssucht der Beuker oder sonst was. Was, wenn Tanja Beuker die Mörderin von Harald war? Nachdem sie ihn erdrosselt hatte, ging sie nach Hause, um Gesangbuch und eine Rose zu holen. Arpad betrat in der Zwischenzeit das Haus und sah den toten Harald. Könnte so gewesen sein.

Zu Hause angekommen, war Margareta völlig fertig. Was für ein schlimmer Nachmittag. Waldemar tat ihr leid. Was hatte er sich da für eine Frau angelacht! Jemand musste ihn warnen.

Mit dem Handy in der Hand lief Margareta wieder von Zimmer zu Zimmer. Doch statt Waltraud oder Blauländer rief sie Gräfin Carolin an. Sie musste einfach Näheres über Arpads Selbstmord erfahren.

Ziemlich mürrisch und wortkarg war die Gräfin, als sie Margaretas Stimme vernahm. Margareta war jedoch froh, dass die Gräfin das Gespräch nicht gleich beendet hatte. Auch die erwarteten Beschimpfungen und Schuldzuweisungen blieben aus. Allerdings verbat sich die Gräfin, dass Margareta noch einmal Kontakt mit ihr aufnahm. Mehrfach hätte Arpad ihr noch vor seinem Tod versichert, dass er nicht Haralds Mörder gewesen sei, erwähnte sie noch.

Nach dem Gespräch war Margareta jedoch ein wenig beruhigt. Arpad hatte nach Ungarn zurückkehren sollen und sei deshalb sehr verzweifelt gewesen. War das der Grund für seinen Selbstmord? Zumindest teilweise, stand für Margareta fest.

Die nächste Hiobsbotschaft traf sie am anderen Morgen am schön gedeckten Frühstückstisch ihrer Mutter. Margareta schaute aus dem Fenster, das zum Hof zeigte. Klarer blauer Himmel, die Sonne meinte es mal wieder gut. Ihr Blick blieb an dem mit roten Geranien gefüllten Balkonkasten hängen. Noch immer war er mit nur einem Halter befestigt, weil der andere vor einiger Zeit abgebrochen war. Er war eine echte Gefahr für die unten vorbeigehenden Nachbarn.

»Sag mal, willst du das nicht mal reparieren? Du bekommst ganz schön Ärger, wenn die Kiste samt den Blumen jemandem auf den Kopf segelt«, meinte Margareta.

Waltraud kicherte völlig unangemessen. »Wird schon, Kind, wird alles gemacht. Oskar wird es richten. Schon heute Nachmittag.«

»Das ist jetzt nicht wahr, oder? Du triffst diesen alten Kerl wieder? Nach der Show, die er hier abgezogen hat?«

»Ach, Margareta, nun sei doch nicht so. Der Mann ist alt. Der Mann ist einsam. Seine Frau hat ihn verlassen. Außerdem hat er sich für sein unmögliches Verhalten entschuldigt.« Mit stoischer Ruhe biss sie in ihr Brötchen, schüttete sich dazu Kaffee in den vollen Mund und schmatzte anschließend vor sich hin. Auf ihrem Kopf thronten giftgrüne Lockenwickler.

Margareta schüttelte den Kopf. »Verrückte Welt. Alt und einsam entschuldigt wohl alles, was?«

»Ein wenig Nachsicht könnte dir nicht schaden, Gretchen«, meinte Waltraud tadelnd.

»Mutter! Dass du dich wieder mit diesem Kerl abgibst! Die ganze Beuker-Familie hat den totalen Kopfschuss. Ich war gestern bei seiner Tochter. Ja, ich kann dir sagen. Das ist vielleicht eine Durchgeknallte.«

Waltraud ließ sich nicht aus der Fassung bringen. »Was krauchst du denn dahin, wenn sie so unmöglich ist? Immer noch auf Mördersuche? Hast du nach dem Wochenende nicht endlich genug? Was muss man noch mit dir machen, damit du die Schnüffelei lässt? Am Montag musst du wieder zur Arbeit, dann ist Schluss mit lustig.«

»Das ist noch gar nicht raus. Ich kann immer noch zum Arzt, mir eine Verlängerung holen.«

»Ja, mach nur weiter. Bis man dich rausschmeißt.«

»So oft bin ich nicht krank. Außerdem ist der Fall sowieso fast gelöst.«

Waltraud riss ihre Augen auf. »Wieso? Hat man den Mörder inzwischen? Was sagt Blauländer denn?«

»Ach, Blauländer! Für ihn ist der Fall so gut wie abgeschlossen. Er hält Arpad für den Mörder. Der hat sich vorgestern in den Kopf geschossen.«

Nun war Waltraud das Grinsen vergangen. Entsetzt schaute sie Margareta an. »Und das erzählst du mir erst jetzt? Wie lange weißt du das schon?«

»Seit gestern. Ich musste das selbst erst einmal verdauen.«

»Der arme Mann. Ob er tatsächlich der Mörder war? Du hast ihm aber auch zugesetzt. Hast ihn regelrecht in die Enge getrieben. Kein Wunder, dass er dich zu dem Pferd gesperrt hatte. Nun ist er tot. Wie furchtbar.«

»Ja, mach mir ruhig ein noch schlechteres Gewissen, als ich eh schon habe. Nein, ich glaube nicht, dass er Harald umgebracht hat. Das wäre zu einfach.«

Für kurze Zeit saßen sie ganz still beieinander, jede in ihre Gedanken versunken, geschockt über den Tod des Ungarn.

»Und wenn es ein ganz anderer war? Ein Einbrecher zum Beispiel. Einer, der sich sein Opfer ganz zufällig ausgesucht hat«, sinnierte Waltraud.

»Ja, und der hat dann geklingelt und Harald hat ihn einfach so hineingelassen. ›Sie wollen mich umbringen? Kommen Sie herein!‹, wird er gesagt haben. Nein, es gibt keine Einbruchspuren. Was soll ein Zufallstäter auch für ein Motiv gehabt haben? Nichts fehlte im Haus.«

Völlig erledigt legte Margareta den Kopf auf den Tisch

ab, nachdem sie das Tischset mit dem Geschirr beiseite geschoben hatte.

»Kind, du reibst dich für eine Sache auf, die dich überhaupt nichts angeht.«

»Ich habe mich ein wenig in Harald verliebt. Schon vergessen? Da soll ich mich nicht für seinen Mörder interessieren? Der hat mir schließlich alles genommen.«

»Nun mach aber mal einen Punkt. Wer weiß, ob aus euch zwei ein Paar geworden wäre. Vielleicht wäre er schon Geschichte. So ein Filou.«

»Wer war es bloß?«, flüsterte Margareta, den Kopf noch immer auf dem Tisch abgelegt.

»Vielleicht war es Tanja? Ihr Vater hat mir gestern erzählt, sie hätte eine aggressive Ader. Wusstest du, dass sie im Alter von zehn Jahren ihre Katze erdrosselt und in der Garage aufgehängt hat?«

»Nein, hat sie mir nicht erzählt. Sie hat jetzt ganz andere Sorgen, ist frisch verliebt.« Langsam richtete Margareta sich auf und stöhnte.

»Ja, Oskar hat davon erzählt. Er hofft, dass das was wird. Soll ein solider Mann sein.«

Margareta lachte. »Ja, solide ist er schon, der Schönste ist er allerdings nicht.«

»Aber auf das Aussehen kommt es doch nicht an. Die inneren Werte …«

»Ach Waltraud, nicht schon wieder«, unterbrach Margareta ihre Mutter und sprang auf. »Ich glaube, es ist besser, ich gehe jetzt. Danke für das Frühstück.«

Als Mutter und Tochter sich an der Haustür verabschiedeten, blickte Margareta noch einmal zu dem offenen Wohnzimmerfenster mit dem klappernden Blumenkasten. »Und sieh zu, dass der Kasten befestigt wird.«

»Ja, ja, Gretchen, Oskar bringt Werkzeug mit und wird es heute noch richten«, meinte Waltraud, bevor sie ihrer Tochter einen Kuss auf die Wange gab.

Was hatte ihre Mutter vorhin gesagt? Oskar bringt Werkzeug mit? Die letzten Worte ihrer Mutter gingen ihr nicht mehr aus dem Kopf. Der alte Beuker kann mit Werkzeug umgehen? Konnte er etwa auch Dinge verdrahten? Hatte er auch Harald den Draht um den Hals gelegt und ihn damit erdrosselt? War er vielleicht der Täter? Doch wieso sollte er Harald aufgesucht haben? Zwischen Tanja und Harald herrschte angeblich schon lange Funkstille. Oder etwa nicht? War Tanja ihm wieder zu nahe getreten, sodass der Vater mal von Mann zu Mann mit seinem Nachbarn reden wollte?

Sie nahm den Filzstift vom Wohnzimmertisch, ging zur Küchentür, um ihre Verdächtigenliste zu aktualisieren. Oskar Beuker stand nun an erster Stelle, noch vor Tanja. Arpad stand an letzter Stelle. Wieso eigentlich? Weil er es vorgezogen hatte, sich aus dem Leben zu verabschieden? Oder war es ganz einfach Intuition? Und was war mit Mackenrodt und ihrem Kumpel Udo Mehlhase? Margareta hielt beide noch immer für verdächtig. Obwohl Mehlhase eigentlich gar kein Motiv hatte.

Sie musste unbedingt Blauländer sprechen und griff zu ihrem Handy.

Margareta war mehr als enttäuscht. Das Gespräch hätte sie sich sparen können. Er wirkte gestresst und war kurz angebunden. Hatten Anni oder die alte Gisela wieder gezickt und ihn gequält? Margaretas ausführliche Schilderung des Kaffeetrinkens bei Tanja wollte er überhaupt nicht hören und unterbrach sie etliche Male. Dass Tanja behauptet hatte, im Krankenhaus ihre Bettnachbarin getötet zu haben, registrierte er ebenso wenig wie die Tatsache, dass Oskar Beuker heute den Blumenkasten ihrer Mutter befestigen wollte.

Ein völlig veränderter Blauländer, musste Margareta feststellen. »Und der Fall ist nun abgeschlossen, oder wie? Einzig und allein wegen der Tatsache, dass der Ungar sich – übrigens aus einem ganz anderen Grund – das Leben genommen hat?«, fragte sie ihn zum Schluss erbost.

»Nein, der Fall ist natürlich noch nicht ganz abgeschlossen. Wir ermitteln weiter. Doch wie das K 11 und die SOKO Kleinschnittger da vorgeht, muss ich Ihnen nicht mitteilen, liebe Frau Sommerfeld.« Er schnaufte genervt in den Hörer.

Seine Förmlichkeit kränkte sie. Er hatte gar nicht wissen wollen, was für einen anderen Grund Arpad hatte, sich umzubringen. Nichts. Mit einem leisen Gruß beendete sie das Gespräch, schwor sich aber, ihm sein Verhalten bei nächster Gelegenheit heimzuzahlen, diesem Stiesel. Nie wieder würde sie Ranunkeln von ihm annehmen.

Wie elend sich Blauländer fühlte, ahnte sich nicht im Geringsten. Er überlegte seit zwei Tagen, ob es nicht an der Zeit war, langsam in den Ruhestand zu gehen. Wie lange hatte er schon keinen Ermittlungserfolg zu verbuchen? Sein Team, allen voran Kornblum, war genervt von seiner Arbeitsweise.

›Vielleicht brauche ich ganz einfach Urlaub‹, überlegte er. Ein paar Tage raus aus dem Trott, eine schöne Tour an den Rhein oder ins Allgäu. Und dann kam auch noch die Sommerfeld und wollte seine Vorgehensweise durchkreuzen. Tanja Beuker hätte ihre Bettnachbarin im Krankenhaus mit Schlaftabletten umgebracht. Ewig war das her. Sollte er sich lächerlich machen, indem er eine Obduktion anordnete? Er hatte sich jedoch ein paar Notizen gemacht und wollte im Krankenhaus nachhören, woran die alte Frau gestorben war.

Dann die Sache mit dem Blumenkasten. Hielt sie tatsächlich den senilen Beuker für den Täter, nur weil er vielleicht mit Zange und Draht arbeitete? War sie so naiv oder tat sie nur so? Soll ich ihn deshalb vielleicht festnehmen? Doch er nahm sich vor, Oskar Beuker noch einmal einen Besuch abzustatten. Schaden konnte es nicht.

Eine furchtbare Ruhelosigkeit trieb Margareta am Nachmittag noch einmal zu ihrer Mutter. Sie musste den alten Beuker sprechen. Wollte sehen, wie er den Balkonkasten reparierte, dieser Stadtrat im Ruhestand.

Ihre Mutter war ein wenig verdutzt, als sie ihr die Tür öffnete. Irgendwie ertappt kam sie Margareta vor. Ertappt wobei? Sie hatten doch nicht etwa?

Als ihre Mutter den Weg ins Wohnzimmer freigab, konnte sie Oskar Beuker am offenen Fenster hantieren sehen. Ihr Herz begann härter zu schlagen. Sie war furchtbar aufgeregt.

Er trug eine beige Stoffhose aus Leinen, die lange keine Waschmaschine mehr von innen gesehen hatte. Dazu ein kurzärmliges Hemd, was er besser hätte lassen sollen. Sein fettig verschwitztes Haar war nach hinten gekämmt. Der Mann war kein schöner Anblick, fand Margareta. Ja, war Waltraud denn blind? Einen Mann um jeden Preis?

Auf Margaretas unfreundlichen Gruß nickte er nur, sagte nichts. Sie trat näher ans Fenster, um dem alten Mann bei seiner Tätigkeit zuzuschauen. Mit zitternden Fingern ging er ungeschickt ans Werk. Würde er tatsächlich Draht verwenden?

Anstatt einen neuen Halter zu montieren, hatte er wohl vor, den Kasten provisorisch zu reparieren. Er betastete das nahegelegene Regenwasserrohr. Ungeschickt nahm er den Blumenkasten aus der noch intakten linken Halterung und hievte ihn ins Zimmer, um ihn auf dem Tisch abzustellen. Je intensiver Margareta ihm zusah, desto mehr zitterten seine Hände. Schweiß tropfte ihm von der Stirn.

Eine stählerne Hand griff nach Margaretas Herz. Haralds Mörder war ihr ganz nah. Sie spürte, dass Oskar Beuker für Haralds Tod verantwortlich war.

»Und Sie meinen, das wird was? Wie wollen Sie vorgehen?« Sie wollte den Mann reizen.

Voller Zorn schaute er sie an. »Machen Sie das doch selbst, wenn Sie es besser können.«

»Kann ich eben nicht, deshalb lasse ich meine Finger davon.«

Waltraud versuchte es mit ein paar Einwänden zur Entschärfung der sich zuspitzenden Situation, aber wurde von beiden ignoriert.

»Große Töne spucken, nichts dahinter. Das haben wir schon gerne«, zischte der alte Mann Margareta an.

»Sie müssen es wissen. Ich kann da nicht mithalten.«

Abwartend schaute Beuker sie an.

Leg noch eins drauf, rief ihre innere Stimme. »Nehmen Sie doch Draht. Oder haben Sie Zange und Draht vergessen?« Der Mordvorwurf lag in der Luft. Böse schaute Oskar Margareta an.

Plötzlich fasste er sich mit weit aufgerissenen Augen an sein Herz, steuerte auf das Mohairsofa ihrer Mutter zu und ließ sich wie ein nasser Sack darauf fallen. Was diese Couch schon alles ausgehalten hatte.

»Mein Herz, mein Herz!«, wimmerte er und fasste sich theatralisch an die knöcherne Brust.

»Da siehst du, was du angerichtet hast«, wandte sich Waltraud empört an ihre Tochter, um gleich darauf loszulaufen und Baldriantropfen zu holen.

»Fall du auch noch auf den rein. Der macht dir doch bloß was vor.« Margareta hatte kein Mitleid mit dem Mann.

»Die nützen nichts. Ich muss meine Medikamente haben … in meinem Auto … im Handschuhfach … mein Spray!«, stammelte er heiser und wühlte gleichzeitig in seiner rechten Hosentasche nach seinem Autoschlüssel.

»Na, nun geh schon, Gretchen, hol dem Oskar seine Medizin.« Wütend schmiss Waltraud ihr seinen Autoschlüssel zu. »Der blaue Volvo, der vor dem Haus parkt.«

»Ich? Wieso ich?«, fragte Margareta völlig verblüfft ihre Mutter.

»Willst du, dass er stirbt?«, schrie Waltraud.

»Nein, natürlich nicht!« Sie ließ die Wohnungstür angelehnt und stapfte die Treppen hinunter ins Erdgeschoss, lief um das Haus herum zur Straße.

Angeekelt schloss sie die Tür des uralten Volvos auf. Im Handschuhfach des Fahrzeugs wurde sie dann schnell fündig. ›Nitrolingual akut‹ stand auf der winzigen Sprühflasche. War er tatsächlich herzkrank? Trotzdem verspürte sie nur wenig Mitleid mit ihm und hatte es deshalb auch nicht sonderlich eilig, weshalb sie sich die Zeit nahm und den Kofferraum des alten Fahrzeugs aufschloss. Als hätte sie es geahnt. Neben unterschiedlich großen Zangen befand sich an den Ersatzreifen gelehnt eine Rolle weicher biegsamer Draht. Genau der Gleiche, den sie an Haralds Hals gesehen hatte. Völlig aufgelöst ging sie zurück ins Haus. Gleichzeitig wählte sie Blauländers Handynummer. Nachdem seine Mailbox ansprang, sprach sie ihm hastig ein paar Worte darauf.

Als sie die Diele betrat, hörte sie Oskars Stöhnen aus dem Wohnzimmer.

»Da bist du ja endlich, Gretchen«, rief ihre Mutter. »Komm, gib Oskar das Spray!«

Doch Margareta dachte gar nicht daran, ihm die kleine Flasche auszuhändigen.

Mit weit aufgerissenen Augen starrte der alte Mann sie an und flüsterte: »Mein Spray, her damit!«

»Das hätten Sie wohl gerne. Zuerst beantworten Sie mir ein paar Fragen.« Oskars Gesundheitszustand musste Margareta ausnutzen.

»Gretchen, das Spray«, rief Waltraud erneut und stellte sich vor ihre Tochter.

Margareta wandte sich dem stöhnenden Oskar zu. »Sie haben Draht und Zange in Ihrem Kofferraum. Genau so einen Draht, der Harald um den Hals gewickelt wurde. Sie haben ihn umgebracht! Geben Sie es zu, Sie haben ihn auf dem Gewissen.«

Voller Wut stürzte sich Margareta auf den sitzenden Oskar, packte ihn mit beiden Händen an seinem Hemdkragen und riss daran. »Du elender Kerl. Du Mörder!«

Oskars Kopf baumelte hin und her. Er schnappte nach Luft.

»Er stirbt, Margareta! Oskar stirbt! Gib ihm endlich sein Spray!«, schrie Waltraud und raufte sich verzweifelt die Haare.

»Womit hast du Harald betäubt, bevor du ihm die

Schlinge um den Hals gelegt hast?«, schrie Margareta Oskar an.

Er schien sich wieder etwas zu beruhigen. Lethargisch schaute er sie ihn. Ihm schien alles egal zu sein.

»Wir wollten reden, von Mann zu Mann ... Kleinschnittger wollte eine Flasche Wein aus dem Keller holen. Ich bin ihm hinterher. Mit einem Stahlfäustel, der hinter mir auf einem Regal lag, gab ich ihm von hinten eins auf den Kopf. Kleinschnittger war selbst schuld, hat Tanja dumm dastehen lassen. Vielleicht hat er ihr tatsächlich schöne Augen gemacht und sie hat nicht nur fantasiert.«

»Ich dachte, das Thema wäre durch gewesen, wieso wollten Sie an diesem Abend überhaupt mit ihm sprechen?«

»Sie hatte wieder angefangen, ihm Briefe zu schreiben. Ich habe ihren Schreibtisch durchsucht. Irre Briefe auf rosa Papier, schwülstige Worte. Es durfte nicht von vorne beginnen. Dann hat sie ihn angerufen, wollte sich mit ihm treffen. Er habe dieses Mal zugestimmt, erzählte sie uns euphorisch beim Abendessen. Ich wollte ihn doch nur bitten, mal ein ernstes Wörtchen mit ihr zu reden. Ihr klarzumachen, dass er nichts für sie empfand. Doch er war betrunken, hatte wohl selbst Probleme, und laberte nur wirres Zeug, von heiraten und Las Vegas. Er hätte keine Lust, sich mit so einer Irren wie Tanja abzugeben. Er wollte die Briefe einem Anwalt übergeben und auf Unterlassung klagen. Wie hätte ich denn dagestanden? Unser guter Ruf wäre hin gewesen. Als er meine Verzweiflung bemerkte, wurde er versöhnlicher, schlug vor, ein Glas Wein zusammen zu trinken. Auf gute Nachbarschaft. Ich bekam Angst, dass er unsere Familie in der Siedlung unmöglich machen würde. Da sah ich nur diesen einen Ausweg. Ich musste ihn zum Schweigen bringen. Und ich hatte noch so ein Gefühl … Harald brauchte Geld, das war mir klar, als er von Las Vegas faselte. Ich glaube, er wollte mich mit den Briefen erpressen. Er war schlau. Er wusste, dass ich zu vielem bereit bin, um unseren Ruf zu schützen.«

Völlig kraftlos, mit schweißnasser Stirn, sackte Oskar Beuker nach seinem Geständnis in sich zusammen. »Mein Spray«, kam es fast flüsternd über seine bläulich verfärbten Lippen. »Sie wissen nun alles. Geben Sie mir mein Spray!«

»Nun hilf ihm doch endlich, Margareta!«, rief Waltraud erregt.

Margareta stand nur da und sagte kein Wort, starrte den alten Mann fassungslos an.

Voller Verzweiflung, weil sie ihm das Spray verweigerte, riss Oskar die Augen auf und mobilisierte seine letzten Kräfte. Urlaute von sich gebend stand er auf und baute sich in voller Größe vor Margareta auf. Mit der rechten Hand griff er nach dem Kerzenständer aus Holz, der sich auf dem kleinen Tisch neben dem Sofa befand. Die rote Kerze fiel dabei zu Boden. Mit verzerrtem Gesicht holte er aus und schlug damit nach Margareta. Sie strauchelte, fiel nach hinten und blieb für einen Augenblick am Boden liegen, die Hand jedoch fest um die kleine Flasche gelegt.

Ein weiterer Schlag traf Waltraud, die daraufhin in die Knie ging.

11

»Jetzt reicht es. Wir fordern Verstärkung an. Das wird mir zu gefährlich für die Geisel«, meinte Blauländer und griff zu seinem Handy.

Kornblum klopfte an die Kammertür und versuchte, den alten Beuker zum Aufgeben zu überreden. Dieser wollte jedoch nur sein Nitro-Spray. Er pfiff nun scheinbar aus dem letzten Loch.

Margareta lehnte an der Wand neben der Kammer und hielt sich ein nasses Tuch an ihre Stirn. Da hatte der Kerl doch tatsächlich versucht, sie niederzuschlagen. Ihre Mutter hatte er einfach in die Abstellkammer verschleppt, wo er sie nun als Geisel hielt. Margareta hielt die Flasche fest in den Händen und war zum Tausch bereit. Das Spray gegen ihre Mutter. Tränen liefen ihr die Wangen hinunter. Ihre Mutter, die Geisel eines Mörders.

»Ob sie überhaupt noch lebt?«, fragte sie Blauländer, der nur mit den Schultern zuckte.

»Mach auf, du Schwachkopf, lass meine Mutter frei. Was hat sie dir getan? Wie geht es ihr?« Margareta schrie verzweifelt.

»Gib mir zuerst mein Spray! Mein Herz!«

»Was ist mit meiner Mutter?«, ließ Margareta nicht locker.

»Sie ist ohnmächtig, aber sie lebt.«

Beuker begann irre zu lachen. Wohl eine paradoxe Reaktion.

Blauländer gab ihr ein Zeichen, dass sie sich mäßigen sollte. »Reizen Sie ihn nicht zusätzlich. Warten wir, bis das Sondereinsatzkommando da ist«, flüsterte er ihr zu.

»Schnabel«, flüsterte sie zurück, »halten Sie ganz einfach mal den Schnabel.«

Margareta musste an Harald denken und daran, dass hinter der Kammertür sein Mörder saß. »Ich verstehe nicht, wieso Sie Harald umgebracht haben. Das war doch kein Mordmotiv. Wo hatten Sie den Draht und die Zange her? Hatten Sie beides gleich mitgebracht?«

»Nein, ich hatte nicht vor, den Mann umzubringen. Ich habe es aus der Garage geholt und bin wieder zurück. Er lag noch am Boden des Weinkellers. Ich schleifte ihn in den Kellergang und legte ihm den Draht um den Hals. Als ich, zuerst mit der Hand und dann mit der Zange, immer fester zuzog und Kleinschnittger nur noch röchelnde Geräusche von sich gab, fühlte ich mich besser. Es war, als fiele ein Last von mir.«

Den Rest hatte dann Beukers Tochter besorgt. Sie hatte ihn im Heizungskeller aufgebahrt.

»Und was wollen Sie jetzt von meiner Mutter? Wozu brauchen Sie eine Geisel? Ist doch eh alles gelaufen für Sie.«

»Ich will zu meiner Frau, nach Lieberhausen. Ich muss mit ihr reden. Damit man mich gehen lässt, werde ich Ihre Mutter mitnehmen. Doch zuerst brauche ich mein Spray. Mir geht es schlecht.«

Der blufft bloß, war Margareta sich sicher. Ginge es ihm wirklich schlecht, wäre sein Herz schon drei Mal stehen geblieben. Bei der Vorstellung, wie der Greis mit seiner Geisel die Flucht antrat, wurde ihr übel. Schon seit Jahren wäre er keine weiten Strecken mehr gefahren, hatte ihr Tanja erzählt. Würde er jemals heil in Lieberhausen ankommen?

Die beiden Superkommissare standen herum, als ginge sie das Ganze überhaupt nichts an. Blauländers Blick brachte Margareta zur Weißglut.

»Aufwachen, Herr Kommissar. Wollen Sie nicht mal langsam einschreiten? Was haben Sie eigentlich bisher gemacht? Muss ich hier ganz alleine mit dem Mörder verhandeln?«

Blauländer bebte vor Zorn. »Sie impertinente Person. Verhandeln? Dass ich nicht lache! Die Art, wie Sie die Sache angehen, macht alles nur schlimmer. Geben Sie ihm endlich das Spray, dann lässt er Ihre Mutter vielleicht frei. Sie wollen private Ermittlerin werden? Das ist doch ein Witz!«

»Für Sie ist Haralds Mörder längst tot. Den alten Beuker hatten Sie nie in Erwägung gezogen. Ihre Vorgehensweise im KK 11 und Ihre SOKO Kleinschnittger, das ist pures Mittelalter. Sie hätten Spuren vom alten Beuker in Haralds Haus finden müssen. Irgendetwas, Hautschüppchen, Haare, Speichel, Fingerabdrücke. Hat die KTU geschlafen? Die Zeit scheint bei Ihnen in den 90er Jahren stehen geblieben zu sein.« Ihr war völlig egal, was Blauländer über sie dachte. Sie legte auch keinen Wert mehr auf einen freundschaftlichen Umgang mit ihm.

»Dass ich bereits die Hausdurchsuchung bei den Beukers angeordnet habe, während Sie den alten Mann dort drinnen beschimpften, scheint Ihnen entgangen zu sein, oder? Was maßen Sie sich an, meine Arbeitsweise zu kritisieren?«

Wieder musste Margareta schallend lachen. »Was wollen Sie denn in Haus und Garage der Beukers finden? Sicherlich das Stahlhämmerchen, mit dem Harald bewusstlos geschlagen wurde. Was bringt das noch? Der Täter hat bereits gestanden.«

Blauländer zog erneut sein Handy aus der Tasche.

»Was wird das jetzt? Wird jetzt das Sondereinsatzkommando angefordert? Werden gleich vermummte Männer durch die Fenster steigen, um meine alte Mutter aus den Armen des Geiselnehmers zu befreien? Beuker hat noch nicht mal eine Waffe.«

»Armes Mädchen. Sie sind ganz schön dumm. Was ist, wenn er in der Kammer etwas findet, mit dem er Ihrer Mutter Gewalt antut?«

Das arme Mädchen überhörte Margareta geflissentlich. »Wenn er es hätte tun wollen, wäre meine Mutter längst tot. Ich schlage vor, wir holen Tanja her. Das Spray gebe ich ihm jedenfalls nicht, bevor er endlich aufgibt.«

Wutschnaubend lief Blauländer in der winzigen Diele auf und ab. Schweiß rann ihm von der Stirn, sein Kopf war feuerrot. Sein blauweiß kariertes Oberhemd klebte ihm am Leib. Es schien tatsächlich, als wisse er nicht, was er als Nächstes tun sollte.

Kornblum fand das Verhalten seines Vorgesetzten einfach köstlich. Seine totale Unsicherheit geilte ihn richtig auf. Die Sommerfeld beeindruckte ihn. Er musste ihr in manchen Dingen, die sie Blauländer vorwarf, recht geben.

»Ja, dann rufen Sie sie doch an. Meinetwegen.« Er hatte sich inzwischen auf das Sofa im Wohnzimmer gesetzt und verlangte nach einem Glas Wasser, welches Kornblum ihm grinsend servierte.

Margareta saß noch immer neben der Abstellkammer auf dem Boden, hielt das Spray in der Hand und den Lappen an ihre Stirn. Sie weigerte sich noch immer, Beuker das Spray zu überlassen. Wer weiß, vielleicht würde er nach einem Sprühstoß wieder Kräfte sammeln.

Tanja war informiert und wollte in ein paar Minuten hier sein. Eine Arbeitskollegin aus dem Kindergarten würde sie fahren.

Das laute Stöhnen von Beuker verriet ihr, dass es ihm wohl doch schlecht gehen musste. Von ihrer Mutter hörte sie nichts, was von Bewusstlosigkeit zeugte.

Margareta verspürte keine Kraft mehr, sich mit dem alten Mann weiter auseinanderzusetzen. Etliche Fragen brannten ihr noch unter den Nägeln. Zum Beispiel, ob Tanja wusste, dass ihr Vater der Mörder war. Sie musste mitbekommen haben, dass er an dem Abend zwei Mal das Haus verließ. Sie selbst war auch zwei Mal bei Harald gewesen. Das musste ja an dem Abend bei ihm zugegangen sein wie im Taubenschlag, dachte Margareta. Allein die beiden Beukers hatten zusammen vier Mal sein Haus betreten. Hinzu kam noch der Besuch Arpads. Sonst noch wer?

Und da hallten auch schon Tanjas Schritte durch das hellhörige Treppenhaus. Die Holztreppen knarrten unter ihrem Gewicht. Kornblum hatte die Haustür geöffnet, da er vermeiden wollte, dass Tanja die Klingel betätigte und den alten Beuker noch zusätzlich reizte. Auch die Wohnungstür war nur angelehnt.

Margareta stand auf und ging zur Tür. Sie atmete tief ein. Tanja stand heulend auf der Matte und sah zum Erbarmen aus. Wieder trug sie ihr rotes Sommerkleid, das schon arg mitgenommen aussah. Margareta packte Tanja am Oberarm, zog sie in die Diele und schob sie zur Kammertür.

»Sie müssen Ihren Vater zur Vernunft bringen. Ich verlasse mich auf Sie.«

Tanja schaute Margareta an wie eine geistig Minderbemittelte. Ihr Blick streifte Kornblum und blieb schlussendlich an dem auf der Couch sitzenden Blauländer hängen.

»Aber konnten denn die Kommissare nichts ausrichten?«

»Hören Sie, wenn es nach denen ginge, wäre längst das

Sondereinsatzkommando hier und Ihr Vater vielleicht schon tot. Ist es das, was Sie wollen?«

»Nein, natürlich nicht.« Zögernd stand sie vor der verschlossenen Tür, wusste nicht, was sie tun sollte. Ihre Angst vor ihrem Vater war spürbar.

»Papa, bist du da drin?«, kam es zaghaft aus Tanjas Mund.

»Ja, so wird das nichts. Sie müssen schon resoluter auf ihn einreden, damit er endlich aufgibt. Er will mit meiner Mutter als Geisel nach Lieberhausen fahren, um Ihre Mutter heimzuholen.«

Tanja nahm sich ein Herz, hämmerte an die Tür und schraubte ihre Stimme einige Dezibel lauter.

»Papa, ich hab doch nur noch dich. Mach keinen Quatsch und komm heraus. Lass die Frau in Ruhe. Sie hat dir nichts getan.«

»Tanja? Ich brauche mein Nitro-Spray. Mein Herz!« Mit elend klingender Stimme sprach Beuker mit seiner Tochter.

»Bitte, komm heraus, Papa. Dann bekommst du sofort dein Spray. Versprochen!«

»Mein Herz, Tanja! So hilf mir doch! Ich habe Harald umgebracht. Wieso hast du den Mann auch nicht in Ruhe gelassen?«

»Harald ist längt vergessen. Ich werde Waldemar heiraten.«

»Und ich gehe ins Gefängnis. Deinetwegen. Aber vorher will ich mit Mama sprechen. Sie muss zurückkommen. Ich werde nach Lieberhausen fahren. Waltraud nehme ich mit. Aber vorher brauche ich mein Spray.« Oskar Beuker bekam einen Hustenanfall und sagte nichts mehr.

»Ich will aber nicht mit nach Lieberhausen«, jammerte

Waltraud, die soeben aus ihrer Bewusstlosigkeit erwacht war.

»So ein Theater habe ich in meiner Laufbahn als Kommissar noch nicht erlebt!«, meinte Blauländer kopfschüttelnd und schenkte Margareta einen wütenden Blick.

Nun begann Tanja laut zu heulen. So laut, dass den umstehenden Personen angst und bange wurde. »Papa, mach endlich die Tür auf. Du weißt genau, dass du es nie bis nach Lieberhausen schaffen wirst. Komm, gib auf.« Und wieder schluchzte sie.

Wutschnaubend griff Blauländer mit den Worten »Jetzt habe ich aber genug« zu seinem Handy, als der Schlüssel sich endlich im Schloss drehte und die Tür der Abstellkammer sich quietschend öffnete.

Den Anwesenden bot sich ein Anblick des Grauens. Auf dem Boden der kleinen Kammer saß zwischen prall gefüllten Regalen Oskar Beuker wie ein kranker Altvogel und verlangte nach seinem Spray. Sein Haar hing ihm wüst in der Stirn, sein Hemd war auf der Brust total besabbert, seine Hose war vorne ebenfalls durchnässt.

Dahinter saß, an ein Regal gelehnt, Waltraud und hielt sich den Hinterkopf. »Na endlich. Ich hatte auch gar keine Lust auf Lieberhausen.«

In weniger als einer Stunde war der Spuk vorbei. Beuker wurde, nachdem er sofort einen Sprühstoß seines Herzmittels verabreicht bekommen hatte, in ein Krankenhaus gebracht. Seine weinende Tochter und zwei Polizisten begleiteten ihn.

Waltraud Sommerfeld lehnte eine Untersuchung in einer Klinik ab und wurde von Margareta zu ihrem Hausarzt gefahren, der auch ihre Wunde am Kopf gleich mit versorgte.

Blauländer und Margareta trennten sich nicht im Einvernehmen. Hass sprach aus ihrer beider Blicke, als sie sich zum Abschied ansahen. Kein Gruß, nichts. Beide hofften, den anderen nie wiedersehen zu müssen.

EPILOG

»Ach, Margareta, du erlebst an einem Tag mehr als andere in ihrem ganzen Leben. Ich bewundere dich.«

Brigitte trug ihr gelbes Kostüm mit dem passenden Hut, den sie gerade neu auf ihrem Kopf justierte. Ihr Blick blieb an einem ältlichen Casanova hängen, der sich mit seinen leuchtend roten Gehstützen an diesem herrlichen Sommertag durch den Kurpark quälte.

»Hör bloß auf! Bewundern? Pah! Das ist alles so furchtbar. Heute ist mein letzter freier Tag. Okay, Haralds Mörder ist gefasst. Doch ich fühle mich keineswegs erleichtert. Nein, ich fühle mich leer und ausgebrannt. Die drei Wochen Krankzeit, in denen ich mich auskurieren sollte, haben mich alt und müde werden lassen. Mein Chef wird einen Schock bekommen, wenn er mich am Montag mit der Beule am Kopf sieht.«

»Aber du hast es geschafft. Du hast Haralds Mörder gefasst. Ohne dich wäre er nie gefunden worden, für Blauländer war der Fall ja erledigt. Schau dich mal um, wie schön es hier ist. Das war eine tolle Idee von dir, dort, wo alles begann, noch einmal hinzufahren, um uns einen schönen Tag zu machen.«

Ein seichter Wind wehte durch die riesigen Bäume des Kurparks, die Wiesenflächen zeigten trotz Ende August noch immer ein sattes Grün, die Blumenrabatte mit den bunten Sommerblumen waren ordentlich gepflegt.

Jetzt musste Margareta lachen. »Wir trauern um den gleichen Mann und mögen uns trotzdem. Eine komische Situation.«

Brigitte hatte mit dem Krückenmann Augenkontakt aufgenommen. Verschmitzt lächelte er ihr zu und setzte nun seine Gehhilfen in ihre Richtung.

»Oh nein, bloß nicht. Was willst du denn mit so einem Flügellahmen? Bis seine Hüfte richtig angewachsen ist und er sich einigermaßen bewegen kann, wirst du nicht mehr viel von ihm haben.«

Als der Mann in Margaretas unfreundliches Gesicht schaute, bog er erschrocken in eine andere Richtung ab.

Während Margareta auf das herunterplätschernde Wasser des Gradierwerks schaute und den feuchten Nebel einatmete, ging es ihr langsam besser. Die wochenlange Anspannung begann sich zu lösen. Sie atmete tief durch und nahm sich vor, den Tag ganz einfach zu genießen. Ein Blick nach rechts zeigte das Außenbecken des Thermalbades, in dem die Leute vor Vergnügen quiekten. »Schade, dass ich keinen Badeanzug mithabe«, bemerkte sie enttäuscht, denn sie verspürte plötzlich Lust, sich ebenfalls in die Fluten zu stürzen.

»Badesachen könnten wir uns im Thermalbad ausleihen«, meinte Brigitte. »Außerdem hätten wir deine Mutter mitnehmen sollen. Das hätte ihr sicherlich gut getan.« Brigitte schaute noch immer wehmütig dem humpelnden Herrn hinterher.

»Bloß nicht, ich will mich entspannen. Außerdem hat sie immer noch Kopfschmerzen. Zum Glück brauchte die Wunde, genau wie meine, nicht genäht werden. Da haben wir beide noch mal richtig Glück gehabt.«

»Und sie hat tatsächlich noch Mitleid mit dem alten Beuker? Obwohl er sie in die Abstellkammer gezerrt hat und sie stundenlang dort ausharren musste?«

»Die meiste Zeit war sie zum Glück bewusstlos. Ich

bin froh, dass sie alles so gut gepackt hat. Sie ist halt eine Rossnatur.«

»Was ist nun mit baden gehen?«, wollte Brigitte wissen. »Wir könnten doch heute hier übernachten. Im Kurhaus ist am Abend Tanz. Es spielt das Orchester Danubius aus Ungarn. Was meinst du? Vielleicht lernen wir zwei nette Männer kennen?«

»Übernachten klingt gut. Doch wir haben nichts mit. Außerdem bin ich pleite. Mit den Männern muss ich dich ebenfalls enttäuschen. Die meisten sind hier zur REHA, weil sie ein neues Knie oder eine neue Hüfte bekommen haben. Also Invaliden. Und auf feurige Ungarn habe ich heute auch keine Lust. Willst du dir das ernsthaft antun?«

»Wir haben auch kein Ersatzteil bekommen und sind hier. Sieh das Ganze positiv! Außerdem wollte ich dich einladen. Was ist? Eine Nacht im Schnitterhof?«

Da ließ sich Margareta nicht lange bitten und hakte sich bei ihrer Freundin unter. Gemächlich schritten sie Richtung Hotel.

Blauländer hatte ihr am Morgen eine SMS geschickt mit folgendem Wortlaut: »Zimmernachbarin im Erler Krankenhaus ist im Alter von 82 Jahren eines natürlichen Todes gestorben und wurde nicht von Tanja Beuker ermordet.«

Arpads sterbliche Hülle wurde nach Ungarn überführt, wo er in der Familiengruft der Horvats beigesetzt wurde und hoffentlich seine ewige Ruhe fand.

E N D E

Orte der
Faszination

© thyssenkrupp
Steel Europe

Sonja Begett
Ruhrindustrie
Lieblingsplätze
192 Seiten, 14 x 21 cm
Paperback
ISBN 978-3-8392-1998-0
€ 15,99 [D] / € 16,50 [A]

Das Ruhrgebiet ist ein Standort der Superlative – aus
historischer wie aus moderner Sicht. Das erste Indus-
triedenkmal in Nordrhein-Westfalen, der führende
Stahlproduzent der Republik, das einzige Weichenwerk
der Deutschen Bahn, die einst größte und modernste
Kokerei Europas, die umfangreichste Ausstellung zeit-
genössischen Designs international und der Hersteller
der schnellsten Sportwagen weltweit – sie alle haben
eines gemeinsam: Sie prägen das Revier und gewähren
in diesem Buch einen seltenen Blick hinter einzigartige
Industriekulissen.

⚐ Mit über 40 zusätzlichen Freizeittipps im Anhang!

GMEINER KULTUR

WWW.GMEINER-VERLAG.DE
Mensch, Kultur, Region